石井仁蔵

エヴァーグリーン・ゲーム

evergreen game

jinzo ishii

ポプラ社

エヴァーグリーン・ゲーム

装画　みっちぇ（亡霊工房）
装丁　川谷康久

目次

縦横四列に組まれた、十六のテーブル。
席に着いた者たちは静かにそのときを待っている。
腕組みをして俯《うつむ》く青年、頬杖をついて周囲を眺める少年。
微笑を浮かべる女、大あくびをする男。
手元の駒を整える少女、整え終えた駒をじっと見下ろす若者。
簡素なアームチェアに腰掛けた彼らは、テーブル越しに相手と向き合う。
一辺がおよそ五十センチの木製ボードに、知恵と技量のすべてを込める。
願いを、野心を、誇りを、命を懸けて勝負に挑む。
「決勝大会、第一回戦、一ラウンドを開始いたします」
数千に上る出場者から、予選の末に絞り込まれたのは、三十二人。
日本一を決する大会が今宵、佳境に入ろうとしている。
アナウンスが流れ、選手たちは居住まいを正す。
ボードの上で握手を交わせば、それがスタートの合図だ。
対局時計のボタンが押される。デジタル表示がカウントを始める。

白の尖兵が動き出せば、黒の前衛がこれに応ずる。
選手自らが棋譜《きふ》を書き留める。ペンを走らせる音が立つ。
双方が思惑を絡ませ合い、複雑な陣形が組まれていく。
戦略は多様だ。打って出るか、様子を窺うか、正攻法か、奇襲か。
盤面が大型モニターに映される。観客たちは息を殺して展開を見届ける。
中継カメラは選手の姿を、順々に捉えていく——。

ある者は言う。それはただのゲームだと。
ある者は言う。ただし、この世で最高のゲームだと。
ある者は言う。頭脳の浪費に過ぎないと。
ある者は言う。一生を費やしても惜しくはないと。
どう捉えてもいい。
ボードに救いを求めた者には、駒たちがきっと応えてくれる。
人はその戦い《ゲーム》を、——チェスと呼ぶ。

第1章 メイトスレット

チェスは人生のようなものだ。
――ボリス・ヴァシーリエヴィッチ・スパスキー

窓のむこうは青空だった。気持ちのいい五月晴れの日が続くでしょう、と天気予報のお姉さんが朝のテレビで言っていた。のどがかあっと熱くなった。くちびるがふるえた。手もふるえた。広い面会ルームで、ぼくは泣いた。

「今週中、には、退院できるって、い、言ったのに、お母さん、ん、うそついた」

涙が止まらない。しゃっくりも止まらない。車いすのそばでお母さんがひざをつく。

ぼくを抱いて、「ごめんね、ごめんね」とささやくように何度も言う。

「なんとかなりませんか、先生」

ぼくの背中をさすりながら言う。「一日だけでも」

「そうですねえ」

羽田《はだ》先生はおでこに手を当てて困り顔をしていた。お母さんと同じ三十八歳で、肩までの短い髪もお母さんと同じ。体形が細いのも似ている。前に入院したときはすごく大好きだった。ついさっきまで大好きだった。

なのに、今は大きらいだ。きれいな白衣をしわくちゃにしてやりたい。

「透《とおる》くん、先生もね、透くんのこと、遠足に行かせてあげたい」

遠足、ということばでまた呼吸が苦しくなる。目がおかしくなったのかと思うくらい、熱い涙が出る。ウー、ウーと自分じゃないような声がのどの奥からもれてくる。

先生が白いハンカチを取り出した。けれど、受け取る気にはならない。

「先生も中学校のとき、シューガク旅行の日に熱が出ちゃって行けなかったの。だから、透くんが残念に思うのはすっごくわかる」

中学校のことなんか知らない。ぼくは小学生だ。

五年生は三日後に遠足に行くのだ。バスに乗って自然博物館に行って、太平洋が見える海浜公園でバーベキューをするのだ。

ぼくは手ににぎった遠足のしおりを差し出した。ピンクの厚紙でできたしおりだ。こういう楽しいことがあるのに退院を許さないなんてあまりにもひどい。気持ちをこめて見せつけても、しおりをながめる先生の口からは、ほしいことばは出てこなかった。

「……くやしいよね、うん、わかる、わかるんだけど」

羽田先生はぼくの体についてあれこれ説明した。ぜんぜん聞く気になれなかった。

セーミツ検査の結果、病院を出るのは危険とわかった。アンセーにしていないと悪化してしまうかもしれない。そんな内容だけが理解できた。

体が健康でないのはわかっている。今だって両足が動かない。

本当なら車いすから跳び上がって、先生を引っかきたいくらいなのに。

「透っ、だめっ、だめだってば、体をいじめちゃだめ」

ぼくは自分のももを思いきりなぐってやった。この足がいけないんだ。動かないから遠足にも行けないんだ。足が痛い。どうだ。痛いだろう。痛いなら動いてみろ。バカ。

お母さんがぼくの手首をつかむ。先生がももをなでる。

こんな足なら無くたっていい。一週間前の学校で事件は起きた。ドッジボールをするため、ぼくは昼休みに友だちと体育館へ走った。その途中でいきなり、足がまったく動かなくなった。廊下で転んだ。友だちはぼくを笑ったけれど、立ち上がれずにいるのがわかるとその場は大騒ぎになった。救急車で運ばれるまで、先生やほかの子に囲まれ、恥ずかしくて仕方なかった。足はジンジン熱く、チクチクさすような痛みとしびれが夜まで消えなくて、次の日には三十九度も熱が出た。寝ていることしかできなかった。

「退院したら好きなとこ行こ？　ね？」

お母さんが指でぼくの涙をふく。ほっぺがグイッと伸ばされるのがイヤだ。

「海外旅行とかしちゃおうか？　今のうちに行きたいところ考えて」

「お母さんのせいだ！」

ぼくはその手を払いのけた。羽田先生から遠足のしおりをひったくった。やけくそな気分だった。しおりをクシャクシャに丸めて、力いっぱい、お母さんにぶつけた。

「こんな体に生まれたくなかった！」

ぼくが叫ぶと、お母さんの目が大きく開いた。くちびるがふるえた。口を押さえてうつむいたお母さんの黒い髪に、白いのが何本か見えた。

白髪がある。なぜかそんなことにハッとして、とんでもないことを言ったと気づく。

「透くん、今のはよくないよ」

羽田先生がぼくの肩をつかむ。「あやまりなさい」

ふり払う気にはなれない。顔を見る勇気もない。「ごめんね」とお母さんがつぶやく。

丸まったしおりが白い床に落ちている。しおりじゃない。ぼくがぶつけたのは石だ。

かたくてゴツゴツした石を、ぼくはぶつけてしまったのだ。

お母さんがぼくをどれほど心配しているか、大切に思っているかを先生は話した。ぼくはあやまろうと思ったけれど、声に出せなかった。お母さんを傷つけてしまった事実は、どうやっても消えない気がした。「いいんです」とお母さんが先生に言った。

ぼくは最低なことを言った。遠足に行く資格はない。

そうやって、自分にみとめさせるしかなかった。

全身型特発性神経不全症。

ぼくが知っている中でいちばん長く、漢字の多いことばだ。

そして、いちばんきらいなことばだ。それが、ぼくの病気の名前だった。

この病気にかかるのは、二百万人に一人らしい。

体が突然に動かなくなる難病で、治すにはとても長い時間がかかると教わった。

「今回は足だけでよかった」とお父さんは言った。全身が固まるときもあったし、意識がなくなったこともある。急に高熱が出たりすごくだるくなったり、起き上がれなくなったりもする。

神経キノーが働かなくなるのが原因だそうだけど、細かいしくみはよくわからない。肺とかの内臓が動かなくなった人もいて、その場合は命に関わるらしい。家でも病院でも、しき布団の下にはセンサーがある。もともとは赤ちゃんの突然死を防ぐためにつくられたものらしく、呼吸が止まったらアラームが鳴るしかけだという。鳴ったことはないけれど、可能性があると思わされるだけでもイヤなものだ。

「初めて発作が起きたのは、幼稚園の年少のころだ」とお父さんに聞いた。

自分ではよく覚えていない。

年長のときと、三年生のときに入院したのは覚えている。

年少のころは二ヶ月、年長では三ヶ月。三年生のときは、半年入院した。

だんだんと期間が長くなっている。そのことについてはあまり考えたくない。

今回の入院も、前と同じ大学病院で、同じ四階の小児病棟。

四人部屋、二人部屋、一人部屋。病室がいくつもある。赤ちゃんから中学生までが入院していて、ぼくは四人部屋だ。クリーム色のかべの退屈な病室には、中学生の人と六年生の人、ぼくと同じ五年生の人がいた。みんな男子だ。知らない顔ばかりだった。

何年も病院ですごす子供もいるそうだけど、前に仲良くなった子はみんないなくなっていた。あの子は退院した、この子は別の病院に移ったと、羽田先生はいろいろ教えてくれたけれど、本当かどうかわからない。

「ザンコクな真実」みたいなものをかくしているのかもしれない。

何かを期待するのはやめよう、とぼくは思う。

いつ退院できるのかを尋ねても、先生もお母さんもお父さんもはっきり答えてくれないし、教えられても喜ぶ気にはなれない。三年生のとき、はじめは一ヶ月の入院と聞いていたのにずるずる長くなって、結局半年になった。

今回も数日だけのはずだったのだ。遠足に行けるはずだったのだ。

ぼくは裏切られた。裏切られるくらいなら、期待なんかしないほうがいい。

家出みたいに「病院出」を考えてみるけれど、無理だ。家からここまでは車で三十分かかるし、近くに何があるのかもわからない。お母さんとお父さんは毎日、交替で面会に来る。「ゲームでもマンガでもほしいものは何でも言え」と言うけれど、何もほしくない。「健康な体がほしい」と言いそうになるのをぼくはがまんする。お母さんは友だちからの手紙を持ってくる。でも、あまり読みたくない。遠足のようすが細かく書かれていたら最悪だ。どうせなら雨になってしまえと空をながめたけれど、お天気お姉さんの言ったとおり、当日は晴れだった。自分がイヤなやつみたいだと思ってさらにイヤな気分になった。お父さんもお母さんも「友だちはできたか」と尋ねてくる。そのたび、ぼくは首を横にふる。「同じ部屋にいるんだから仲良くすればいいのに」とお母さんは言う。「別に仲良くしたくない」とぼくは答える。「どんどん話しかけてみろ」とお父さんは言う。「話したいことは何もない」とぼくは答える。食堂で食事をするときも、院内学級で授業を受けるときも、質問されたことに答える以外、話をするつもりはない。

忘れられない、悲しい出来事がある。

二年前に入院したとき、仲良くなった子がいた。部屋は別々だったけど、同い年のその男の子とは気が合った。消灯時間のあともおたがいの病室にこっそり入った。看護師さんに見つかって大激怒をくらうまで、ベッドの中でおしゃべりをした。好きなゲームやアニメについていつまでも話していたかった。その子といるあいだは入院の辛さも考えなくてすんだ。

けれど、その子は死んだ。

病院で仲良くなれば、その分悲しい思いをすると、ぼくは学んだ。

退院するときも、自分だけ自由になるのが悪い気がした。

誰かが先に退院したら、それはそれで取り残された感じがした。

だから、周りとなじもうなんて思わない。

なじめば、ずっとここにいなくてはいけないような気持ちになる。

「でも、それじゃあ面白くないだろ？」

面会ルームの長いソファで、お父さんはぼくの肩にぽんと手を置いた。モジャモジャ頭でヒョロッとした体格のお父さんは、高校の頃にバスケットボールでインターハイに出たらしい。うらやましかった。ぼくもそんな体に生まれたかった。「ふさぎ込んでたらよくないぞ。人と会話して、脳を刺激しろよ」

ぼくの頭にてのひらを乗せて、ふざけるようになで回す。

「治ってきてるよ。とっくに歩けるし」ぼくは顔をそむけて言った。

入院して三週間がたった。もう車いすは必要ない。足のしびれもないし、五十メートル走をすれば七秒台を出す自信がある。「退院できるよ」

「だけど、昨日は一日、ベッドの上だろ？」

病院での状況はすべてつつぬけだ。ため息をつく。ため息はやめろと言われるけれど、不自由なのだからせめて、ため息の自由くらいほしいものだ。

昨日の朝、ぼくが味わったのはゼツボウという感情だ。

金しばりみたいに全身が動かなくて、目がさえたらおなかが痛くなった。胸とみぞおちのあたりも痛くなって、うでも首も腰も痛くなった。痛みはまるでいじめっ子の集団みたいに、ぼくの体のあっちこっちをつついては笑っているのだ。一日のごはんは三回とも、看護師のお姉さんの持つはしとスプーンで口に運ばれた。立ち上がることもできないし、おむつをはかされる恥ずかしさも消えない。

注射をされて痛みはだんだん治まったものの、テレビを見るくらいしかやることがなかった。大人向けのニュースを見ながら、同級生より世の中にくわしくなっているのだと自分に言い聞かせた。

「そういうときは特に、話し相手がいたほうがいいじゃないか」

「看護師さんが来てくれるよ」

「それで満足できるか?」

できるよ、とぼくはつぶやいた。口の中で、うそのにおいがした。

痛切に、ということばを、ニュースで覚えた。昨日のぼくは、痛切に、話してみたいと感じていた。むかいのベッドの子。同じ五年生の男子だ。よくわからないものをベッドテーブルに置いて、それをいじくっていた。かと思えば、白い紙をにらんだまま長いこと固まり、「そっか!」と叫んでまたテーブルのものをいじくった。

アキラ、という名前だ。看護師さんと羽田先生がそう呼んでいた。

だれとも仲良くなる気はない。

そう思っているはずなのに、胸の中でムズムズと、話したい気持ちがふくらんだ。

「ねえお父さん、ああいうのって、なんていうのかな」

ぼくは四角い形を手で描いた。「平らな将棋盤《しょうぎばん》みたいなのがあって、人形みたいなのがたくさんあって、でも将棋じゃなくて」

アキラはときどき、本を片手に持ったまま、もう片方の手でその人形を動かした。

「ゲームかもしれない。人形をいっぱい動かしてたし」

「ああ、もしかしたらそれは」

お父さんが何かを言いかけたとき、面会ルームのドアが開いた。ぼくはドキッとした。

横開きのドアから姿を見せたのは、アキラだった。

あの平らな板を両手で持ち、板の上には小さな人形みたいなものが並んでいた。横にはお父さんらしき人がいた。アキラと並ぶと、とても背が高く見えた。

「こんにちは」とぼくのお父さんが言った。むこうのお父さんもあいさつを返した。

「知り合いなの」と小声で尋ねると、「知らないよ」とさらりと答えた。大人はどうして知らない人に、簡単にあいさつできるのかとふしぎでならない。

テーブルに板を置いて、二人は向かい合わせでいすに腰かけた。

「あれだよ、あれ」

少しはなれた場所から、ようすを観察する。やっぱりゲームにちがいない。白い人形とこげ茶色の人形をかわりばんこで動かしている。「なんていうの？　あれ」

「直接きいてみろよ」

せっかくささやき声で言ったのに、お父さんはむこうに聞こえるくらいの声を出した。

アキラがちらっとこっちを見た。ぼくはあわてて下を向いた。

「いいよ。あとで看護師さんにきくもん」

「気になったらすぐに解決しろ。気分がすっきりして体にもいい」

お父さんは立ち上がり、二人のそばに近寄った。

「お楽しみのところ、すみません」

テーブルを指さし、ぼくのほうをふり返る。「息子が、これに興味があるみたいで」

アキラたちもぼくを見た。緊張で背筋が伸びた。お父さんの手招きで、ぼくはおそるおそる三人のところに近づいた。間近で見たそれは木でできた板だった。白とこげ茶のチェックもようが描かれていて、三十個くらいの人形がのっている。きっとこの板はゲーム盤で、人形のひとつひとつは将棋でいう駒だ。

「ほら、きいてみろ」とお父さんがぼくの背中をたたいた。

「こ、これは、何ですか」

ぼくは駒の群れを見つめたまま、どちらにともなく尋ねた。

「チェスだけど」

と答えたのはアキラだった。顔も上げず、あごにこぶしを当てて盤をにらんでいる。赤いトレーナーには、大きな白い王冠が描かれていた。

「やったことないかい？」

無愛想な感じのアキラとちがって、お父さんのほうはやさしく言った。丸いめがねにあごひげを生やし、短い髪は頭のてっぺんでピンととがっている。どんぐりみたいだと少し思う。チェスということばを、ぼくは口の中でくり返してみた。

「ないでしょ、名前知らないんだから」アキラはぶっきらぼうな言い方だった。

「ぶすっとした声出すなよ。いくら俺に二十連敗中だからって」

「うるさい、引き分けもあったっつうの」

アキラは前髪を乱暴にかきまわす。「いい手が浮かびそうだったんだよ、このビショップさえどかせれば、タクティクスが決まるんだ」

「そうだな、だけど、クイーンサイドに気を取られてると、こうなるぞ」

アキラのお父さんがこげ茶の駒を動かした。白い駒を盤から出した。

すると、アキラは「うう」とうめき声を出して頭を抱えた。

「ルーク取られた」

いすにもたれ、ぼくのほうをジロリと見る。「おまえが話しかけるからだ」

ぼくはビクッとした。アキラはため息をつき、うすいまゆ毛を八の字にした。あやまったほうがいいのかとアキラのお父さんを見たら、目を丸くしていた。

「何だ、友だちだったのか」

「友だちじゃない。同じ部屋の子。しゃべったことない」

「それなら、おまえなんて言い方は失礼だろ。ごめんね、申し訳ありません」

アキラのお父さんは立ち上がって、ぼくたちに頭を下げた。ぼくのお父さんはいえいえと手をふった。キョウシュク、というやつだ。アキラのお父さんは座り直すとテーブルにひじをつき、低い声で言った。「ほら、ちゃんとあやまれ」

アキラはふてくされたようにくちびるを閉じていた。

そんなアキラを見て、ぼくは二週間前の自分を思い出した。この面会ルームで、お母さんを傷つけたときの自分だ。ぼくはなんだかアキラがかわいそうに思えた。

「あやまらなくていいよ。その代わり」

勇気をふりしぼって、続けた。「ルールを、教えてくれない?」

アキラはパッと顔を上げた。おどろいたような表情だった。

すぐに目をそらして白い駒を動かす。こげ茶の駒をつまんで手元に置く。

「あとでね。今日はパパに勝つまでやめないって決めてるから」

「おいおい、じゃあ俺は泊まり込みになるなあ」

アキラパパの笑顔は、チョウハツ的だった。こげ茶の駒を動かして、「負けだぞ、サンテメイト」と言った。アキラはうなだれて、背の高い駒をコツンと倒した。

「いいじゃないか、教えてやれ。ちゃんと教えたら、再対局だ」

アキラパパの体温が残るいすに、ぼくは座った。大人二人はソファで話し始めていた。アキラは駒をひとつひとつつまみ、白とこげ茶をきれいに並べ直した。目の前に並ぶこげ茶の二列を見つめながら、ドキドキが高まる。ぼくは姿勢をただし、両うでをテーブルにのせた。ウキウキとドキドキの混じり合う、新鮮な気分だった。

「将棋は知ってる？」

アキラは言った。ぼくがうなずくと、「じゃあすぐわかるよ」と明るい声を出した。

四年生のころ、担任の先生が将棋好きだった。物事を考える練習になるからと、教室に駒と盤のセットを置き、生徒が休み時間に遊ぶのを許したのだ。いっときは男子のあいだで流行して、ぼくもルールを覚えた。うで前はまったくのへぼだけれど。

「白番と黒番に分かれてやるんだ。そっちのが黒番ね」

「こげ茶色だけど、黒なの？」

「こげ茶番だと、なんか格好悪いじゃん」

ぼくの前の「黒」の駒は横に八個、縦に二個。手の指くらいの背丈《せたけ》の駒が合計十六個あり、白も同じ数だけある。マスは八×八で将棋より少ないから意外と簡単かもしれない。盤の左右両はじには数字が縦に、奥と手前のはじにはアルファベットが横に並んでいた。

「何から言えばいいかな、あ、これがキング。将棋でいう王将」

アキラは背の高い白駒を持ち上げた。ぼくは黒のキングを持ってみた。駒の頭に十字の目印があった。「それが追い詰められたら負け。このルークが飛車《ひしゃ》で、ビショップが角《かく》。ナイトは桂馬《けいま》みたいなものだけど、桂馬とちがって後ろとか横のほうにも行ける」

アキラはそれぞれの駒をあちこちに動かしてみせた。

「飛車と角が二つずつあるの?」

はしっこからルーク、ナイト、ビショップ。それらが左右対称に並んでいる。

駒には細かな木目があった。木でできているようだ。

「金と銀はないけどね。香車《きょうしゃ》もない。で、いちばん強いのはクイーン」

クイーンはキングのとなりにいた。キングの次に背が高い。頭は冠《かんむり》のような形だ。

「飛車と角を合体させた駒なんだよ。縦、横、ななめ、どこまでも動ける」

アキラは白いクイーンを持ち、盤の上で大きく動かした。

最強だ。最強すぎて反則みたいな駒だと、思わず笑ってしまった。

「ポーンは将棋の歩よりも、ちょっとややこしいんだけど」

前の列に八個、ずらりと並ぶのがポーン。歩と同じく、一マスずつ前に進める。一度目は二マス進んでもいい。歩とはちがって、ほかの駒に正面をふさがれると進めなくなってしまう。動きを再開できるのは、ななめ前に相手の駒が来たときだ。

敵のすきをつく兵士みたいに、ななめから切りかかることでポーンは前進していく。

アキラはスラスラと説明し、ぼくは駒を動かしながら決まりを覚えていった。

「成りはあるの？　歩がと金になるみたいな」

「と金どころじゃないよ。ポーンはクイーンになれる。キング以外なら、何にでも」

ウキウキと、ドキドキ。そこにワクワクが加わる。弱っちいポーンが、攻撃をかいくぐっていちばん奥まで切りこめれば、最強の駒に生まれ変わる。なんて大胆なんだろう。

「キャスリングってのもあってね、あとはアンパッサンも」

アキラはルールをくわしく教えてくれた。忘れてしまわないか不安だったけれど、全体的には将棋より簡単に思えた。

「一回やってみようぜ。白番でやっていいよ。白のほうが少し有利だから」

盤の向きを反対にするアキラを見て、ぼくはきょとんとしてしまった。

「いいの？」

「別にいいよ。それとも黒のほうがいい？」

「そうじゃなくて」

ぼくにルールを教えたら再対局だとアキラパパは言っていた。そのアキラパパはお父さんと話しこんでいた。アキラは二人のほうに目をやって、「あとでいいや」と笑った。

ぼくはうれしくなって、前のめりにチェス盤を見つめた。

「どれでもいいいんだよね、最初に動かすの」

「ふつうはポーンかな、っていうか、ポーンかナイトしか動かせないよ」

じゃあ適当に、とぼくは右から三列目のポーンを二マス分、前に出した。するとアキラは、キングの正面にある黒ポーンを二マス、前進させた。ぼくが動かした白ポーンの、左ななめ前に来た形だ。この場合は。ええと。

「いいんだよね、取っても」

「ななめだから取れるよ」

ぼくは黒ポーンをマスからどかし、盤の横に置いた。突き進むぼくのポーンの三マス先に、黒いキングがいる。正面はがら空き。アキラは次にナイトを動かす。ポーンがねらわれていると気づいたけれど、逃げようもないし、先に進めばただで取られてしまう。先頭を走るポーンをあきらめて、今度は右から二列目のポーンを動かそうと決めた。

丸っこい頭をつまみ、二マス分、前に進めた。

「あちゃー」

アキラは大きく笑った。白い奥歯がはっきり見えた。笑いの意味がわからずにいるぼくを差し置いて、アキラは黒いクイーンをななめにギュンと動かした。クイーンがはじの列に来る。ぼくのキングにねらいを定める。チェック。将棋の王手と同じ状態だ。

キングを守らねばならない。もしくは、逃がしてやらなければ。

「あれ？」

どの駒を動かすべきか、真剣に考える。戦える駒を探して知らないうちに手が泳ぐ。ナイトかルークか、ビショップか、何でもいい。守らないと。

「あれ？　えっと」

ぼくのようすがおかしかったのか、アキラは「くふふっ」と笑い声をもらした。

その理由がわかった。

キングを守れる駒がない。逃がせる場所もない。

味方の駒に邪魔されて行き先がなく、ルークは動けず、キングのそばにいるビショップもナイトも、黒いクイーンの攻撃を止めることができないのだ。

「チェックメイトだよ」アキラは言った。将棋でいえば、詰みだ。

「三回しか動かしてないのに！」

思わず叫んだぼくに、「最短なら二回で詰める」とアキラは言った。ぼくはのけぞりそうになった。あらためてチェス盤を見直しても、やっぱりキングに助かる道はない。

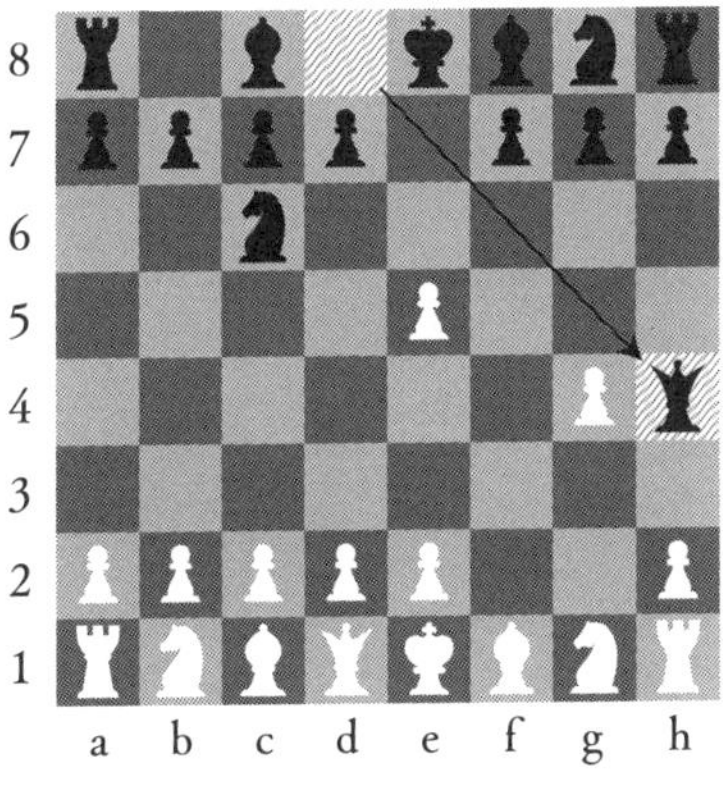

ほとんどの駒が、まだ何もしていないのに。

「こんなに早く終わるものなの？」

「ふつうは何十手もやるよ。けど、指し方が下手くそだとすぐ終わる、あ、ごめん」

失礼なことを言っちゃったとばかりに、アキラは両手で口を押さえた。

へぼなうで前の将棋でも、これほどあっさり負けたことはない。

ポーンとナイトとクイーン。アキラはそれらを一度ずつ動かしただけなのだ。

自分の負けっぷりにぼくはコーフンしていた。感動、というのかもしれない。

負けたのに、なぜかとても気持ちいい。よくわからない感情だ。

もっとうまくやって、相手を攻略してみたい。

「もう一回やりたい」素直な気持ちがポロッとことばになる。

「いいよ、今のじゃ短すぎるもんね」

いすであぐらをかくアキラはとても楽しそうだった。パパに負け続けていた分、勝てる喜びにうえている感じだった。

「そろそろパパ、帰るぞ」「お父さんも行くけど」

お父さんたちに声をかけられても、ぼくたちはかまわずチェス盤を見つめ合った。病室に戻って、アキラのベッドでチェスを指した。夕食の時間になっても続けていたら、「いい加減にしなさい」と看護師さんから怒られた。チャチャチャッとごはんを食べて、またチェスに戻った。何時間も、何局も指し続けた。

ぼくは一度も勝てなかったけれど、楽しくて仕方なかった。

チェスのセットがほしい。

病棟の電話で、ぼくはお父さんにお願いした。


「うまくなるにはね、ジョーセキを覚えて、タクティクス問題をいっぱい解くといいよ」

輝《あきら》（病室の名札で漢字を覚えた）には、ほかにもチェス仲間がいた。

「タクティク？」

「今、輝がやってるこれ」

お昼ごはんのあとで、ぼくたち三人はラウンジのテーブルを囲んだ。マンガを読んだりケータイゲーム機で遊んだりする子たちにまぎれ、チェス盤を見下ろす。輝は黙りこんだまま駒の動かし方を考え、輝のむかいではめがねの男子がうで組みしていた。

「手筋のパズルっていうかな。決められた状況で、正解の手を探す」

「詰め将棋みたいなやつ？」

「似てるけどちょっとちがう。別にメイトにしなくてもいいの」

「わかったぁ！」と輝が大声を上げ、目を輝かせた。「これがこうなると、こうで、これがこうで、こうこうこう」とつぶやきながらチョコチョコと駒を動かした。問題を出しためがねの男子が「正解」と言うと、「よっしゃあ」と輝はガッツポーズをした。ぼくには何が何だかわからなかったけれど、チェスをしているときの輝は本当に楽しそうだ。

「ルイはこれ、何分で解いた？」

「五分くらいかな」

「勝ったわ。こいつね、すげえ頭いいんだぜ」

輝に指さされ、ほめことばにまんざらでもなさそうな男子。同じ五年生のルイ。水色のニット帽でレンズの厚いめがねをかけ、赤らんだほっぺがふっくらしている。

「授業のときも、難しい問題集解いてるよね」

その頭のよさは院内学級で感じていた。教科書で勉強するぼくや輝とちがい、まだ学校では習っていない歴史の本を読んだり、複雑な図形の問題を解いたりしている。

「カイカ中学目指すんだってさ」

クラスにも何人か、中学受験用の塾に行っている子がいる。

輝によると、カイカは東大合格者を毎年何十人も出す、中高イッカンの有名校。ルイは入院中も塾の課題に取り組み、通信テンサクの勉強もこなすという。

すごいやつがいたものだ。平凡な脳みそのぼくにはとてもできそうにない。

「カイカにはチェス部があるんだよ」

ルイは言った。「チェス部って、ほかの学校にはほとんどなくて」

「それを聞くとおれも入りたいって思うけど、さすがに勉強づけはなあ」

「輝はチェス教室があるじゃん」

輝の強さの秘密は、チェス教室にあった。検査結果が良ければ月に一回は外出を許され、地元の教室へ行くのだという。「タイミングが合ったらいっしょに行こう」と輝は言った。ぼくの場合、なかなか許可は下りないので、行けるかどうかわからない。

「勉強がイヤだったことは一度もないな、おれ」

ルイのことばにぼくはおどろいた。「こういうやつなんだ」と輝は笑った。

「ほんとだよ」と駒を並べ直しながらルイは言った。

「コーガンザイで頭がボーッとして、呼吸器とかしてるときは何もできなくなるんだよ、体も痛いし、苦しいし。勉強できるのは、脳が活発に動いてる証拠でしょ」

ルイの話を聞きながら、ぼくはどんな顔をすればいいかわからなかった。

さらっと口にした「コーガンザイ」ということばにドキッとしたのだ。

二年前を思い出す。ルイの見た目はあの友だちに似ている。ニット帽は髪のぬけた頭を隠すため。ふくらんだほっぺは薬のせいだろう。確か、ムーンフェイスというのだ。

病気の話をされると反応に困ってしまう。でも、ルイは平気そうな顔で続けた。

「おれ白血病なの。ここじゃめずらしくもないよ」

長期入院の子供には小児がん、中でも白血病の子が多くいるとお父さんから聞いた。そのひびきには不吉なものを感じた。死んだ友だちも白血病だったのだ。

「透くんの病気は何?」ときかれ、ぼくは正直に打ち明けた。症状を説明して、「二百万人に一人の難病なんだ」と付け加えると、ルイは笑った。

「すごい、超レアじゃん」

からかうような反応にぼくはムッとした。

「何もうれしくないよ、カードじゃないんだから」

「だいじょぶ。きっと治るよ」

「わかんないじゃん、そんなの」

きっと治る。学校の同級生や大人に言われてきたはげましだ。やさしさだとはわかっていても、何度も聞かされると、無責任な言い方に思えた。とりあえずそう言っておけば、はげましになる。そんな軽い気持ちで言っているんだろうと。

「治るって信じなきゃ、失礼だよ」

ルイの口から出たのは、思いがけないことば。ぼくをじっと見る目は真剣だった。

「先生も看護師さんも、親とかもさ、みんな、おれたちが治るって信じて世話してくれるんだよ。なのに、治るって自分で信じないのは、失礼だよ」

ぼくは言い返せなかった。感心してしまった。確かに頭のいい子だ。

「おれのも治る？」

輝の病気は、ジェフビッチ症候群という、聞いたことのないものだった。体の中を流れる血の成分が正しくつくれず、血管の中に余分なものがたまってしまい、そのせいで体が苦しくなる病気だそうだ。輝はぼくが入院する一ヶ月前からこの病院にいて、ぼくと同じように、いつ退院できるかわからないらしい。ときどきとてもだるくなったり、高熱が出たりするというのは、ぼくの症状とよく似ていた。

「治るよ」

ルイより先に、ぼくは答えた。急に照れくさい感じになったけれど、笑顔の輝を見て、言ってよかったと思った。

二人とのチェスが、その日からぼくの日課になった。

ぼくよりも瑠偉《るい》は強く、瑠偉よりも輝は強かった。ラウンジでテーブルを囲むぼくたちを見て、ほかの子も興味を持ち始めた。五歳の子にルールを教えたり、中学生の人と対局したりする体験はすごく新鮮だった。輝はぼくにいろんなテクニックを教えてくれた。

オープニングの形や詰め方の基本、有利な戦い方などなど。チェスの定跡の名前はアニメの必殺技みたいでかっこいい。「シシリアンディフェンス・ドラゴンバリエーション」とか、「アクセラレイテッド・ロンドンシステム」とか、ちょっとした組み方にもカッコいい名前がついている。きわめつけには、「フランケンシュタイン・ドラキュラバリエーション」なんてものまである。

「輝はすごいね、いろんなやり方覚えてて」

ぼくのベッドで、ぼくたちはあぐらをかいてチェス盤をはさんだ。どんな風に攻めても上手にかわされてしまう。負けるくやしさと、輝の強さへの感心が半々だ。

「自慢みたいだから言わなかったけど」

輝は言った。「おれ去年、関東のジュニア大会で優勝したんだ。中学生も参加するやつで、五十人くらいいてさ。今の教室も、大人と子供で二十人くらいいるんだけど、おれより強いのは先生と、大人と、高校生の人くらい」

今度はびっくりする気持ちが半分、ほっとする気持ちが半分だ。それなら、いくら負けが重なっても仕方ない。

「輝に勝てたら、ぼくはその大会で優勝できるってことだ」

「まあ、そうだね」

余裕な感じで輝は笑う。大きい目標ができたとぼくは思う。輝に勝てれば病気も治るんじゃないかと、ぜんぜん関係ないことが頭の中でつながる。そんなことを話すと、「じゃあ負けてやるよ」と輝は言った。

「それは絶対だめ」

うそで勝っても意味はない。実力で輝に勝つ。大げさかもしれないけれど、生きる目的、みたいなものが、見つかった気がした。

みんなが寝静まった病室で、ぼくは考えた。学校のクラスのみんなは、いつか大人になるのを当たり前と思っている。だれかに約束されたわけでもないのに、当然だと感じている。だけど、それはぜんぜん当然じゃない。赤ちゃんでも幼稚園児でも小学生でも、大人になれずに死んでしまう子がいる。昨日の夜まで元気だったのに、次の朝から永久に目を覚まさなくなった子も見たことがある。

ぼくだってそうなるかもしれない。

二分の一成人式というのを今年の初めに学校でやった。成人は二十歳《はたち》だ。ぼくは二十歳まで生きられないかもしれない。本当の成人式を迎えられるか、まったくわからない。

「チェスってザンコクなゲームだと思わない？」

食堂での夕ごはんのとき、ぼくは言った。輝と瑠偉は目を見合わせて首をかしげた。「将棋だと、取られた駒を取り返したり、相手のを味方にしたりできるでしょ。でも、チェスは一度取られたら終わりじゃん。駒は生き返らない」

将棋との大きなちがい。将棋の駒は死なない。けれど、チェスの駒は死ぬ。三手目でチェックメイトになるみたいに、急にすべてが終わることもある。

「その分ね、駒が背負うものが大きくなると思うんだ」

駒の数は一方的に減っていく。キング以外の味方の駒が、ポーン一つだけなんて場面も出てくる。頼りになるルークも、最強のクイーンも全部いなくなった場所で、いちばん弱っちい兵士が勝負のカギをにぎるのだ。

生き残った駒は、いなくなった仲間の命を全部背負って、敵に挑んでいく。

将棋にはないダイゴミみたいなものを感じた。ぼくがそういう話をしたら、「考えたこともなかったな」と瑠偉はごはんを口に運びながら言った。

「透ってね、たまに変なこと言うんだぜ」

輝は言った。看護師さんの目を盗み、苦手なほうれんそうのおひたしをこっそりとぼくの皿に移すのだった。「ロビーでおばさんたちが、ゲーノー人のフリンの話で盛り上がってたんだ。そしたら、大人って面白いことがわかってないねって言うの」

「人のうわさなんか話しても仕方ないでしょ。チェスなら自分の力でどんどんうまくなれるのに」

「どっぷりはまったね」瑠偉は大人っぽくクールに笑い、さばのみそ煮をぱくりと口に放り込んだ。変なことを考える、というのは学校でもたまに言われた。宇宙の始まりはビッグバンだというけれど、そのエネルギーは前の宇宙がギュッとしぼんだものじゃないかとか、カニはおいしいのにザリガニはどうしておいしくないのかとか、ひとりでずっと考えたりした。動けない時間が多い分、もしかしたら学校のみんなよりも、じっと考えるのだけは得意かもしれない。

「透は強くなると思うよ」

夕ごはんのあとで手を洗っているとき、輝に言われたのがうれしかった。「変なことを考えるやつは、人の思いつかない手を思いつくだろ。考えながら集中力もつくし」

なるほど、そうは考えなかった。やっぱり輝はするどいやつだ。

ぼくたちは次の日も、また次の日もチェスを指した。変な言い方だけど、生きることは楽しいな、と思った。

♟

一方で、残念なこともある。

瑠偉の症状が悪化して、ムキン室に入ってしまい、なかなか会えなくなったのだ。

調子のいい時間は勉強にあてたいからと、チェスの相手も断られた。もしかしたら、瑠偉もぼくと似たようなことを考えているのかもしれない。受験に合格することで、病気にも勝とうとしているんじゃないだろうか。けれど、もしも瑠偉の病気が、受験をあきらめなくちゃならないほどひどくなったらどうしよう。

そもそも、受験まで生きられなかったら。

ベッドの中で眠れないと、イヤな想像がふくらんでしまう。それをふせぐにはチェスを指しまくるのがいい。攻め方や守り方を夢中で考えていると、頭がつかれる。頭がつかれると、夜はすぐに眠れる。スポーツのあとみたいに気持ちのいい疲れがある。

チェスはまさしくスポーツなのだ。輝が教えてくれた。

「オリンピックの組織が認めてるんだぜ、公式に」

公式に、という部分を強めるように輝は言った。輝パパも言っていたからきっと間違いない。

「オリンピック種目にしようって動きが、昔からあってね」

輝パパはチェスのことを何でも知っていた。「日本が大正《たいしょう》の頃から、ヨーロッパでそういう活動があったのさ。いつかは正式種目に選ばれるかもしれないんだよ」

大正時代は、おじいちゃんが生まれるより前だというから驚きだ。「でも、スポーツっぽくないね」とぼくが言うと、二人は何か思いついたように笑った。何をするかと思えば、駒を次々に動かして、信じられないスピードで対局を進めてみせた。そのようすは卓球の試合のようにも、すごい速さでパス回しをするバスケのようにも思えた。

一手ごとの動きを瞬時に判断する「早指し」というやり方らしい。

ぼくにはとてもできないけれど、チェスが好きになった理由がもうひとつわかった。

ぼくが知っていたスポーツだけがスポーツじゃないのだと、ぼくは知った。

ラウンジで、ぼくのベッドで、輝のベッドで、時間を忘れて対局を続けた。

輝に駒を少なくしてもらい、やっと互角になった。話すこともなくなって黙々と指しているうち、感じたことのないような、なんと言い表すのかわからない気持ちになった。かわすことばは少ないのに、一局ごとに仲良くなれる気がした。

輝が駒を動かすたび、何を考えているのかをぼくは必死で考える。頭の中をのぞきこむような感覚になる。チェスは心理戦だと、輝は教室の先生に教わったという。

チェスを通して、輝の心をのぞく。そんな時間が楽しくて仕方なかった。

熱が出て吐き気がして、すごく苦しい日もある。だるくて体が動かせない日もある。

辛いときはふとんにくるまり、輝のことを考える。

輝はしいたけがきらいだ。「はっきりしない歯ごたえがイヤだ」と言った。

はっきりしないのがきらいなら、ねらいの見えない手であせるかもしれない。

輝は棚の本をきれいにととのえる。まちがった文字はていねいに消す。

駒の数を減らして盤面をすっきりさせ、考えをしぼるのが好きなのだ。

だったらぼくは駒の交換をさけて、ペースをみだしてやればいい。

輝は算数が得意で、計算問題を解くのがぼくより速い。

早く指すことでこっちをあせらせるのも、あいつのテクニックだ。

ならばぼくは、相手をたくみに誘い込むトラップを研究してみようか。指し方をあれこれ想像していると、ふとんの中でも退屈さが減った。

ようやくぼくの体調が戻っても、今度は輝がダウンするときもあった。ホーシャセンリョーホーと強い注射のせいでアンセーにしなくてはならず、チェスも看護師さんに止められた。ぼくも同じ日に注射してほしいとせがんだら、「それぞれのペースがあるのよ」としかられてしまった。輝が指せないうちに強くなってやろうと、ぼくはほかの子と対局したり、ひとりでタクティクス問題を解いたりした。

そうして入院してから三ヶ月がたったころ、とうとうチャンスが来た。

「やられたな」

輝は下くちびるをかんで、くやしそうにつぶやいた。一方のぼくは、今までにない有利な局面にハラハラしていた。対局の中盤、ぼくの黒いクイーンが、ルークとともに白のキングを追い詰めたのだ。離れた位置のビショップもキングに狙いをつけていて、輝の王は隅っこのマスに逃げるしかない。駒落ちハンデなしの勝負。連敗記録が百を数えるぼくにとって、センザイイチグーの大チャンスだ。

「やばいな、負けるかもしれない」

ぼくのベッドの上で、輝はうで組みしながら体を前後に揺する。浮かれそうになるけれど、油断は禁物だ。最も難しいのは、勝てそうな試合を勝ち切ること。ラスカーというプレイヤーの名言だという。輝のキングが逃げたら、ぼくは次にどうする？

考えているうちに、輝はキングではなく、そばのルークを動かした。

攻めに転じる気なのだろう。怖いマスじゃない。気にしなくていい。

メイトは目の前なのだ。クイーンでポーンを取ってしまえば。

右手を伸ばしたとき、突然に息が苦しくなった。胸を押さえて呼吸をととのえたら、今度は吐き気におそわれた。全身が言うことをきかなくなった。

「おい！　透！　大丈夫か！」

前に倒れる。チェス盤に頭がぶつかる。駒がバラバラになる。すっぱいにおいが鼻の奥に広がる。息を吐こうとしたらゲロがあふれてのどが熱い。輝が何か言っている。聞き取れない。手を動かそうとしても感覚がない。息が苦しい。空気が吸えない。生暖かいゲロとよだれが顔の表面にひっつく。目が見えない。どうしようもない。どうしようもない。どうしようもない。

♟

気がついたとき、いつもの病室とはちがう場所にいた。口と鼻を人工呼吸器におおわれていた。うでに点滴がささっていた。ベッドに横たわるぼくはいろんな機械に囲まれて、頭にも何かが巻かれている。たぶん、いくつものコードがのびているはずだ。

呼吸器の独特なにおいで、三年生のときのことを思い出す。

ＰＩＣＵに運ばれた、とわかった。小児集中治療室というやつだ。

「透、わかる？　わかる？」

すぐそばで声がした。お母さんだった。目に涙がたまっていた。ほっぺがぬれていた。

両手でぼくの右手をにぎっていた。じんわりと体温が伝わってきた。

「ああよかった！　ありがとうございます！」

何がよかったっていうんだ。

となりに羽田先生がいた。お母さんの肩に手を置き、ぼくの顔を見てほほ笑んだ。

「がんばったね透くん」

そう、ぼくはがんばった。がんばって、あと一歩で輝に勝てた。それなのに。

まだ胸が苦しい。呼吸に集中して、ゆっくりと息を吸う。吐く。吸う。吐く。吸う。吐く。うでを動かそうとしても、手の指先さえも自由にはならない。

目がさえて、はじめに感じたのは強いイライラだった。この場所に来たということ。それはつまり、入院が長引いてしまうということ。前もそうだった。最悪だ。

「二週間はＰＩＣＵにいなくちゃいけない」と羽田先生は言った。

そのあいだは、輝のいる一般病棟へは行ってはいけない。

突然の発作。今回は足だけでなく全身。全身どころか、呼吸さえも止まりかけた。

「発見がおくれていたらとても危険な状態になっていた」と羽田先生は話した。いっそのこと、危険な状態になればいいと思った。病気が全部治って、完全に健康になるまで、ずっと眠っていたほうが気楽だ。見える風景は三年生のころと変わらない。二つも学年が進んだのに、あのときと同じながめだ。ベッドの両側はカーテンで仕切られている。正面は開いている。ＰＩＣＵはひとつの広い部屋で、向こうには横はばの長いカウンターが見えた。看護師や医者の人たちが何人も働いていた。

「入院中は何もしなくていいから楽だよね」と言ってきた同級生のことを思い出す。だったら入院してみろ。何もできないのがどんなに苦しいか教えてやる。

やっぱり病院はイヤだ。早く出たい。こんな場所にはもういたくない。

♟

「お父さんといっしょにね、遠足のコース回ってきたの」

ＰＩＣＵに入って何日かしたあと、お母さんはビデオカメラを持ってきた。ベッドの横の小さなテレビと接続すると、画面にお父さんが映った。

「退院したら、ぜったい連れてってあげる。ほら、これが自然博物館」

今度はお母さんが映り、白いかべを背に笑顔で手をふった。

「館内撮影は禁止なんだけど、事情を話して、特別に許してもらったの」

お母さんとお父さんは、二人で博物館の中を見て回っていた。巨大な恐竜の骨格やかべ一面にずらりと並ぶ昆虫の標本《ひょうほん》、熱帯林《ねったいりん》を再現した部屋などが順々に映された。二人はかわりばんこでカメラを持って、展示物をいろいろと説明していた。

海浜公園では親戚のおじさんも合流した。おじさんが撮影役だった。バーベキューをするお母さんとお父さんが映り、画面の中の二人は何度もぼくをはげました。

お母さんは遠足コースだけでなく、学校にも行ったらしい。

別の日にはクラスの子のビデオメッセージを、また別の日には学校のようすを細かく書いた手作りの冊子を持ってきてくれた。担任の先生にインタビューしたり、参観日のように授業を見せてもらったりして、くわしいレポートを作ったという。

お母さんのやさしさがうれしい。同じくらいに、悲しい。

ぼくが健康だったら、こんな面倒をかけなくてすむのに。

けれど、もしそんなことを言ったら、お母さんはきっと悲しむ。

うまく感想を言えないまま、ぼくはテレビに映るビデオを、何度も観返していた。

「お父さんとチェスやってるとなんだか気楽。ビショップをエフシックス」

面会に来たお父さんとぼくはチェスを指した。

手足が動かないので、口で駒の位置を伝えた。

「おまえが楽しいなら、いくらでも付き合うさ」

お父さんもチェスを覚えてくれた。上手さは今のところ五分五分。でも、大人はやっぱり注意力がある。なかなか駒のただ取りをさせてくれない。お父さんがやり応えのある相手で、ぼくはうれしかった。

「チェスしてると余計なこと考えなくていいんだ。病気のこととか、学校のこととか、学校は余計っていうか、うん、なんか、行きたいなとか考えちゃうから。そういうのを全部忘れられる、えっと、ルークジーファイブ、ポーンをテイク」

「お母さんも強くなってるぞ。お父さんには勝てないけどな」

二人は家でチェスを始めたらしい。だけど、ぼくはお母さんと指す気にはなれない。きらいだからじゃない。世界でいちばん好きだ。

だからこそ、勝負はしたくない。

勝った負けたのいらない、特別な場所にいてほしい。

「早く退院したい。学校でみんなにチェスを教えたい」

ぼくが言うと、お父さんは手の動きを止めた。馬の形をした駒の頭を、指先でとんとんとたたいた。盤を見つめて、考えこんでいる風だった。

「いいんじゃない？　その手で」

ぼくは言った。「ナイト逃がしたほうがいいよ。お父さんのほうがピース少ないし」

「ああ、そうだな」

お父さんはナイトを安全なマスに動かした。「入院期間の、ことなんだけどな」

「うん」

「先生から説明してもらうけど、今回はけっこう長くなるかもしれない」

「長くって、一年くらい?」

「一年と、何ヶ月かかかるかもしれない。今日から数えてだ。手術も必要になるかもって」

ナイトがどいて、ビショップの道が開く。孤立ポーンをただ取りできる。何も考えないようにしようと思った。今考えるべきなのは、この勢いでルークもうばうことだ。

「ぼくは、院内学級で、中学生になるの?」

もう小学校には行けないの、とは言わなかった。言いたくなかった。

「今はわからない。透と同じ病気の人は、だいぶ長く入院する場合も多いらしいんだ。将来のことを考えると、今のうちにしっかりと病気をおさえるのが大事なんだよ」

それ以上は何も質問しなかった。自分もお父さんも、辛くなりそうだった。

お父さんは落ち着いて、ルークを逃がした。

「いいよ、チェスできる時間が増えたと思えば」

「強いな、透は」

PICUで面会できる時間は一般病棟よりも短い。お父さんと二局を指し、一勝一敗だった。

「もっと強くなるよ」とぼくは言った。

体は強くなれるかどうかわからない。せめて、チェスだけはどこまでも強くなりたい。

体が思うように動かなくても駒は動く。学校の誰よりもスポーツマンになってやる。

次の日、「小学校のうちは長いこと入院生活になる」と羽田先生に聞かされた。

ぼくの病気には確実な治療法がない。発作が起こらない体をつくるには、発作の出ない期間をできるだけ長くして、神経が丈夫になるのを待たねばならない。病気の原因に対し、自分が病気の原因であることを完全に忘れさせなくちゃいけないと先生はたとえた。セーケツな環境、規則正しい生活、注射や飲み薬による治療、テーキ的な検査を行いながら、院内のリハビリセンターで運動を行う。

そのくらしの中で、体の成長を待つ。

「それがいちばん正しくて、ただひとつの治療法なの」と羽田先生は言った。

「チェスはやってもいい？」

ぼくの痛切な願いだった。禁止されてしまったら、病気を治せる自信がない。

「楽しく過ごすのは、治療のヒケツだね」先生は笑ってうなずいてくれた。

「外泊許可は出るの?」

輝はチェス盤をにらみながら尋ねた。

真っ白なシーツの広がる輝のベッドで、ぼくたちはチェスを指した。

PICUで横たわるだけの二週間を、ぼくは無事にやりすごした。

「わかんない。ちゃんと治すには長い時間が要るんだって」

「そうなんだ」

盤面に集中しているのか、何を言えばいいか迷っているのか。輝はぼくの話にあまり多くを返そうとしなかった。

「落ちこんでない? 入院長くなっちゃって」

「輝に勝つのが目標だもん。すぐ退院したら勝てないし」

病院を出られないのは辛い。

でも見方を変えれば、勝つまでの時間がたっぷりできたということだ。

「もうすぐ手術するんだ、おれ」輝が言った。

「え?」

「体の中のシュヨーが大きくなっちゃって、それを取るやつ。うまくいったら、退院の時期も早くなるって」

聞きながらまず浮かんだのは、輝が死んでしまうんじゃないかという心配。「そんな危ない手術じゃないよ」と言われてほっとして、次に考えたのは反対に、輝がすぐに退院したらどうしようということだ。

友だちとしてはうれしいけれど、ぼくは何を目標にすればいいだろう。

輝にはずっといてほしい。でも、そう願うのは輝のためにはならない。

深く考えないようにしよう、とぼくは迷いにふたをした。

九月の終わりごろ、輝は手術のために病室を出た。しばらくはＰＩＣＵに入ると言っていた。

そのあいだに追いついてやろうと、ぼくはチェス盤とにらめっこした。お父さんが毎日来てくれたし、輝パパも相手になってくれた。輝ならどう指すだろうと考えながら指した。そうやっていたらふしぎと、強くなれるような気がした。

病院の外で、季節はめぐる。病院の中でも、季節はめぐる。

輝の手術は無事に成功し、瑠偉もムキン室を出ることができた。

医者の先生や看護師さんたちは、さまざまに行事をもよおしてくれた。

十一月の文化祭に向けて、子供たちは絵を描いたり、紙ねん土で作品をつくったりした。ぼくは名案を思いついた。輝と瑠偉と三人で、チェスのセットをつくろうと考えた。勉強の気分転換にちょうどいいと、瑠偉もぼくの提案に乗ってくれた。ぼくは白の駒、輝は黒の駒、瑠偉はチェス盤。ねん土をこねて、色をぬり、ニスをぬる。学校の図工の時間でも、これほど心をこめて取りくんだことはない。

文化祭の当日には職員の人たちがみんなで演劇をしてくれた。ボランティアの人たちは合唱をしてくれた。入院生活も悪くないと思えた。腰やおなかにうつ注射は泣きそうになるくらい痛いし、苦しい日は何度も何度もやってくる。けれど、瑠偉の言うとおり、病院の人はみんな、ぼくたちの病気が治るようにと一生懸命でいてくれる。

早く退院したいという願いは変わらなくても、病院にいたくないなんて考えるのは失礼なことだろうとぼくは思った。

冬にはクリスマス会、お正月にはもちつき大会が開かれた。「将来の夢」をテーマに書き初めをすることになり、院内学級の床の上でぼくたちは筆を持った。細長い習字の用紙を前に、ぼくはなやんでしまった。

「見てよ、めっちゃよく書けたわ」

得意げな声を出す輝の用紙の文字は、「グランドマスターになる」。

上手ではないけれど、上手い下手なんてどうだっていいんだと言い張るように、角張った字が堂々として見えた。

「になる、は別に書かなくていいんじゃないの？」ぼくは言った。

「そっか。っていうか、チェスのってつけないと意味わかんないか。どうしよう」

グランドマスター。

世界にいる何億人ものチェス好きの中で、トップレベルの人に与えられる呼び名だ。

日本にはまだ一人もいないという。

「見ろよ、瑠偉はやっぱ瑠偉だな」

瑠偉はぼくたちの後ろで、作品を完成させていた。受験のために漢字をたくさん練習しているからか、止めやはらいもしっかりしたきれいな字だった。

「見た目がスカスカじゃないか。二文字だけで」輝が笑う。

「わかってないなあ。いっぱい書けばいいってもんじゃない」

「お、とか、さんをつけたほうがいいんじゃないの」

「それだとなんか、子供っぽいじゃん」

輝の指摘をはねのけて、自作のできばえをほこる瑠偉の夢は、「医者」。

頭のいい瑠偉ならば、じゅうぶんにありえそうな未来だ。

さて、ぼくはというと、なかなか決められない。

グランドマスターという称号も、輝から教わってはいた。

けれど、輝が先にそれを書いたので、同じのを書くのはマネみたいでイヤだ。

なやみぬいたぼくが書いたのは、「チェスを広める」。

「なんだそりゃ」「職業とかじゃないんだね」

二人は首をかしげたものの、書きあげた文字を見てぼくは満足だった。

チェスを覚えて、入院生活を楽しくすごせるようになった。チェスの面白さを知る人が増えたのもうれしかった。日本では将棋のほうがはるかに人気で、チェスを知る人は少ないと、輝やお父さんたちは口をそろえる。日曜日の午前中には将棋の対局をテレビでやっているし、ニュースでも将棋の話題はたくさん出る。

でも、チェスについてのものは見たことがない。

将棋好きの日本人なら、チェスも楽しめるはずだ。

みんなに知ってほしいと思う。楽しんでほしいと思う。

日本でチェスがもっと広まるまで、生きていたい。

それがぼくの夢だ。今、決めた。

「ところでさ」

輝は新しい用紙をもらい、すずりを筆でなでていた。

「グランドマスター」の上に、「チェスの」をつけるべく、もう一枚書くらしい。

「おれ、退院する。来週」

真っ白な紙を見下ろしながら、輝は言った。


「――エバーグリーンゲーム?」

「ヴァーだよ、エヴァー、グリーンゲーム」

その日の夜、輝はてきぱきと駒を並べてみせた。

「おれがいちばん憧れてる、名局中の名局」

アンデルセンとデューフレンというプレイヤーによる、百五十年以上も前の対局だと話した。

「ほら、ルークがポーンを釘付《ピン》けしてて、クイーンがここ。黒番のデューフレンはあと一手でメイトに持ち込める」

「メイトスレットだね」

将棋でいう「詰めろ」の状況。「透が白番ならどうする?」と輝はきいた。輝に分けてもらったプリントで、タクティクスの問題はたくさん解いている。どうにか正解を

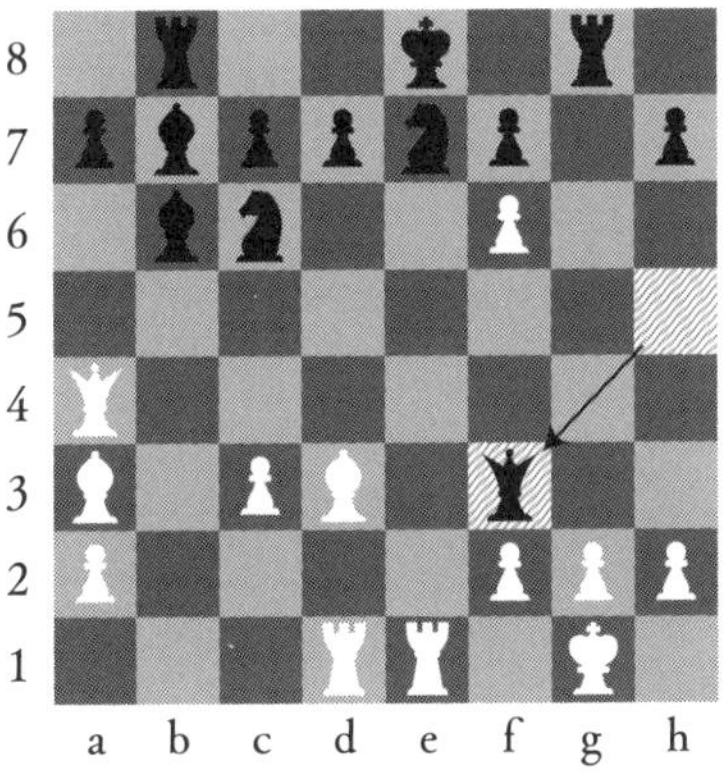

見つけてやるぞと、ぼくはベッドの上でチェス盤とにらめっこした。

「あっ」

答えが見つかったとき、ゾワッと鳥肌が立った。

ｅファイルのルークでナイトを取ってチェックを掛ける。捨て駒《サクリファイス》だ。

ｆ６《シックス》にポーンがいるから黒のキングはルークを取れない。黒番がｃのナイトでルークをつぶしたら、続けて白のクイーンがｄ７《セブン》に飛んで、二度目のサクリファイス。黒のキングがクイーンを取ったら、白はｄのビショップをｆ５《ファイブ》に飛ばし、ｄのルークとの両王手《ダブルチェック》。キングが奥に逃げたら、ｆに動いたビショップが続けざまにチェック。

さらにキングが逃げたところで、ａのビショップがナイトを殺す。とどめをさす。

「すごい。チェックメイトだ」

絶体絶命のアンデルセンは、あと一手で負けるところから、五度のチェックを繰り返して相手を追い詰めたのだ。魔法みたいな逆転勝利。

美しいとはこういうことをいうのだとぼくは知った。

「去年、おれが透に負けそうになった日があっただろ？　透が発作起こして、ＰＩＣＵに入っちゃった日」

「うん」

「あのときの盤面、これとよく似てたんだ。よっしゃいけるって思ったときに透が倒れちゃって。

おれ、すっごい悔しかった」

輝は駒の位置を変えて、そのときの形をつくった。確かによく似ているとぼくは思った。ＰＩＣＵに入ったぼくは、勝ちを逃したと考えて悔しかったけれど、あのまま続けても負けていたわけだ。自分がバカみたいだと思い、輝に悪いことをしたなという気持ちにもなった。

「なんか、ごめんね」

「そんなつもりで言ったんじゃない。こういうのを指してみたいと思わないか？　エヴァーグリーンって、ずっと色あせないって意味なんだ。グランドマスターも夢だけど、こんなメイトをつくるのも夢だよ。これが指せたら、もういいやってくらいの」

輝が退院する日まで、ぼくたちは毎日チェスを指した。

そしてとうとう、その日を迎えた。

♟

「――なんか緊張するわ、何百回もやってんのにな」

特別な対局のために、ぼくたちが使うことにしたのは、文化祭でつくった手作りのセット。買ってきたものに比べればブサイクだけれど、気分はすごくウキウキする。ラウンジのテーブルで駒を並べ、輝は準備体操みたいにうでを伸ばした。表情はとてもすっきりしていた。長い入院生活が終わる。そのうれしさを隠せというほうが無理な話だ。

「白番はゆずるぜ」

「嫌だよ。公平に決めよう」

ぼくは色ちがいのポーンを手に取り、両手のこぶしに隠した。持ち色を決めるやり方だ。輝はぼくの右手を指さした。開いた手にあったのは白。ぼくが黒番になった。

「いいのか」

「もちろん」

迷わず答えた。どちらにしたって、結局一度も勝てずに来たのだ。

「別にこれが最後じゃないしね」

瑠偉が笑った。いすの前後を逆にして、背もたれの上にうでを乗せた。「少し、あいだが空くだけだよ」

これを指し終えたら、輝は病院を出て行く。最後になんとか一勝したいと、ぼくは対局を申し込んだ。テーブルにはスコアブックとチェスクロックを置いた。チェスの大会では一手ごとに棋譜を書きとめて、持ち時間を計るクロックを使う。本格的な練習のために日頃から使いなさいと、輝パパがぼくにくれた。

今日の持ち時間はそれぞれ六十分、一本勝負。

「よし、いつでもいいぜ」

輝が言う。見届け人をやると言った瑠偉が、クロックのボタンを押す。持ち時間を表すデジタルの数字が、カウントダウンを始める。輝はポーンをｅ４に進めて、ぼくはｅ５で返した。いちばん多く指される王道のオープニングだった。

「透、前に言ったよな。おれに勝てれば、病気治るって」

「言った」

「おれは本気でやるよ、わざと負けたりしない」

輝は白駒を展開する。ナイトを動かし、白マスのビショップを前に出す。ルイ・ロペスという定跡だ。モーフィー・ディフェンスにしようか、それともベルリン・ディフェンスを選ぶべきか。守り方について、ぼくはじっくりと考えた。

「透に負けたら治らないって、思いながら指してきた。命がけで」

輝は言った。「だからおれは強いんだ」

「そんな風に言われたら、倒しにくいな」

「おれはもう治ったもん。遠慮するなよ。グランドマスターになるには、覚悟が必要だって話」

「ねえ輝、ごめん、黙って指したい」

わかった、と輝は口を閉じた。瑠偉も何も言わなかった。焦らなくていい。じっくり考えて、一手一手を大事に指そう。ありったけの集中力で、ぼくは駒を動かした。

聞こえていたのは駒を置く音と、チェスクロックを押す音。それだけだった。

対局は、互角のまま終盤に入った。ぼくの持ち時間は残り十分。輝は二十分。ぼくのほうが不利な状況だった。二人とも、駒はルークとナイトが一つずつ、ポーンの数は三つずつ。ドローに持ち込めるなら悪くない、と油断したのがまずかった。ポーンを守るために動かしたキングが、白のナイトに狙われた。二手あとには、どううまく指してもポーンを取られる。終盤戦では、ポーン一つのちがいがどうしようもない差を生む。なんとか続けてみるものの、挽回するのは無理だった。

ぼくはあきらめた。投了のしるしに、黒いキングを倒した。

「まだ負けてないのに」輝が口をとがらせる。

「パスポーンができちゃったもん」

ほかの駒に前進を邪魔されず、クイーンになる道を開いた兵士。

位置を考えれば、輝のパスポーンを止めることはできそうにない。

勝った輝は、さびしそうな表情だった。

最後まで詰め切りたいという様子だった。

ねばってみればよかったかなと思うものの、どう転んでも勝ち目はないのだ。ぼろぼろに負けるより、いさぎよく負けを認めて、ちょっとは格好をつけたかった。

「勝ったら治る、じゃなくてさ」

駒が少なくなってさっぱりとしたチェス盤を見つめながら、輝は言った。

「勝つために治せよ、絶対に」

先生や看護師さんたち、入院する子供たちに見送られながら、輝は病院を去った。輝の乗る青いワンボックスカーが見えなくなるまで、ぼくは感謝をこめて両手を振り続けた。

病室に戻ったぼくは、すぐに棋譜の分析を始めた。さびしさを埋めてくれるのは何よりもチェスだった。

輝が退院してからも、輝パパはぼくを気にかけてくれた。タクティクスやプロブレムのプリントを毎週何十題分も送ってくれて、チェスの本を何冊もゆずってくれた。日本語の本は少ないので、輝パパは外国の本をわざわざ取り寄せ、輝のためにパソコンで翻訳していた。それをコピーしたものを、ぼくにくれたのだ。

勉強の息抜きになるからと、瑠偉も一日に一度は相手になってくれた。見事に白血病を治した瑠偉は、輝の半年後に退院した。無事に開化《かいか》学院中学に合格した。

瑠偉が合格を果たした二月に、ぼくも病院を出ることができた。短い時間だったけれど、小学校に通えたし、卒業式にも出られた。

ぼくは、中学生になった。

潮風が鼻をなでる。焼ける肉のにおいと混じり合う。サンバイザーに赤いTシャツのお母さんが、牛肉やとうもろこしやピーマンをバーベキューコンロに並べる。薄い水色のポロシャツを着たお父さんが、腰をかがめて火加減を調節する。その向こうでは別の家族連れが同じような午後を過ごしていた。知らない家族をぼくはぼんやりと眺めた。

彼の姿はないだろうか。あるはずがないのを知りながら、影を探す。

「透、ぼうっとしてないでどんどん食べなさいよ、これ焼けてる」

「あんまり腹減ってないか？」

せかすお母さんの横で、コンロの火加減をいじっていたお父さんがぬっと顔を出す。「そんなことないよ」とぼくはそばの大皿に箸を伸ばす。食べ頃に焼けたウインナーを口に運ぶと、舌の上でじゅわっと脂が弾けた。おいしかった。お母さんは満面の笑みを見せ、かぼちゃのかけらを頬張った。

「なんだか朝から、心ここにあらずって感じだぞ」お父さんが少しけげんな顔で言う。

「具合悪いの？」お母さんが眉の根を寄せる。

「違うよ」

ぼくは食材をトングで裏返しながら言った。「いろいろ、思い出してさ」

退院したら、五年生の頃に行けなかった遠足のコースを巡ろう。

ＰＩＣＵでの提案を果たすため、お母さんは前日から準備に余念がなかった。ガレージのお父さんは上機嫌にセダンのエンジンキーを回した。ぼくにとっても楽しみな日だったし、実際に恐竜の展示を前にすると、その迫力に退院した実感が持てた。

五月の空はバーベキューのためにあるような快晴で、公園から見える海も待ち望んでいた景色そのものだ。

それなのに、両親のせっかくのはからいに、笑顔で応えきれずにいた。

ぐずぐずしないで、さっさと言っちゃえよ。

輝ならたぶん、そう言うだろう。ぼくは何気なく、青空を眺めた。

「ちゃんと謝れなかった。あのとき」

「ほえっ？」

ピーマンを口に運んだお母さんが、熱さに唇をすぼめた。「何？　どうしたの？」

「おれ、お母さんに、ひどいことを言ったんだ」

遠足に行けないと告げられた、二年前の日。病院の面会ルームでぶつけた言葉は、今日まで消えない後悔の種だった。箸を持ったまま口に手を当てるお母さんを見て、喉が震えた。

「こんな、体に、生まれたくなかったって」

「どうしたんだよ」とお父さんが不安そうな表情を浮かべた。

「謝らなくちゃって、思ってたけど、言えなくて、今日、言おうって決めてて」

涙をこらえた。中学生らしくしゃきっとした態度で言おうと、先週からイメージしていたのだ。ごめんなさい、と頭を下げると、お母さんの腕がぼくの背中に回った。体の温もりが伝わり、湿って熱い吐息が耳に溶けた。

「ほんとに、辛い思いさせたよね。ごめんね、ごめんね」

お母さんが言った。ぼくは首を横に振った。

「偉いね、ずっと考えててくれたんだね。透は強いよ。ちゃんと病気を克服できたんだもん。本当に立派だよ。透が謝ることなんかないの」

お母さんは涙を拭った。「いいから食べよう、ほら、焦げちゃうよもう」

ハッ、と大きく息を吐き、ぼくの両頬を手でピシャッと叩いた。お父さんはコンロのそばにぼくを促し、「これちょうどいいぞ」と何気ない調子で紙の皿に牛肉を載せた。

「焼けすぎだよこっちの」とお母さんはことさらに明るい声を出し、「じゃあ俺が食うよ」とお父さんは慌てた調子で網の肉に箸を伸ばす。冷ましもせずに口に放り込み、「あつつっ」と叫ぶのを見て、お母さんが笑う。よろけた拍子に足下のクーラーボックスにつまずいて、お父さんが危うく転びそうになる。

その姿がバカっぽく見えて、気づけばぼくも笑っていた。

「病気も悪いことばっかじゃない。チェスを知れたもん」

バーベキューのあと、三人で浜辺へと向かった。波打ち際でひとしきりはしゃぎ回り、砂浜に座って海を眺めた。太平洋の水平線が、淡く白い。

「あのとき、お父さんが声をかけてくれなきゃ、輝と友達になれなかったし」

「ああ、そうだったなあ」

お父さんは手元の砂を握ってさらさらと落とし、ぼくの頭越しにお母さんに言った。

「俺、おまえに言ったよな。透から聞いた、輝くんの名言」

「聞いたよ。感動したもん、あたし」

お母さんが答える。そのときのことも、ぼくはくもりなく覚えている。

「勝つために、治したよね、透は」

お母さんの手がぼくの背中をさすった。正確に言えば、完全に治ったわけではない。しかし、充分な回復を果たしたのは事実だ。

「見守ってくれてるよ、輝くんは、おまえのことを」

お父さんはぼくの頭をぽんと叩いた。

すでに、一生分の涙を流したつもりだった。

なのに、思い出せば、視界がくもる。水平線がにじむ——。

ぼくが退院する三ヶ月前、ひとつの知らせが届いた。

輝の訃報《ふほう》だった。チェス教室に向かう途中、バイクにはねられたのだ。横断歩道を渡る途中、左折したバイクが、自転車もろとも彼をはね飛ばした。ガードレールに頭をぶつけた輝は、救急車で病院に運ばれたものの、脳内の出血で意識が戻らなかった。そして、二日後に亡くなった。

お父さんから話を聞いたとき、実感は持てなかった。特別に外出を許されて葬儀に参列し、棺桶に納まる白い小さな顔を見ても、哀しみは湧かなかった。

一生を終えるまでのうちに、輝は自分のエヴァーグリーン・ゲームを見つけただろうか？　そうであってほしいと願う。心から願う。

事故に遭う前の日、彼はチェスの大会で優勝を収めていた。

プロも参加する大きなトーナメントだった。社会人のプロ棋士を小学生が破ったのは、日本のチェス界で例のないことらしく、日本代表も間違いなし、ゆくゆくはきっとグランドマスターになれたはずだと、葬儀に来たチェス教室の先生は涙をためて話した。輝パパは葬儀のあいだ、金色のトロフィーを大切そうに抱えていた。チェスの先生に見せようと、輝が自転車のかごに入れていたものだ。

トロフィーだけは、奇跡的に無傷だった。

病院に戻り、みんなが寝静まった病室で、ぼくはようやく事実を受け止めた。

思いきり泣いた。発作が出てもいいと思った。感情を抑えられなかった。

けれど、いくら涙を流しても、どんなに気持ちが沈んでも発作は起こらなかった。

輝が守ってくれている。

そう考えると今度は、意地でも発作は起こすまいと心が奮い立った。

出会わなければよかったなんて絶対に思わない。決して忘れはしない。

そうでなければ、輝に失礼だ。輝はチェスを教えてくれたし、チェスはぼくに教えてくれた。

目の前にある駒で、勝負をすることがすべてなのだ。

だったら、やれることをやってやろう。

ぼくは、ぼくの体を肯定する。生き残った駒は、死んだ駒の命を背負うのだから。

グランドマスターになってやる、と、ぼくは誓った。

「お父さん、チェスやらない？」

携えたリュックから、セットを取り出す。砂の上に盤を置き、白黒の駒を選り分ける。

「透に誘われるのも、今のうちなんだろうなあ」

お父さんは笑ってぼくのほうに体を向け、あぐらをかく。いっしょに駒を並べていく。

将来への誓いを打ち明けたとき、お父さんはぼくに言った。

トップクラスの選手になるつもりなら、俺に負けてる場合じゃないぞ。

ぼくはお父さんとの勝負を重ねた。退院してからは毎日のように指した。

「俺が最後に勝ったの、いつだっけな？」

「一ヶ月前だよ」

「もしかしたら、もう二度と勝てないかもな」

駒の向きをそろえながら、お父さんは呟いた。「それも悪くない」

しみじみとした様子で盤を眺めるお父さんを見て、お母さんは微笑んだ。この瞬間の二人の表情を、ぼくはずっとずっと覚えているだろうと、ふと思った。

駒を並べ終え、ぼくが白番と決まる。

いつもならｅ４で始めるけれど、あえて別の駒を動かす。

ポーンをｆ４に。初めてチェスを指したときと、同じ手だ。

ぼくは空を見上げた。どこまでも青かった。太陽が眩しかった。

笑うなよ、輝。このあとの指し方を見ててくれ。

あのときのおれとは、違うから。

第2章

ツヴィシェンツーク

チェスは臆病者には向いていない。
——ヴィルヘルム・シュタイニッツ

窓外の山林に、蟬《せみ》の声が響く。僕は黒のポーンをc4《フォー》に進め、白のナイトをテイクする。チェスクロックのボタンを押して棋譜帳に書き込む。相手も棋譜帳にペンを走らせ、渋面をつくって頭を掻く。口を結んでボードを眺め、腕を組んで考え込む。

騒がしい蟬たちとは対照的に、室内の面々はおしなべて寡黙だ。普段は宴会場となっている三十畳の座敷に、我らがチェス部の一同はひしめき合う。二十三人の部員と、顧問の先生。長机を並べてパイプ椅子をきしませながら、僕たちはチェスボードを睨んで長い午後を過ごす。傾き始めた日の光が障子戸の隙間を貫いて、畳の反射が少し眩しい。

「リザイン」

西口《にしぐち》瑠偉は緊張を解いたように体を反らし、椅子に背を預けた。パーマのかかった茶髪をぽりぽりと搔いて、戦いの終わったボードを眺める。「g4が悪手か」

「その前に、d1《ワン》のビショップだね、二十八手目の」

僕たちは駒を定位置に戻し、感想戦を行う。タクティカルなプレイを好む彼は、いかんせん守備への意識が薄い。

「ボトヴィニクがペトロシアンに指した手だよ。局面が似てた」

「ボトヴィニクと同じミスならむしろいいや」

瑠偉は苦笑を浮かべて白と黒の位置を入れ替え、盤面をリセットした。クロックを押す音と駒の音が絶え間なく聞こえる。わざわざ合宿に来るだけあって、部員は誰も飽きもせず駒を動かし続けている。間を置かず、僕たちは次の対局を始めた。

「一回くらいは晴紀《はるき》に勝ちたいんだけどな、引退前にさ」

「チャンスはあと三日だよ」

我らが開化学院高校チェス部は、富士山にほど近い山中湖畔のホテルで、強化合宿の最中だ。四泊五日の合宿は夏休みの恒例行事で、中等部と高等部がともにその腕を磨く。

中等部からは十二名、高等部は十一名が参加した。

僕たち高二は、この合宿を最後に部を引退する。天下の名門と謳われる開化の生徒として、いち早く大学受験の準備を始めねばならない。

「勇退する部長に、華を持たせる優しさはないのか、樽山《たるやま》晴紀よ」

「ないんだなこれが」

あ、と彼は声を漏らした。斜線上に並ぶルークとキングを、僕のビショップが串刺しにした。投了《リザイン》、と彼がもう一度呟くまで、多くの手数はかからなかった。

瑠偉は部長としてこの一年をまっとうした。棋力は僕のほうが上だけれど、皆に愛されるひょうきんさや、後輩たちをまとめる頼もしさでは到底敵わない。背もたれに寄りかかり、体を伸ばす彼が、姿勢を正してふすまのほうを指さした。

「おい、いらっしゃったぞ」

部員たちが一斉に手を止め、顔を向けた。

姿を見せたのは、加保山《かほやま》さんだった。日本では数少ないプロのチェスプレイヤーで、部のOBでもある。毎年、指導のために合宿に来てくれる。相変わらずふくよかな体形で、ピチピチのTシャツを着た彼を見ると、あらためて夏の訪れを感じる。

プロが指導に来るだけあって、開化は強豪校だ。

チェス部のある学校といえば一番に名前が挙げられるくらいで、加保山さん以外にも何人か、プロになった人がいる。社会人や大学生相手のチーム戦でも勝ちを重ねており、部室には大会のトロフィーや賞状がびっしりと並んでいる。

もっともそれは、チェス人口自体がだいぶ少ないおかげでもあるけれど。

「皆さん、お久しぶりです。中一の子は、初めまして」

部員同士の対局特訓を見回ってから、加保山さんはあらためて挨拶をした。

彼の指導は講義と対局がメインとなる。

雑談の後で講義が始まり、チェス盤の描かれたマグネットシートがホワイトボードに掲示された。海外のプロの名局を題材に、手筋の読み方や攻略法などがつぶさに解説され、部員は皆、メモを取りながら話を聞いた。この局面ではどの手が最善かと問題が出され、僕たちは手元の駒を動かしながら正解を考えた。中学生が高校生より素早く答えを導いたり、どう考えても悪手と思《おぼ》しい一手が正解だったりすると、そのたび場は盛り上がった。先生が聞き役を務めての講義は三時間に及んだが、加保山さんはちっとも疲れを見せず、本物のチェス好きなのだなと僕は傍観者《ぼうかんしゃ》みたいに感心してしまった。

「樽山くん、疲れてきたかい？」

額に汗をにじませながら、加保山さんは僕を見た。思わぬ指摘に慌て、僕は眼鏡《めがね》の高さを指先で整えた。彼は腕時計を見て笑いを浮かべた。「あらら、夕食の時間じゃないか。よっしゃ、飯食って風呂入ったら、多面指しといこうか」

部屋の空気がにわかに緩む一方で、僕は自分自身に戸惑っていた。最後の合宿だというのに、講義のあいだに取ったメモ書きは、我ながら散漫なものだった。

夕食をとり、風呂に入り、友人たちと雑談をかわしつつ、去年までのような手応えを感じずにいる自分に気づく。引退を前に感傷的になっているのかと自問してみるけれど、そういう気分ともまた違う。

「多面指し、誰か勝てるかな？」「そりゃ晴紀じゃね？」「がんばれよ樽山、我らが期待の星」「瑠偉はどうなんだよ」「駒落ちでも負けるっしょ俺なんて」

風呂上がりのにおいを醸《かも》す部員たちは、好き勝手なことを喋りながら机の配置を変えていった。

多面指し。加保山さんが部員全員を相手に、同時対局を行うのだ。先生もそこに加わり、二十四のチェスボードが一人のプロをぐるりと囲む。

　僕が参加する合宿はこれで五度目。外部の大会も含め、加保山さんとは何度か指させてもらったが、一度も勝ったことがない。

「あぁ、緊張するなあ何度やっても。体力いるんだよこれ」

　畳の部屋の中央に立つ加保山さんは、浴衣姿で屈伸してみせた。膝を曲げたときに丸々とした体がユーモラスによろけ、笑いを誘った。

「今笑ったやつ、対局料十万」

　ジョークを飛ばしながら、彼は部員たちの前を回り始めた。駒の色は問わないと言われ、僕を含めた大多数が白番を選択した。指し手を考えるために与えられた持ち時間は六十分。一手ごとに二十秒を加算するフィッシャールールとはいえ、加保山さんが一人一人に費やせる時間は少ない。

　にもかかわらず、挑戦者たちのキングは次々と倒れていった。加保山さんは流れ作業をこなすように指していき、立ち止まることがほとんどなかった。

「はあ、やっと歩き回らずにすむ。やっぱり足に来るね」

　恰幅のいいおなかが、僕の前で止まった。二時間近い対局の末、最後の生き残りとなったのは僕だった。部員のみんなが周りに輪をなす。加保山さんはパイプ椅子に座り、口に拳を当ててじっと考え込む。駒のエクスチェンジを重ね、僕は優勢なポジションを保ち、戦力は互角のまま終盤にもつれこんだ。お互いにポーンとルーク一つずつを残す形になり、長い探り合いが続いた。やがて彼は僕の目を見て頷いた。わざわざ口に出さずとも、暗黙のうちに伝わるサインだ。

ドローにしよう、という合図だった。

膠着《こうちゃく》した盤面を前に、僕は首を縦に振った。彼と短い握手を交わした。

勝負は無言のうちに決した。引き分け。戦力が完全に拮抗した状況での、最も穏当な終わり方だ。すげえ晴紀、耐えきった、と周囲から声が漏れる。プロに勝ちを許さなかった、とみんなは思っている。違う。攻めきれなかったのは僕だ。重要な局面で緩手を指し、勝ちを逃したのだ。

加保山さんは汗ばんだこめかみを掻き、唇を曲げた。自らの駒運びに満足していない表情だった。

「今のレーティングはどれくらいだっけ？」加保山さんが僕に尋ねる。

「二二一五です」

「ああ、もうCMだったか。多面指しではさすがにきついや。春のユースは惜しかったな」

「知ってるんですか」

「後輩のゲームは一通り見てるさ。前よりも中盤戦がうまくなってるね」

熱戦を称えるような拍手が起こった。プロと渡り合い、褒め言葉までもらった。

嬉しいはずなのに、達成感は湧いてこない。勝てる勝負を逃したからではない。

もっと根本的な部分で、僕は自分を認められずにいた。

その後、合宿の余興《よきょう》にと、加保山さんを囲んでの質問大会が始まった。

部員たちは畳に腰を下ろし、お菓子をつまみながらさかんに手を挙げた。

中学生から飛ぶ問いは、チェスを始めた時期や尊敬するプレイヤーについてなど、高校生には聞き覚えのある質問だったけれど、加保山さんは丁寧に答えてくれた。

高校生からは戦略に関する問いが多く飛ぶ。ミドルゲームのプランニングやエンドゲームの進め方などに話が及び、昼の講義が再開するような形になった。

質疑応答が一段落した頃、僕はすっと手を挙げた。

「プロのプレイヤーになって、よかったと思いますか？」

視界に映る全員が僕を見た。加保山さんはぽかんとした表情だった。

「注目もあまりされないし、その、わかんないけど、収入とかも将棋の棋士より……」

失礼なことを訊くなあとばかりに、皆が失笑を漏らす。

彼らの笑いが、半ば自虐的《じぎゃくてき》な意味を含んでいるのを僕は知っている。

日本においてチェスはマイナー競技だ。チェス部自体が稀な存在だし、我が校でも部員数は将棋部の半分に満たない。

難しい質問だな、と加保山さんは腕を組んだ。

「決してお勧《すす》めはしないかな。私みたいなＩＭレベルでは高収入とは言えない。需要も多くないしね」

そこで、続きを考えるように間をつくった。「だからね、お勧めしないって言われて、やめとこうって思うなら、こっちには来ない方がいい。君らも天下の開化生だ。真面目に勉強してそれなりの大学に入れば、食い扶持《ぶち》の当てはいくらでも見つかる」

開化の東大合格者数は、全国の高校で五指に入る。僕自身、東京大学が第一志望だ。

その先に何があるのかまでは、今は深く考えられずにいた。

「まあ、チェス界を盛り上げてほしいとは思うけどね。私の収入アップを助けてくれ」

わっと笑いの輪が弾けたが、僕はほかの部員たちのような表情はつくれずにいた。

入部以来、校外で行われる大会にもたくさん参加してきたし、去年の春には当時の大学生チャンピオンに勝った。冬には国際チェス連盟《FIDE》公認のタイトルを獲得できたし、部の中で一番に強い自負だってある。

にもかかわらず、もやもやとしたものが胸の奥にわだかまって、重い。

「すみません。変なこと訊いちゃって」

「わざわざ謝りに来ることじゃないのに」

一日の活動を終えて自室に戻った後、僕はこっそりと彼の部屋を訪ねた。個人的に仲がいい、なんてことはまるでないので、緊張いっぱいで頭を下げた。

加保山さんは頬を少し赤らめていた。ほんのりと酒のにおいがした。

何か用事かと尋ねられ、僕は思いきって言った。

「プロになりたいって思ってたんですけど、最近はよくわからなくて」

「人生相談に来たのか」

目を丸くした彼は鷹揚《おうよう》に笑い、室内へと促してくれた。布団の敷かれた座敷の奥、小さなテーブルのあるスペースにはチェスセットとワインがあった。彼は冷蔵庫を開き、缶のコーラを差し出した。ワインをグラスに注ぐ仕草が格好良く見えた。

加保山さんは海外遠征を重ねる一方、国内ではチェス教室のトレーナーを務めていた。彼の出版したチェス指南の書籍を、中学生の僕は熟読したものだ。

「クラブカップは出るのかい？　十一月の」

「その予定です」

プロも参加する秋の大会。去年の大会でも、今年の春のユースでも、僕は同じ相手に負けている。才能に満ちた天敵の顔が頭に浮かび、背筋が硬くなる。

「何かほかにやりたいことがあるのかい？」

その問いに、目線がつい下へと傾いた。卓上のボードでは駒が展開していた。

缶を掌《てのひら》の上で転がしながら、僕は答えた。

「親は、官僚になれって言うんです」

僕は樽山家の三男坊にして末っ子だ。父は経済産業省の役人で、長兄は今年、国土交通省に入った。大学生の次兄は民間志望で、外資系の金融を考えているらしい。近所でも評判のエリート一家だと、母は誇りにしている。

「プレッシャーもあるわけだ。で、プロを目指すべきかどうかってことか」

「チェスを教えてくれたのは、父親なんですけどね」

両親はいわゆる躾に厳しいタイプで、テレビゲームは許されず、塾に通い始めた小四からはマンガも禁止。父が唯一つきあってくれる遊びがチェスだった。知力の発達に効果的だと語り、書斎には英語のチェスの本がたくさん並んでいた。

実際、アメリカの一部の州やフィリピン、トルコやオーストリアなどでは学校教育に取り入れられている。ブルガリアやアルメニア、ハンガリーでも授業科目に加える動きがあるそうだ。歴代の世界チャンピオンを眺めても、ラスカーやエーワは数学者、ボトヴィニクは工学者であり、チェスが成績向上につながると父は考えたのかもしれない。かくして実際、僕の成績は上がった。兄二人が優秀だったから、勉強で評価されることは少なかったものの、チェスの腕だけは褒めてもらった。

「だけど、あくまで遊びだぞって。仕事にはするなって」

「お父さんに会うのが怖いなあ」加保山さんは気にする風もなく笑った。

「最近はわかんないんです。自分が本当に、チェスが好きなのかどうか」

「私に訊かれてもなあ」

ワインを一飲みした彼は苦笑し、小さくげっぷをした。「焦ることはないだろ。大学に行って道を探してもいいわけだし」

「海外だと、僕の歳でとっくにGMになってる人もいるから」

ハンガリーのユディット・ポルガーは十五歳、アメリカのファビアーノ・カルアナは十四歳、中国の卜祥志《プシアンチイ》は十三歳、ロシアのセルゲイ・カヤキンに至っては十二歳でGMのタイトルを得ている。キューバの伝説的な名人ホセ・ラウル・カパブランカは、四歳で父親にチェスを習い、ルールを覚えるや否や父親を打ち負かしたという。

「そして目の前には、IMのままの三十歳がいるわけだ」

「ああ、いや」

僕は慌てて手を振った。受け取りようによってはとても無礼な言い方だったと気づいて目を伏せると、彼は笑い飛ばしてくれた。「加保山さんのことは尊敬してます。僕自身の問題なんです。自分に才能があるのかどうか、わからなくて」

「あるって言ってほしいのかい?」

ふと見た顔に笑みは残っていたものの、彼の声色は重かった。「甘えるなよ」

「すみません、そんなつもりじゃ」俯く僕に、彼は続けた。

「ほかにやりたいこともないからチェスプレイヤーにって考えなら、やめたほうがいい。なれるって確信のあるやつだけが、なれるんだ。俺はそう思う」

一人称が「俺」になったのを、僕は聞き逃さなかった。

「負けるたびに、死のうかと思うくらい悔しくなる。不本意なドローで終わらせちまったときも同じだ。たとえ多面指しでもね。そういう気持ちを抱えたことはあるかい？」

僕は気づいていた。卓上の駒の並びは、先ほど僕を相手に指したものだ。その分析を彼は行っていたのだ。「明日も指そう。次は勝つよ、必ずね」

いつしか彼は真剣な顔つきに変わっていた。自室に戻り、布団に潜ってから、僕は己の甘えに気づいた。温和な雰囲気の彼に優しい言葉を期待していた。

同室の皆の寝息を聞きながら、しばらく眠れなかった。

翌日以降、合宿の最終日までに対局の機会は二度あった。甘やかすような緩手や悪手は一切なく、いずれも僕の完敗に終わった。ボートレジャーや花火大会、引退式などの最中も、彼との対局のことばかり考えていた。


「面白えなあ晴紀、加保山さんにあんなこと訊くんだから」

二学期の始業日、部員には夏合宿の様子を写したミニアルバムが配られた。昼休みの教室でアルバムを開きながら、瑠偉がけらけらと笑う。彼が指さす写真は、質問タイムの風景を撮影したものだ。加保山さんを囲む浴衣姿の一団の中、ひとり俯く黒い頭があった。僕だ。

「中学の頃みたいに無邪気ではいられないんだよ。悩めるお年頃なんだ」

茶化して答えてみるものの、瑠偉のように朗らかに振り返る気にはなれない。彼は自分のワンショットが載せられたページを開き、得意げに見せつけた。合宿のラストを飾る引き継ぎ式では、新部長の後輩と熱い抱擁《ほうよう》を交わし、一同の笑いを誘っていた。

「あ、そうだ」

ワイシャツのネクタイを緩め、右耳のピアスをいじくってにやつく。生徒の自主性を尊重する開化は、校則が緩い。瑠偉は教育方針どおりに自主性を発揮し、中学の頃から茶髪のパーマを決めている。昔は内向的な性格だったらしいが、中学入学と同時に「人格改造を施した」そうだ。

「悩める青年よ、気分転換したらどうだ？　うじうじしてると、ちんこがポーンサイズになるぞ」

「元部長にあるまじき発言だな」

「おまえ、合コンって行ったことある？」

思いがけない質問に、頭が一瞬真っ白になった。

「サッカー部の棚木《たなき》っているだろ、あいつの女友達と四四《よんよん》でやることになってさ、玲桜《れいおう》の子なんだけど、向こうの一人があまり慣れてないらしくて、ほかの連中がウェーイってなったら引いちゃうかもってんで、こっちも不慣れなやつを入れろって話」

瑠偉が一息に話すあいだ、僕はぼうっとしていた。

合コン。そんな単語を上級生や同級生から聞いたことはある。男子校の開化では出会いがないため、他校の女子との交流に心血を注ぐ生徒もいる。

だが、僕には縁遠い話だった。

その方面に積極的なのは運動部、文化系なら音楽部、もしくは部活動よりも街遊びに目覚めたタイプの連中で、チェス部の面々は概して女子とは別世界の住人だ。ただでさえチェス人口は少なく、女子となるとさらに少ない。運動部の部室を「男臭い」と表現することがあるが、本当に男臭いのは我らチェス部のほうなのだと、どこか悲しいプライドの中に生きていた。瑠偉のような男は希少種である。

「いやあ、でも、ほら」

僕はためらいを隠せなかった。「俺みたいなのが行くと、雰囲気壊しちゃうよ」

「聞いてなかったのか。慣れてない子がいるから、むしろいいんだよ。棚木と、もう一人は副島《そえじま》。二人ともわかってるから、なんとでもなるよ」

棚木と副島。同級生のサッカー部員で、ろくに喋ったこともない。どちらも「爽やかイケメン」の部類と言って間違いない。

「おまえら三人、メジャーピースだろ。俺だけポーンだよ、嫌だ」

「意外にそういうやつがウケたりするんだ。ポーンはチェスの魂じゃん」

チェス部員には聞き古した格言だ。この格言を残した十八世紀の名人、フィリドールもまさか、日本の高校生の合コンに引用されるとは思わなかっただろう。

思春期の男子たるもの、女子に興味がないわけではない。

行き帰りの電車で、同年代の可愛い女子には目が向いてしまう。パソコンの前で自制心と欲望を秤に掛け、後者が重くなる夜もある。

しかし、実際に女子と喋るとなると、怖い。

「まあいいから来いって。人生勉強よ」

瑠偉は唇を横に広げた。女子と打ち解ける勇気もないのかと、笑われるのも怖かった。

かくして、僕は人生初の合コンへと参じることになった。

♜

鏡の向こうの男子高校生は、冴えない見た目をしていた。長くも短くもない無思想な黒髪で、中学の頃から替えていない黒縁の眼鏡は、スタイリッシュなデザインでもない。我ながら特徴のない顔つきだ。背は低くないけれど高くもないし、取り立てて筋肉があるわけでもない。どんな服を着ていけばいいものか。前日の夜、自室のベッドに私服を並べてひとしきり考えた。ファッションには興味がなく、大体は兄二人のお下がりか、母がどこかで買ってきたものだ。

下手に気取っても身の丈に合わない。数あわせに呼ばれただけなのだから、無地の白いTシャツとジーパンでいいやと決めた。棚木や副島のような爽やか系、瑠偉のようなチャラ男系に場を任せて、隅っこでジュースでも飲んでいればいい。

「せっかくなんだからおしゃれして来いよ、チャンスを活かせ」

集合場所である渋谷のハチ公前で、僕にダメ出しをしながら、瑠偉は自分のファッションについて熱く語った。黒いカーディガンはどこどこのブランド、赤いTシャツは原宿の古着屋で買った限定ものなどと話し、バニラっぽい香水のにおいを漂わせている。

「うっす、瑠偉！」「おっ、瑠偉、その時計どこで買ったの？」

棚木と副島は、瑠偉を見つけるなりグータッチを交わした。棚木は麦わら帽子にアロハシャツ、副島は日焼けした肉体を見せつけるような黒いタンクトップで、金のネックレスをしていた。二人もまた香水をつけているらしく、自分だけ汗臭かったらどうしようかと、僕は二の腕にこっそりと鼻を当てた。

風体を見るにつけ、ノリが違うなとつい萎縮してしまう。二人とは挨拶程度の会話を交わすものの、彼らが僕に興味を示す様子もない。てんで面白みのない人間だと己に失望しつつ、とりあえず無事に終わればいいと、スクランブル交差点に進む三人の後ろをとことことついて行った。

道玄坂《どうげんざか》のファミリーレストランで八人掛けのソファを確保したのは、待ち合わせの二時まであと十五分の頃合い。昼食は抜いてこいと言われたので空腹であるはずが、いざとなると食欲が湧かずにいた。ドリンクバーに立ち、僕はコーラを注いで席に戻った。

「お、来た来た」

程なくして、相手の四人が店の入り口に姿を見せた。おーいと棚木が手を振り、こちらに近づいてくる女子の姿を見て、自然と身が硬くなる。四人のうち三人が茶髪で、そのうちの一人はキャバクラ嬢みたいに長髪がくるくるしている。ヘソ出しファッションの子がいたり、太もものあらわなホットパンツの子がいたりと、いかにもギャルっぽい出で立ちに気圧《けお》される。

「どう座る?」「ユリコ奥行けば?」「ふふっ。違うでしょ」「マキ、一番奥どうぞ」

マキと呼ばれた女子が、僕の正面に座った。ん、と奇妙な感覚にとらわれた。

黒いショートヘアに灰色のトレーナーで、茶色い縁の眼鏡を掛けていた。地味な雰囲気はほかの三人と明らかに異質だが、僕が感じた奇妙さは別のこと。記憶の中の何かが揺さぶられる。

「ドリンクバー行ってこよ?」通路側に座った女子が席を立とうとした。

「いいよ」すかさず棚木が立ち上がる。「俺が行ってくる。何がいい?」

さすがあと瑠偉が笑い、三人の女子はコーラゼロ、カルピスソーダ、アイスピーチティーと口早に言いつけた。

「マキ、早く言いなよ」

「あ、ごめん、えっと、あの、ウーロン茶お願いします」

隣の女子に急かされて、目の前の彼女が遠慮がちに言った。棚木が席を離れると、女子の一人がテーブルに身を乗り出し、瑠偉たちと他愛のない話を始めた。僕は案の定、なかなか会話の輪に入れずにいたけれど、さしあたり問題はない。

　正面の女子。彼女には見覚えがある。まさか、そんなことが。

　お待たせえとお盆を手に、棚木が戻ってくる。グラスを並べ、副島がジンジャーエールを片手に揚々と音頭を取り、六人の男女はこなれた調子で乾杯をした。僕はなんとか調子を合わせ、マキは僕よりさらに控えめな手つきでグラスを合わせた。

　棚木も副島も瑠偉も、そつなく自己紹介を済ませ、僕の番がやってくる。

「えっと、樽山晴紀です。瑠偉と一緒のクラスで、同じチェス部でした」

　ほかに何を言えばいいのかわからず、変な沈黙が生まれた。女子三人が笑い出し、やばい、面白い、つかありでしょ、てかすごくない？　などと言い合った。三人の態度はいくぶん不快だった。席に着いたときから、僕のほうをちらちら見て、小声で何かささやき合っていたのだ。馬鹿にされている感じが否めなかった。

「こいつ、キャンディデイトマスターなんだぜ、大人より強いの」

　瑠偉がフォローのように僕を持ち上げてくれるが、三人は眠たそうな相づちを返すばかりだ。中途半端に関心を持たれても鬱陶《うっとう》しいかもしれないが。

　続けて女子の自己紹介が始まる。通路側から順にカタセナオミ、イマオカユリコ、オカベモエカと名乗る。三つの名前を、僕は明日にでも忘れるのだろうなと思った。

「じゃあラスト、どうぞ」

棚木に促された彼女は、ウーロン茶を頼んで以来、ようやく声を出した。

「シライマキです。三人と同じ、バトン部です」

シライマキ。その音が確信をもたらす。頭の中で漢字が浮かぶ。

白井真妃。

間違いないと思いつつ、声を掛けあぐねた。六人が各々に料理を注文し、早くも打ち解けた話を始める横で、僕と白井さんだけが輪に加われずにいた。男子三人のざっくばらんな様子を見て、才能という言葉が浮かぶ。見知らぬ相手とすぐに仲良くなれる才能は、まるでないなと痛感する。飲み物が減っていくけれど、下手に飲み干せば瑠偉たちの前に割り込んでおかわりを取りにいかねばならず、それも億劫《おっくう》だった。

「あのう、白井さんって」僕は恐る恐る言った。「昔、育都《いくと》アカデミーにいなかった？」

「え？」俯いていた彼女が、すっと顔を上げた。あの頃より大人びて、少し怯《おび》えたような目つきだったものの、聡明そうな面立ちは変わっていない。

「俺、覚えてない？　樽山。育都で、一緒のクラスだった」

ぱっちりした二重まぶたの目に、驚きの色が宿る。

「樽山くんって、あの樽山くん？」

彼女は眼鏡の蔓《つる》に指を添え、じっと僕を見た。

久しぶり、とほころぶ顔に光る八重歯は、当時のままだ。

僕と彼女は同じ学習塾に通っていた。最難関中学受験クラスで席を並べた仲だ。

小学校は違ったが、五・六年の頃には三時間の授業を週に四日、同じ教室で受けた。

「何？　知り合い？」

瑠偉が会話を聞きつける。同じ塾にいたと答えると、女子たちは嬉々として食いついてきた。

「まさか偶然の再会？」「わお、運命的じゃん」「つか二人ってお似合いじゃない？」

冷やかすような調子が気に障るが、料理が届くと、場の注目はすぐさまそちらに移った。空腹の身を誘う唐揚げやサラダ、ポテトやピザがテーブルを埋め尽くした。

僕が食いつくのは料理より、断然、白井さんだ。

彼女は、僕がかつて恋をした相手なのだ。

「玲桜入ったんだ？　そっか、志望校だったよね」

玲桜女子は中学も高校も偏差値のトップ校。どうやらギャルっぽい子もいるようだけれど、チャラさでいえば、こちらの男子も似たようなものだ。

「中学受験は失敗しちゃったけどね。高校で受かった」

小学校時代を思い出す。僕が第一志望に受かった一方、白井さんの勝負は不首尾に終わった。滑り止めには受かっても、肝心の学校だけは届かなかったのだ。

受験後の慰労会《いろうかい》で塾に集ったとき、公立進学を決意したと皆に話した。高校受験でリベンジを果たすと彼女は言った。辛いはずなのに、誰よりも前向きでいようとする彼女の姿が、ひどく健気に感じられたのを覚えている。

「育都のやつらって、今もつながってる?」

僕は同級生の名前を並べ、誰がどこの中学に行ったと話題を膨らませた。夏期講習であんなことがあった、日曜特訓ではあの先生が面白かったと話すうち、はたと気づく。己の鈍感さを呪う。合格した僕にはいい思い出だが、彼女にとってそうとは限らない。迂闊《うかつ》な話題を詫びると、彼女は如才《じょさい》ない笑顔を見せた。

「気にしないでよ、今思うと楽しかったし。あの頃に戻りたいかも」

ほっとする僕に、彼女は尋ねた。

「さっき言ってたあれって、なんだっけ、なんとかマスターってやつ」

「ああ、キャンディデイトマスターね。チェスの称号」

チェスのプレイヤーは強さに応じて、FIDEから称号を与えられる。グランドマスター(GM)を最上位に、インターナショナルマスター(IM)、FIDEマスター(FM)、キャンディデイトマスター(CM)と続く。FIDEが認める大会に出場して勝利を重ね、条件を満たせばその資格を得られるのだ。

「どれくらいのレベルなの? それって」

「日本だと五人かな。FMは確か三人で、IMは二人。GMはまだ出てない」

「大人も含めて？　すごい。日本のトップクラスなんだ」

「部活は引退しちゃったけどね、最近は正直……」

加保山さんとの会話が頭をよぎる。首をかしげた彼女に、何でもないよと僕は笑ってみせた。

「白井さんのほうは？　バトン部っての、よく知らなくて」

「うん、あ、料理もらお？　オカベさん、食べていい？」

彼女は隣の女子に尋ね、面倒くさそうに振り向いた相手は、いいんじゃないのとけだるそうに答えた。三人も同じ二年生だと言っていたのに、なぜいちいち許しを請うのだろう。違和感を覚えつつも、疑問を口に出すのが憚《はばか》られ、僕は黙って唐揚げをつまんだ。飲み物を取りに行く瑠偉に乗じて、コーラのおかわりを頼んだ。気の利く瑠偉は白井さんにも尋ね、彼女は二杯目のウーロン茶を求めた。

「ねえ、真妃」

キャバ嬢風のイマオカが身を乗り出す。「彼、なんだっけ名前、そう、樽山くん。樽山くんって、イケてるよね？」

何を言い出すのか。発言の意図をくみ取れない。カタセとオカベがそれに同調し、不自然に僕を褒めあげる。

「知的な感じするじゃん」「こっちの三人はチャラすぎるし」「真妃とタル、タルカワ？　樽山くん？　似合うと思う」「いいんじゃない？　眼鏡カップルで」

嘲笑の色を帯びた囃し立てに苛立《いらだ》ちつつ、空気を壊すのも気が引けて、苦笑いでやり過ごす。棚木が携帯電話を取り出して占いサイトの話を始めると、女子三人は画面を覗き込み、僕への注目をやめた。戻ってきた瑠偉が飲み物を置いて輪に加わり、ひとまず面倒な事態は避けられたものの、この場の支配者だとばかりに気ままに振る舞う人たちとはやはり、上手に打ち解けられない。女子三人が目配せを交わしながらこちらに聞き耳を立てている風もあって、むずむずするような居心地の悪さは終わりまで消えなかった。

♜

「……真妃がね、樽山くんと二人になりたいらしいの」

カタセが声を潜めてそう言ったのは、店を出る間際だった。

デザートを食べ終え、カラオケに行こうと皆が盛り上がる中、歌の苦手な僕は迷いを覚えた。帰るのはたやすいけれど、せっかく会えた白井さんと別れるのも名残惜しい。

連絡先を聞けないかとまごついていたら、カタセが意外なことを言い出した。

「一緒に、どっかで休んでくれれば？」

彼女たちと白井さんがさして仲良くないのは充分察せられる。体《てい》よく追っ払いたいのだろう。

いいよね、とカタセは僕でなく、男子三人に尋ねた。彼らは驚いた様子を見せつつも笑みを浮かべ、いいなあ晴紀と一様に囃した。

「じゃーねー！」「うまくやれよ！」

ファミレス前で六人と別れ、僕は正直なところ安堵していた。

「今日みたいな会って得意じゃないんだ。カラオケも好きじゃないし」

坂道を上りながら、白井さんに話しかける。身長は目線ひとつ分、僕のほうが高い。彼女は俯いたままで、表情は髪に隠れていた。好かれたなら嬉しいと思う反面、そんな都合のいい話もないだろうと、自らに言い聞かせる。

「向こうは向こうで盛り上がりたいんだよね、俺たちがいないほうが」

「樽山くん」

彼女は遮るように言って、ふいに後ろを振り返った。つられて目線をやると、やや離れた場所になぜか、さっきの女子の一人がいた。確かオカベだ。オカベは顔をそらし、立ち止まって携帯を覗き込む。道行く人も多い中、大声で呼びかけるのは気が引ける距離だった。

「ホテル、行かない？」

白井さんがぽつりと言った。ホテル、と聞こえた。

事情がよくわからない。夕刻と呼ぶにも早い時間帯だし、宿に泊まる理由もない。遠い地域に引っ越したのかと考えるも、玲桜に通う彼女がそれほど遠方に暮らしているはずもない。

「何か、お泊まり会みたいなのがあるの？」

僕の向けた問いはとんちんかんなものだった。

彼女の口から次に発せられた、単語の意味を考えれば。

「ラブホテル、行ってくれないかな」

♜

驚愕、当惑、緊張、葛藤、期待、不安、興奮、恐怖、欲望、歓喜、疑念、好奇心。

感情はまったくまとまりがつかない。まともに頭が働かないまま、気づけばホテルの一室に身を置いていた。掌と背中に汗がべったりにじむのがわかった。ピンクの壁の部屋にはテレビでしか見たことのない幅広のベッドがあり、天井は鏡張りだ。僕を見下ろす僕は、どこか他人のような顔をしていた。

今から、いわゆる、そういうことをするのだろうか。

四年半ぶりに再会した、片思いの相手と。

喜びが顔を出し、不安に変わる。緊張が張り詰め、欲望がじわりと膨れ上がる。

彼女が期待しているなら応えるべきなのだろうか。いや、でも、でも。

「こういうとこ、来たことないんだ。男子校でほら、女子と付き合いもなくて」

何を話せばいいのかわからず、言い訳めいた台詞が漏れ出る。

返事がない。不思議に思って振り向くと、白井さんは部屋のドアに寄りかかって動こうとせずにいる。様子がおかしい。彼女から誘ったはずなのに、今すぐにでも逃げ出しそうな、青ざめた表情だった。

「樽山くん」

深刻な病かと心配になるほどに、顔色が優れない。

「セーシッテ、出したこと、ある？」

咄嗟《とっさ》には意味が解せなかった。頭の中で彼女の言葉を繰り返し、「精子」の文字が浮かんだ。直接的な単語に唖然とする僕を尻目に、彼女は肩に下げた小さな鞄から何かを取り出した。ピンク色の紙切れに見えた。

「何？　それ」僕は怪訝な思いで尋ねた。

「コンドーム」

彼女は突然、ばっとしゃがみ込んだ。膝に顔を埋め、体を震わせた。

何が起きたのか、どういう状況にあるのか、明確な答えは何も得られない。

声を掛けても顔を上げない彼女は、泣いているようにも、病気の発作を起こしたようにも思えた。救急車を呼ぼうかと言ったら、髪の毛が激しく左右に揺れた。

「どうしよう、どうしたらいい？」

どうしようもなかった。ただ、そばにいることしかできなかった。

会話できるようになるまで、十五分ほどの沈黙が必要だった。彼女の息づかいと洟《はな》をすする音だけが部屋に響いていた。

ようやく語られたのは、決して芳しいとは言えない種類の話だ。

白井さんは、三人の女子から迫害を受けていた。

今日の合コンも、彼女を陥れるために計画されたものだったのだ。

「もともとはね、あたしが悪かったんだ」

同じ部活のあの三人が苦手。友達との内緒話で、白井さんはぽろりと打ち明けた。ちょっとした会話のつもりだったし、たとえ本人たちの耳に入っても、よっぽどの悪辣《あくらつ》な連中でなければ無視するほどの内容だった。ところが、相手はよっぽどの悪辣な連中だった。本人たちに知れるや迫害が始まり、三人は学年中に彼女の悪口をばらまいて貶《おとし》めた。悪意に満ちたデマは収拾がつかず、秘密の話題を友人に口外されたショックもあって、状況を改善する気力も湧かなくなった。

エスカレートする差別と攻撃の果てに下された「命令」が、「男子とホテルに行ってセックスしてこい」「証拠も見せろ」「精液入りの避妊具の画像と、裸の画像を送ってこい」。

要するに、外道で最低ないじめだ。

「そこまでされる筋合いはっ」せり上がる憤りで、僕はふいに咳き込む。「ないっ」

ホテルに来て抱いたあらゆる種類の感情が集束する。凶悪な名前に変わる。

殺意。小学校の頃以来芽生えずにいた衝動に押され、携帯電話を取り出す。

「待って、どこに掛けるの?」

「瑠偉に居場所を訊く。全員ぶん殴りに行く」

「やめて、落ち着いて」

携帯を奪おうとする手をかわすも、彼女はかまわず組み付いてきた。密着する相手に体がこわばり、通話ボタンを押せなかった。ごめん、と彼女の体が離れ、せっけんのような香りにうっとりしたのも嘘じゃなく、それ以前に性的な出来事を期待していた自分に腹が立ち、悔しくて嫌になって、心の中がばらばらになった。

「あーっ!　もう!」

座り込んだまま両手で頭をかきむしる。「どうしたらいいの?　俺は!」

「どうもしなくていいよ」

頬の涙が乾き始めた彼女の目に、また湿った光が宿る。「迷惑は掛けない」

「……やらなかったって言ったら、どうなるの?」

「別の男とやらせるって。大丈夫。なんとかするよ、そのときはそのときで」

「なんとかできなかったら?」

僕にも多少の性の知識はある。世の出来事を見聞きするうち、暗い想像力を培《つちか》いもした。彼女が誰かにレイプされるなんてことがあれば、僕は本当にあの女子どもを殺すかもしれない。

「ともかく落ち着いて。樽山くんの友達を巻き込んだりしたら、すごく嫌なの」

「俺の同級生はグルじゃないよね」仮にグルなら、瑠偉とは永久に絶交だ。

「違うと思うよ。一人は同じ部活の人なんでしょ」

「いいやつだよ。ただ、他の二人は別に、友達じゃない」

「けど、嬉しかったよ」

予期せぬ一言にはっとして、白井さんの顔を見つめた。力なくも、優しい笑顔があった。

「うちの三人に一個だけ感謝するとしたら、久しぶりに、樽山くんと会えたこと」

「感謝なんかしちゃいけない」

僕は声に力を込めた。「人の人生を汚そうとしてるやつに、感謝することない」

彼女は少し黙った後で、そうかもね、と呟いた。

「でもね、樽山くんと話せたのは嬉しかった。それは本当。ねえ、教えてよ、チェス」

気丈な表情が、受験後の慰労会で見た顔と重なる。

あの頃の自分には何もできなかった。彼女のために今できることがあるとして、そのひとつがチェスであるならば、何百局でも相手になる。

僕が頷くと、彼女は手を合わせて頬にえくぼを刻んだ。

三人の女子に感謝などしない。けれど、瑠偉には感謝すべきなのだろう。もしも僕以外の誰かがあの場に呼ばれていたら、その誰かが邪悪な人間だったら、彼女はこの部屋で押し倒されていたかもしれない。そうならなかったのは、せめてもの救いだ。

そう思わなくちゃ、やっていられなかった。

♜

だが、問題は解決していない。

白井さんの身に、さらに呪わしい事態が降りかかるかもしれない。

一晩考えて、僕は決意した。理由をでっち上げ、瑠偉から一人の女子の連絡先を聞きだした。瑠偉に探りを入れてみたけれど、彼が共犯者であるとはやはり思えなかった。

自室で携帯電話を握りしめ、当の番号をプッシュする。

「はぁい」「カタセさんですか」「あんた誰」「昨日の合コンで会った男です。樽山です」「ああ、え、何、なんで番号知ってんの」

合コンのときとは打って変わった、無愛想で平板な声色だ。掌に汗がにじみ、携帯がかすかにべたつく。奥歯をぐっとかみしめて、息を詰める。

「男子の一人から聞きました」「あんた、やんなかったんでしょ結局」「えっと、白井さんを、あの」「何？　よく聞こえない」

正直な気持ちを言えば、怖かった。番号を知ってから、掛ける決意を固めるまで、三時間近くを要したのだ。強気な女子というだけで、声の通りが悪くなる。高二にもなって情けないと感じつつも、つけまつげに彩られたぎらぎらした目を思い浮かべると、言葉がつっかえてしまう。

「し、白井さんを、いじめてませんか」「は？　何？　人聞き悪いんだけど。彼氏つくってあげようって思っただけじゃん、親切心でしょ」

ひどく陰湿《いんしつ》な人間が、電話の向こうにいる。その事実に無性に悲しくなる。

「恋の応援して何がいけないの？　いろんな友情の形があるわけ」

「だけど、あの人が、嫌がってるのは！」

「声でけえし、コミュ障かよ」

昔のトラウマが蘇る。言いたいことは間違っていないはずなのに、言葉を押し出そうとするたびに鼓動が速まって苦しくなる。

「僕が、あの、言いたいのは」「切るわ。もう掛けてくんなよキモいから」「ホテル行けって言ったんですね、男とやらせるって言ったんですね」「言ったよ、だから何？」「今のろくっ、録音しましたから！」

一方的に言いつけて、電話を切る。録音の終了を確かめる。

充分に伝わったか自信がないけれど、最後の警告を発するのがやっとだった。

僕は玲桜女子高校のサイトを開き、問い合わせ窓口にメールを送った。個人名は明かさず、いじめの状況だけを伝えた。なぜもっと堂々と訴えられないんだ。己の臆病さにほとほと嫌気が差し、その日はチェスの駒をつまむ気にもなれなかった。


「あーっ、そっか！　二つのビショップが利いてるんだ、なるほどねえ」

白井さんと再会したのは二週間後の土曜日。

自転車で行ける距離に彼女の最寄り駅はあり、僕たちは駅の近くの喫茶店でボードを広げた。近所の常連客で成り立っているような、昔ながらの古ぼけたお店で、チェーン系のカフェよりもよほど落ち着ける場所に思えた。

芳ばしい香りが立ちこめる喫茶店で、コーヒーを飲みながら女子とチェスを指す。密やかな夢が叶った秋の午後だ。ファミレスで出会った日に比べて、彼女の顔つきは穏やかで張りのあるものだったし、黄色いニットのカーディガンも和やかな表情と調和していた。

「樽山くんは、どうしてチェスが好きになったの？」

「父親の影響かな」

「うちのお父さんが将棋好きでさ、本とかいっぱい持ってるの。チェスのこと話したら、将棋のほうが奥が深いって。チェスのルールも知らないのに言うんだよ。おかしくない？　それじゃ奥深さとか比較できないよね？」

彼女は笑いながら話したけれど、僕は考え込んでしまった。

奥深さについては誰かの議論に任せるとして、僕自身はなぜ、チェスが好きになったのだろう。もしも父が将棋を指していたら、僕は将棋部に入っただろうか。

チェスに惹かれた理由は、何だっただろう。

即座にその魅力を語れない自分がもどかしい。

「樽山くん、ボビー・フィッシャーって知ってる？」

彼女の口から、そんな人物の名前が出るとは意外だった。

「チェスを指してて知らない人はいないと思うよ」

「やっぱり有名なんだ。ネットで調べてみたら、名前出てきて」

にわかに心が沸き立つ。チェスに興味を持ってくれた事実に、大げさでなく感動すら覚えた。

ボビー・フィッシャーは、世界で最も名の知られたプレイヤーだ。

冷戦時代、チャンピオンの座を独占していたソ連の前に、そのアメリカ人は颯爽と現れた。宇宙開発競争をはじめ、米ソが何かにつけて優劣を競う時代に、彼は文化的な戦いの期待を一身に背負い、チャンピオンのスパスキーに挑んだ。両国の国民が注目する世紀の戦いで、見事勝利を収めた。

「一時期は日本にもいたんでしょ?」

「アメリカを追われちゃったからね。国のヒーローだったのに」

冷戦後のボスニア紛争に絡んだアメリカは、ユーゴスラビアに経済制裁を科した。そのユーゴスラビアで、フィッシャーは宿命のライバルであるスパスキーと対局を行い、これがアメリカ政府の逆鱗に触れた。なんと国籍まで剝奪されてしまったのだ。

「チェスしか見えてなかったんだろうね。精神的に問題を抱えてたともいうし」

「そこまで何かにはまれるって、すごいことじゃない?」

はまってみようかな、と白井さんは言った。斜線《ダイアゴナル》からの攻撃に悩み、盤上に指先を遊ばせる彼女の姿は、写真に収めたいくらいに愛らしかった。

この時間を壊したくないと思いつつも、僕は何局目かの終わりに学校の様子を尋ねた。状況が気になって仕方なかったのだ。

「最近は、何も言ってこなくなった」

アイスカフェモカのグラスを手にする彼女の顔に、以前のような悲愴感はない。

「なんでだろう、もう飽きたのかな。だったらほっとするけど」

カタセに電話したことや学校へのメールについては、言わずにおいた。わずかばかりでも手助けになれたなら喜ばしいが、結局は意気地のなさを明かしてしまうようで、べらべらと語る気にはなれない。

「ほかの子が標的にならなきゃいいんだけどね、あいつら何かと攻撃的だし」

「忘れたほうがいいんじゃないかな」

「部活、やめようと思ってるんだ。バトン部。楽しくなくなっちゃった。ねえ、もしよかったらなんだけどさ」

彼女は胸の前で指を組み、躊躇《ちゅうちょ》するように口ごもる。じれったくもあり、心地よくもあった。

「土日とかに、月一くらいでもいいから、チェス教えてくれない？」

「毎週でもいいよ」

ネットでもやれるしと付け加えそうになって、やめた。

彼女とまた、会いたかった。

♜

「結局一番おいしい思いしてるじゃん、俺に感謝しろ。帰りに何かおごれ」

朝の新宿の街を歩きながら、瑠偉に背中を叩かれる。傘を持つ手が揺れ、しずくがこぼれ落ちる。十一月に入り、めっきりと寒くなった東京には雨がぱらついていた。いつもなら学校にいる時間だが、僕たちの向かう先は、新宿にあるビルだ。

日本チェスクラブが主催するクラブカップ選手権。

チェス部は年に何度か、こうして校外の大会に参加する。年内の公式大会としてはこれが最後で、引退した高二が区切りをつける機会でもあった。

多くのテナントが入っている複合ビル。会場はその五階だ。

エレベーターの前で、見知った相手にばったりと出会《でくわ》した。

「やあ、元部長にＣＭくん」

加保山さんが笑って手を振る。大会は大人から子供まで、出場資格を問わないオープン戦で、彼もエントリーしていた。「西口くん、相変わらずチャラいなあ」

茶色から赤へとシフトした髪を、瑠偉は照れくさげにいじる。地味な風体のチェス指しが多い中、浮いてしまうのは目に見えていた。

「それよりこいつですよ、カノジョできたんですから」瑠偉が僕を指さす。

「カノジョじゃない。友達」

すかさず訂正した僕が可笑《おか》しかったのか、加保山さんの肉厚な頬が緩む。

「チェスのほうはどうだい？　もちろん優勝狙いだろ？」

「誰かが加保山さんを倒してくれれば、ですけど」

五階に上がって受付に行き、入場の手続きを済ませる。先に来ていた部員たちとロビーで挨拶を交わす。顔の知られた加保山さんは注目を集め、知り合いと思しき男性と談笑を始めた。

大きな大会ではあるが、対局の舞台は飾り気のない会議室。四つの部屋があり、実力によって二つのコースに分けられている。僕たちが向かうのは、練度の高いプレイヤーが待ち受ける部屋だった。上位コースの参加者は四十人で、白髪の老人から学生まで年齢層は広く、女性も数人いた。チェスセットの置かれたテーブルが並び、席には出場者の名前と番号が割り振られている。長丁場の対局に備え、飲み物やお菓子を机上に置いている人も少なくない。電子機器の持ち込みには厳しい禁止事項がある一方、対局に障らない程度の飲食は自由なのだ。

「お、宿命のライバル発見」

瑠偉が楽しげに部屋の奥を指さす。僕を見てにやつく。黒い学ラン姿が目に留まり、無意識に僕の背筋は伸びる。瑠偉に連れられ、僕は相手のもとへ近づいた。

「瑠偉、何だよその髪、完全に遊び人じゃん」

散髪したてと思しい整った頭で、おっとりした風貌の男子が親しげに微笑む。

「透も青春しろよ。合コンでカノジョつくるとか」

「俺の恋人はチェスだから」

苦笑いで瑠偉をいなす彼を前に、親しみと対抗心が同時に湧き上がる。

望《もう》木《ぎ》透。

同学年の彼は、僕と同じキャンディデイトマスターだ。

瑠偉からチェス仲間として紹介され、中学の頃にはちょくちょく練習対局をした。

以前に重い病を患っていた瑠偉は、入院先の病院で彼と出会ったらしい。

「そうだ透、終わったらアキラの墓参り行かないか、すぐ近くだし」

「付き合うよ、この前も行ってきたけど」

「そっか、いつも行ってんだよな、大会前は」

「うん、ねえ樽山くん、早指しでもやらない？　ウォーミングアップに」

「いや、やめとく。本番で勝負」

オッケー、と朗らかに笑う透に、気圧される自分に気づく。春に開かれた高校生以下のユース大会では彼が優勝し、僕は準優勝に終わった。ここ一年は彼に勝てていない。じりじりと差をつけられ、彼はいまやＦＩＤＥマスターの領域にさしかかろうとしている。昔は自分のほうが強かったと瑠偉は言うが、きっと冗談だ。

僕はこの場に来るまでに、密かな決意を固めていた。

今回の大会で透に勝てなければ、プロへの夢に見切りを付けようと決めたのだ。たいした才能もないのにしがみついても仕方ない。チェスは趣味として割り切り、来たるべき受験に備えて勉強に勤しむ。引退した高二の真っ当なあり方だ。

二人の雑談を聞き流しつつも、なんとなく落ち着かなくて、僕はそばを離れた。指定された席に座り、備え付けのボードを定刻まで睨んでいた。

クラブカップ選手権は全四日間。一日に行うのはそれぞれ一局、ないし二局。スイス式トーナメントと呼ばれるしくみで、勝ちを重ねるほどに強い相手とマッチングされる。

出場者の全員が七局を戦い、優勝が決定するシステムだ。優勝者と準優勝者はチェスオリンピアードという大規模な国際大会の出場選手に内定する。

程なくして開会の時間となり、選手は皆、各々の席に着いた。

「締めの大会で、まさかこんなことがあるとはな」瑠偉が呆れた調子で言った。

「参加者四十人だから、二十分の一。五パーだ。ないい数字じゃないだろ」

「そりゃそうだけど」

苦笑気味に赤髪をいじる彼が、初戦の相手だった。

持ち時間は九十分、一手指すごとに三十秒が加算される。

「やってやろうじゃねえか、これで勝ったら金星よ」

強さの値を示すレーティング。瑠偉は一六九一で、僕とは五〇〇以上の開きがある。初戦のマッチングは、レート差のある者同士で組まれるのが通例だ。今回で言えば、レート上位二十名と、下位の二十名がぶつかる形でマッチングがなされている。

「どうせなら赤じゃなくて、金に染めてくれればよかったのに」

「せめてドローにしてやるさ」

瑠偉はジャケットの袖をまくり上げた。僕はその台詞に思わず笑った。

「何だよ、馬鹿にしてんな」

「違うよ、こっちの話」

審判《アービター》によるスタートの合図とともに、会場中のチェスクロックが次々と押された。

♜

九月に出会って以来、僕と白井さんは毎週土曜日にカフェで落ち合った。根っから真面目な子なのだろう、僕が話したチェスについてのアドバイスを、彼女は小さなメモ帳に細かくまとめていた。こちらが恐縮してしまうほどだった。

「チェスが世界に広まったのって、引き分けが多いからじゃないかな」

対局中に、彼女は言った。

チェスは引き分けが多いのでつまらない。

将棋好きのお父さんからそんなことを言われてしまい、むっとしたという。

「ヨーロッパだと違う国の人同士で指したりするでしょ。勝ち負けがあんまりはっきりしたら殺伐としちゃうじゃん。仲良くなれるように今みたいなルールになったんじゃない？　実力に差がないならドローもいいいですねって。親睦を深めやすい的な」

「その発想はなかったな」

確かに、チェスはドローが生じやすい。統計でいえば実に三割。カスパロフやクラムニクのような最強クラスなら、対局の四割以上がドローだし、ＧＭ同士が戦えば二局に一局は引き分けだ。

ドロー自体が稀な将棋に比べれば、すっきりしないゲームに思われるのかもしれない。だが、僕からすれば、その駆け引きもまたチェスの醍醐味だ。

「お互いのキングだけが残ると」

僕は言った。「達成感があったりするよ。自動的にドローになるんだけど、とことんやり尽くした感じっていうか」

「そしてチェスが終われば、キングもポーンも同じ箱に帰る」

「え？」

「イタリアのことわざだって。深い意味は知らないけど、なんかいいなって」

発想の面白さに驚かされるたび、僕は彼女に惹かれた。何気ない一言にも導きのかけらが宿っていた。僕はきっと、チェスの海の浅瀬でしか泳いでいない。潜ることさえできずにいるのかもしれない。

ドロー狙いも立派な戦略だ。終盤まで均衡を保てば、引き分けに終わる確率は跳ね上がる。あいつと戦ってそれさえ叶わないようなら、もうやめにしたほうがいい。


二十五手で瑠偉を沈めた一回戦を皮切りに、僕は二日目も勝利を重ね、透とぶつかることになったのは三日目の四回戦だった。加保山さんをはじめ、実力者が集う大会での優勝は難しい。透に勝つことが、今回の僕の目的だ。

彼は今日も変わらぬ学ラン姿で、特別な気負いもなさそうな普段どおりの表情だった。

アービターが合図を行い、僕たちは挨拶の握手を交わす。

僕が白番となり、クロックがカウントを始めた。

チェスには定跡がある。数百年の歴史の中で培われてきた序盤の最適解。

最も代表的な一手目が、キングの前を開けるポーンe４。

黒はポーンe５で応じるのが定番で、僕たちは教科書どおりの一手目を指した。

僕はナイトをf３に移す。イタリアンゲームやルイ・ロペス、スコッチゲームなどさまざまな戦術に展開が可能だ。この一局に備え、透の棋譜を研究し直した。公式戦のみならず、チェスサイトにおける記録も分析した。世界で何百万も登録者のいる大手チェスサイトでは対戦記録がすべて閲覧できる。ナイトf３の次に、透がナイトc６を指す確率は八十二パーセントで、ナイトf６と跳ねるペトロフディフェンスが十パーセント、d６のフィリドールディフェンスがおよそ三パーセントだ。

どれかだろうと予測を立てていた僕は、想定外の応手に虚を衝かれた。

透はその二手目に、ポーンf５を選んだ。

「…………ラトビアンギャンビット？」

対局中の発言は違反行為、とわかっていても、つい呟いてしまった。

攻撃的ではあるが、隙が大きくなるオープニングで、マスタークラスのプレイヤーはまず指さない。キングがクイーンに狙われる格好の斜線を自ら開く陣形で、白番が主導権を握りやすくなる。なめているのか。自ら不利にするなんて。

透の顔を見た。彼は口元に手を添えたまま、沈然として盤を見下ろしていた。

熱くなってはいけない。相手の目論見《もくろみ》を見抜き、攻め筋を組み立てねばならない。奇襲的なギャンビットへの応手を思い出し、先々の動きを計算する。c3にナイトを展開するムロトコフスキーバリエーションか、c4にビショップを出すマイエアタックか。

部活動の中で体得した手筋を盤面に重ねる。敵陣へのプレッシャーを高めていく。駒同士の連結を図り、満を持してクイーンの攻撃を放つ。

透が眉間に皺を寄せる。ため息を吐いて額に手を当てる。

勝てる、と思った。

♜

雨音が、窓の外に聞こえる。強い雨だ。遠く雷鳴も響いている。

外の暗さで、雲の分厚さがわかる。湿度が増し、雨のにおいが屋内にも広がる。

　対局開始から三時間後、僕はビルの一階ロビーにいた。思い出したくない盤面が嫌でも脳裏に蘇る。形勢はみるみるうちに逆転し、後半は防戦を強いられるばかりだった。時間は充分に残っていたにもかかわらず、焦った僕は起死回生を狙ってチェックを図った。

　その手が大悪手《ブランダー》だった。初級者でもわかるようなメイトスレットを見逃し、挽回不可能な窮地に落ちた。ドローのチャンスすらない惨敗だった。

「なんで勝てないんだ」

　投了した僕は無意識に呟いた。他の対局はすでに終わっていて、部屋には僕と透と、アービターの女性だけだった。棋譜を記したスコアシートを眺めてみれば、試合が進むにつれ自分の文字が乱れていくのがわかった。苛立ちが鮮明に表れていた。

　決定的な敗因はわかっている。

　だが、途中までは順調だったのだ。透は淡々と駒を並べ直していた。

「樽山くん、負けないようにと思って指してるよね」

「え？」不可解な指摘に、つい睨みを向けた。彼は顔色ひとつ変えずに続けた。

「今までの棋譜を見るとわかる。ドローを取るのをいつも計算して、陣形を固めてる。だから、奇襲を掛けて揺さぶろうと思った」

「ラトビアンは得意なのか？」

「初めて指した。負けてもいいから突き崩してやろうって。樽山くんの顔に焦りが見えて、攻めに気を取られてるのがわかった。次の動きが読みやすくなってたよ」

「たいした才能だ」我ながら卑屈な口調で、僕は言った。

「入院が長かったからね。狭い環境にいた分、見えるものをよく見るようになったんだと思う」

勝利の満足感からか、透はいつになく饒舌だった。一方の僕は頭が重くなって、まともに彼の顔を見られなくなった。感想戦を続けようとする透の話を遮り、僕は部屋を出た。いつもならば冷静に、反省点を分析できるはずなのに、今日だけは我慢できなかった。

震えがとまらない。エレベーターに駆け込み、一人きりの空間で思い切り叫んだ。

対局中に気づいていた。術中にはまった僕は、じたばたともがくしかなかったのだ。

チェスクラブカップ選手権、五ラウンド目を開始します。まだお集まりでない方は五階の大会議室へお急ぎください。

ロビーで館内アナウンスに促されても、なかなか立ち上がることができなかった。

「……そのあとは、どうだったの?」

一週間後の土曜日、行きつけの喫茶店で白井さんと会った。

誇らしく戦果を語りたかったが、結果は七戦中、三勝三敗一分け。優勝は加保山さんで、透は三位、僕は二十位止まりだ。好きな相手と向き合うのが、今は辛い。

「こんなに悔しいって思ったことはないかもしれない。自分でも意外なくらい」

続く試合でも頭を切り替えられなかった。透に指した悪手が呪わしく浮かんだ。勝勢を見込んだ油断、打開を図った末のあり得ないブランダー。

悪手など何度も指してきたし、透に負けたのも初めてではない。けれど、数日間は不眠が続くくらいに悔しさが拭えず、僕はベッドでのたうち回った。

才能のなさを思い知らされたようで、それが何より辛かった。

「プロになるのは諦めようかなって思うんだ」

「一回負けたくらいで何よ」

「透には負けっぱなしさ。俺はたいしたプレイヤーにはなれないと思う」

部活を引退してから、ずっと考えていた。チェス部にいた五年間でタイトルホルダーにもなれたし、多少の棋力は備わった。しょせんは多少だ。

透のように、本当に実力のある人間を前にして、己の無力を痛感したのだ。僕の表面的な解析とは違い、彼は棋譜の履歴から心理を読み取り、そのうえで未経験のオープニングを指した。一方の僕は、優位に進めているつもりで相手の罠にまんまとはまり、あげくに拙《つたな》い応手を繰り返して勝手に自壊。これほど無様なことはない。

「たいしたプレイヤーになれないから、辞めるの?」

抹茶のシフォンケーキにフォークを立てて、彼女は僕を見つめた。

「間違ってない?　本気で悔しいのは、本気で好きだからじゃないの?」

「プロになれるのは、なれるって信じてる人だけだって、大先輩が言ってて」

「信じてないの？　そんな人にあたしはチェスを教わってたの？」

手元に置いたメモ帳をぱんと叩いた。僕が並べようとする泣き言など、全部消し飛ばしてしまいそうな、まっすぐな瞳が眼鏡の奥にあった。何も言い返せずにいる僕に彼女は続けた。

「あたしも受験落ちたとき、死にそうなくらい悔しかったよ。でも、だから頑張れたんだもん。いざ入ったら嫌な目にもあったけど、学校を辞めようとは思わなかった。あいつらに負けるみたいだし」

彼女はフォークを置き、両手を引っこめた。背筋を伸ばし、少しだけ顔を俯けた。

「樽山くん、あいつらの一人に、言ってくれたんでしょ」

カタセから言われた、とミルクティーを口に運んだ。余計な真似をしてごめんと謝ったら、彼女はカップを置いてぶるぶると首を横に振った。

「なんで謝るの？　樽山くんのおかげ。つっかかってこなくなった」

ありがとう、と頭を下げる彼女に何を言えばいいかわからなくて、僕は気づけば過去の出来事について話し始めていた。

「昔、助けられたから。今度は、俺が助けなきゃって」

「昔って？」彼女が顔を上げ、目をぱちくりさせる。

「小学校の頃、俺、いじめられてたんだ」

同級生のグループに目を付けられ、悪口を言われたり、持ち物を隠されたりした。両親や先生に相談することもできなかった。助けてほしいという気持ちはあったけれど、憐れみを受けるみじめさも当時の僕には恐ろしくて、口を閉ざしていた。

「塾の勉強も大変でさ、だけど五年の頃かな、白井さんが言ったんだよ、勉強って楽しいじゃんって。俺には衝撃でさ。魔法にかかったみたいって言うと大げさだけど、それから勉強が本当に楽しくなった」

何を食べてもおいしくない。父とのチェスも指す気になれない。無感動な日常が、くっきりと変化したのを覚えている。嫌なやつらのこともいつしか気にならなくなった。くだらない連中にかかずらうより、算数の問題をひとつでも多く解きたかった。白井さんがいなければ開化に合格できなかったし、チェスを続けようと思わなかったかもしれない。

勉強とチェスは似ている。

運に左右されず、論理と記憶が力となり、パターンを覚えるたびに能力が高まる。時として啓示のようなひらめきが降りてくる。

そしてチェスには、予定された答えはない。求められるのは、僕だけの解法。

気の弱い僕が自らを主張できる場所、表現できる場所が、ボードの上だ。

「ぜんぜん覚えてないよ、なんか恥ずかしいわ」

両手で頬を包む仕草が愛おしい。「でも、楽しむって大事だよね」

素直な思いを吐き出すうちに、心の曇りが晴れていくような気がした。

入部してから勝った負けたを夢中で繰り返し、オンラインで海外の猛者と戦い、書籍で棋譜を研究した。チェスとともにある日常が当然だった。

僕はあの日々を、純粋に楽しんでいた。そのことを彼女は思い出させてくれた。

本気で悔しいのは、本気で好きだから。

苦みの効いたコーヒーとともにその言葉を飲み込むと、落ち込んでいた自分が馬鹿みたいに思えた。彼女を失望させるなんて、あまりにも罪深い。

「ごめん」

僕は掌を合わせた。「さっきの、撤回する」

♜

ボビー・フィッシャーは国を背負ってチェスを指し、国を捨ててチェスを指した。

ただの遊びと割り切ってもいい。けれど時には国家に関わるくらいの、とてつもない遊びなのだ。チェスには人生を費やす価値がある、と彼は教えている。

〈プロになりたいと、真剣に考えています。〉

加保山さんにメールしたのは、己に対するけじめだ。

〈合宿のとき、君に伝えそびれたことがある。〉

彼のくれた返信は、今後の人生の支えとなってくれるものだった。

〈年齢の話をしていただろ。有名なプレイヤーは確かに、若いうちにGMになっている。ところで、エンリコ・パオリについてはどう思う?〉

そのイタリア人プレイヤーは、九歳でチェスを覚え、八十八歳で名誉グランドマスターの称号を授与された。九十七歳で亡くなるその二年前まで、公式大会に出場し続けた。

人生まるごととも言える時間を掛けて、チェスと向き合ったのだ。

〈年齢より才能より、大事なものがある。もうわかってるだろ?〉

加保山さんはオンラインで特訓の相手になってくれた。時間の空費と感じさせるようなプレイはできない。そう思って手を考えるたび、強くなれる気がした。

僕は顧問の先生に許可をもらい、下級生たちのコーチ役を買って出た。人に教えることで学べることがたくさんあるのだ。名人の棋譜を分析し、部員相手には駒落ちのハンデでトレーニングを続けた。インターネットで世界の腕利きたちと対局した。

負けると悔しい。悔しささえも心地いい。初めてチェスを知ったときのような、瑞々しい喜びを感じていた十二月、ある事件が起きた。

「樽山晴紀くんだよね?」

校門を出て駅に向かう途中、声を掛けられた。見知らぬ三人の男子がいた。三人とも僕と同い年くらいに見え、いずれも粗暴な雰囲気をまとっていた。一人はだぶついたトレーナー姿でキャップを被り、一人は茶髪のロン毛。もう一人は黒いパーカーでフードを被り、背丈は僕を見下ろすくらいに高かった。

「ちょっと、面貸してくんない？」キャップの男がにやけた顔で言う。無視して通り過ぎようとする僕の前に立ち塞がり、逃げんなよと威嚇的な声を出す。

「カノジョとは仲良くやってる？」

ロン毛の男が肩を摑み、顔を寄せてくる。たばこ臭い息が白く浮かんで消える。「玲桜の子でしょ、何だっけ名前、真妃ちゃん？」

僕は思わずロン毛の顔を睨んだ。目が細く、唇が分厚い。やはり知らない顔だ。

なんで彼女を知っているのかと訊くと、ビンゴビンゴとふざけた調子で騒ぎ始めた。

「あの子に何かしたんですか」

「樽山くん次第だな」ロン毛が口の端をつり上げる。「ともかく一緒に来いよ」

逃れることもできないまま、僕は学校の近くにある公園へと連れられた。

遊具といえばブランコと滑り台だけの、簡素で小さな公園だった。曇りの空はすでに日が落ち、誰もいない公園の空気はしんと冷え切っていた。

三人は公衆トイレへと僕を追いやった。臭《くせ》えなあ、と彼らが評するとおり、中は排泄物のにおいが漂い、蛍光灯の放つ光はぼやけていた。水色のタイルの壁や灰色の床は、チェスボードと同じ格子模様。しかし、残念ながら似ても似つかない。

「寒いしちゃっちゃと済ませよっか、とりあえず金出して」キャップが言う。

「開化って私立でしょ、けっこう持ってるよね」

ロン毛が僕の鞄に手を伸ばし、抵抗するといやらしく笑う。長身の黒パーカーがトイレの出入り口を塞ぎ、無傷で脱出するのは難しそうだった。

「二択な。外すと罰ゲーム」

生臭い息を吐いて、キャップが二本指を立てる。「俺らに金払うか、払わないか。進学校の生徒なら、正解はわかるよな?」

「払いません、どいてください」

逃げようとするも、黒パーカーに押し戻された。ざんねーんと叫んだロン毛が「罰ゲーム」と言うより早く、僕は腹を殴られた。急な衝撃に腹を押さえると、今度は背中に打撃を食らう。くずおれそうになり、小便器の縁に手を突く。髪を掴まれて便器の壁に押しつけられ、ぬめった感触が左の頬を覆う。眼鏡がずれて視界が歪む。汚臭がこびりついた陶器の冷たさに、心が折れそうになる。

「頼まれたんだわ。なめたやつがいるからシメてくれって。そうだ、忘れてた」

一人が僕のズボンをまさぐった。ほら、見てろよ。頭の拘束が解けて振り向くと、ロン毛は大便器の上で僕の携帯電話を振っていた。やめろ。僕が言うのと同時に相手は携帯を便器に落とした。水洗のレバーを下げた。水の流れる音が、残酷に響いた。

なぜ携帯を捨てたのか。通報を避けるのとは別の意図が、ふと浮かぶ。

こいつらの裏にいるのは、玲桜の女子。僕が警告した相手、カタセだ。

携帯に残された録音内容を恐れ、こいつらをけしかけたのだろう。

だが、あの出来事からは数ヶ月が経っている。なぜ今更、僕を攻撃するのか。

気を取られるうち、鞄のポケットを探られた。持ってるじゃん、とキャップが言った。財布から、何枚かの千円札が抜き出された。

しけてんな、と吐き捨てながらキャップは紙幣を数えた。

「でさあ、おまえの好きな真妃ちゃん？　なんか調子乗ってるんだって？」

「何の話ですか」紙幣を取り戻そうとするもかわされ、財布を床に放られる。

「聞いてないのか。言ってたけどな。標的じゃなくなったからって、別のやつを守ろうとして、食ってかかってきたって」

言葉足らずの説明から、意味を組み立てる。いじめが止んだ後、ほかの誰かに矛先が向くことを彼女は心配していた。自らの心の傷も消えてはいないだろうに、他人を思いやろうとする彼女に、僕は尊敬の念を抱いたものだ。

おそらく、カタセたちは新たな標的を見つけていたぶっていたのだろう。それを見過ごせない白井さんは、被害者の盾となって暴虐に抗ったのだ。その結果、連中は再び彼女に憎悪を向けた。味方である僕を狙えと、この公衆トイレにつながった。

ただの推論だ。確証は何もない。けれど、想像するに難くない。

憂い顔の誰かを見たら放っておけない子なのだと、またひとつ彼女が愛しくなった。

「何笑ってんの?」

ロン毛に頬を殴られ、眼鏡が飛んだ。再び髪を摑まれ、小便器に顔を押し込まれた。

「これから毎週、金持ってこい」

ロン毛が横から顔を覗き込む。「でなきゃ真妃ちゃん、拉致っちゃうよ?」

「あの子は巻き込まないでください」

「持ってくるんだな?」

僕は黙った。ぐりぐりと便器に鼻の頭を押しつけられた。

「持ってくるんだなって訊いてんだよ!」

はい、と言えば逃げられるかもしれない。だが、嫌だった。ほんの一時《いっとき》であっても、こんな連中に屈服するのは絶対に嫌だった。必死で逃れて財布を拾い、鞄を持ち上げる。黒パーカーめがけて全力でタックルをかますも、押し戻されて転ぶ。

なぜこんなことをするんだ。金がほしいのか。馬鹿なやつらだ。チェスセットは二千円もあれば買える。オンラインなら無料で無制限に対局できる。

一生を費やしても足りない娯楽が、すぐにでも手に入るのに。

僕は床にうずくまった。背中や腹を足蹴にされた。懸命に耐えた。ここで音を上げれば、小学校の頃に戻ってしまう気がした。彼女に顔向けできないと思った。

「何だよ、持ってくるって言えよ、だりいなあ」

だるい？　当たり前だろう。こんなくだらないことに労力を費やしているんだから。

「だるいのはこっちだ」

詰まりそうな息を吐き出し、僕は言った。「おまえらの相手してる暇、ないんだ」

「あぁ？　なんつった？」

キャップがいぶかしげな声を出す。僕は体を起こし、思いのままに叫んだ。

「やることたっぷりあんだよこっちは！　本気で楽しいとか悔しいとかそんなこと一個でも持ってんのかバカ！」

あぐらを掻き、三人を睨みつけてやる。「痛くねえんだよ！」

ありったけの力を腹に込める。

「透のクイーンg2のほうがよっぽど痛かった！」

「訳わかんねえこと言うな！」

顔に前蹴りをかまそうとしたキャップの靴を僕は掴む。相手は片足を取られてよろけ、個室の仕切り板にぶつかる。「うわ！　こいつマジでむかつくわ」

「あの子に手を出したら！」

夢中でもみ合う。恐怖と痛みで涙がこみ上げ、息が詰まって喉が震える。

「ぶっ、ぶっ殺すぞ！　ふざけんじゃねえ！」

叫ぶ僕の頬をロン毛が殴る。ぶっころしゅじょー、とロン毛がからかいの声を出し、泣いてるぜ、だっさとキャップが笑う。床に倒れた僕はもう一度立ち上がってキャップに摑みかかった。人を殴ったことも、まともに喧嘩したこともない。それでも、とにかく一矢報いてやらないと気が済まない。ロン毛が僕の襟首を摑む。キャップから引き剝がす。キャップが僕の腹を殴る。ウエッと情けない声が出て、またも床に放り出される。

「……あの子に……手を……出したら……」

「まだ言ってるよ」ロン毛が言った。「つかマジで殺すか」キャップが言った。

「待て」

誰かの声がした。静かな声だった。

出入り口を塞いでいた黒パーカーが、すたすたと歩み寄ってきた。ノビー、どうしたんだとロン毛が言う。ノビーと呼ばれた長身の男が、僕の前にしゃがみ込む。

「おまえ、さっき、なんて言った？」

大柄な男の接近に、振り絞った勇気も尽きてしまいそうだった。

なんて言ったと言われても、何が何だかわからない。

「……そうだよ、そうだよ、そうなんだよ、俺が、ずっと、考えてた」

男は呟きながら、パーカーのフードを脱いだ。坊主頭で眉の太い顔があらわになった。僕の頰を両手でばんと叩いた。僕は頰を摑まれたまま、黒々とした瞳に射すくめられた。キスでもされるんじゃないかと、違う種類の恐怖心が芽生えた。

「本気で楽しいとか本気で悔しいとか……そうだ、俺が欲しかったのはそれなんだよ！　本気になれることなんだよ！」

相手の目はらんらんと輝いていた。あるいは危険な薬でも摂取しているのかと、さらなる不安に襲われたそのとき、足音が聞こえた。何をしてるんだと野太い声が響き、狭い空間はにわかに騒がしさを帯びた。やべえ、とキャップが黒パーカーの肩を摑んだ。

紺色の制服が見えた。警察官だ。

「ノビー、逃げるぞ！」「何やってんだよノビー！」

待ちなさいという声とともに、警官とロン毛がもみ合いを始める。別の警官が姿を現し、キャップを捕まえる。一人が慣れた手つきでロン毛とキャップの両方を拘束し、もう一人は黒パーカーの肩に手を伸ばして持ち上げた。

「おい！　本気で生きてえんだよ俺も！　どうすりゃいいんだよ教えてくれよ！」

奇妙だった。羽交い締めにされ、後方に引きずられながら、黒パーカーは叫んだ。

「教えろって！　おまえは何に本気だってんだ！」

「チェスだよ」僕は答えた。

答えない限り地の果てまで追いかけると言わんばかりの剣幕に、思わず応答していた。

「何だよチェスって！　放せよ！　おまわりさん教えてくれよ！　チェスって何だよ！　あれか！　テニスみたいなそういう……」

三人が連行され、トイレの中は静まりかえる。呆然として立てずにいたら、晴紀、と呼ぶ声がした。出入り口の壁からそっと、赤い髪の男子が顔を出した。

ぼやけた目でもわかる。瑠偉だ。無事なのか、と彼は間の抜けた質問をした。

「無事じゃねえよ、見りゃわかんだろ」

「ああ、よかった！」

会話がちぐはぐだ。つい笑ってしまった。安心したのもつかの間、体中が痛みに襲われる。病院に行こう、と瑠偉は僕の肩に手を回して持ち上げる。

「おまえが三人と歩いてるの見えてさ。後をつけたんだ。しばらく様子見てたけど、やばそうな感じして、急いで警察呼んで」

「すぐ助けに来てくれよ」

「俺まで捕まったら最悪だろ、いいじゃん、無事だったんだから」

「だから無事じゃ、ない、って」

トイレを出ると、外の寒さが急激にしみてきた。

本気になれること。チェス。そう答えた瞬間の体温が、僕を支えていた。

「カタセ、退学になるみたい。なんか、下級生にウリやらせてたんだって」

「あとの二人は？」

「いろいろ悪い噂広まって、すごい肩身狭そうにしてる」

「悪い噂って？」

「聞きたい？」

「どうでもいいや」

日曜日の新宿の空は、澄み渡っていた。春の訪れを告げるうららかな陽気、という天気予報どおりの空模様だが、花粉症の方は要注意とも伝えられ、僕と真妃はマスクの装備を確かにして雑踏の中を歩いた。三月に入って寒さは和らぎ、街路樹の桜がぽつぽつと花を開き始めている。

女子連中を追い込んだのは、瑠偉かもしれない。

かの事件は自分に責任があると、彼は玲桜に乗り込んで事態の解決を図った。部長経験者のフットワークとアクティブさをもってすれば、僕よりも効果的な手筋でメイトにできるのだろう。

彼によって、真妃の耳にも事件のことは届いた。

真妃は僕の家を訪れ、腕や足や腹部にできた青あざを見て涙を流した。

ごめんね、と繰り返す彼女を前にいたたまれず、僕はぎゅっと抱きしめた。

二人だけの部屋で、生まれて初めて、キスをした。

「会場って、あのビル？」

真妃が指さす先に、ユース大会の行われるビルはあった。チェスクラブカップと同じ会場だ。

緊張してきたでしょう、と真妃は歩きながら僕の肩を揉んだ。楽しみでうずうずしてるよと僕は答えた。

高校生以下のプレイヤーで争われるユース大会は、今日で三日目。

ここまでの四試合で全勝を重ねているのは、僕ともう一人だけだ。

対戦相手は会場に行くまで明かされないが、今日、彼とぶつかるのは明白だった。

「そういえば、真妃が俺に訊いたの、覚えてる？」

「何の話？」

「どうしてチェスが好きになったのかって」

透に負けた僕は、チェスボードと一から向き合い直そうと決めた。

父に教わった日々を振り返って思い出すのは、そのゲームの大胆さだ。矢倉や美濃、穴熊など、王の囲いが発達した将棋に比べ、チェスは守りの陣形という概念が薄い。いざとなれば、キング自身が最前線で戦う。家来が消えて荒涼とした戦場で、王自らが戦いに挑むその姿に、僕は心を震わせた。

キングは戦う駒だ、動かせ。ヴィルヘルム・シュタイニッツの名言だ。

新たなクイーンの出現が、戦況を一変させるのも欠かせない妙味。一介の兵士が龍や馬より強力な駒へ生まれ変わり、時には勝利を決定づける。大逆転が、静かな終盤に待ち受ける。

野蛮なほどに痛快。僕が魅了されたのは、そんなゲームだ。

卑屈に構え、奇襲に怯えていては楽しめない。

お父さんに伝えておく、と真妃は笑った。

ビルに入り、会場のある五階に行くエレベーターの中で、彼女はマスクを外した。

「頑張れ、キャンディデイトマスター」と首を伸ばし、僕の頬にキスをした。

会議室の扉を開き、僕は対局相手の姿を見つける。

観客としての入室を許された真妃とともに、三人で雑談を続けていたら、やがて時間が訪れた。

席を動く必要はなかった。チェスボード越しに、透と対峙した。

「お礼を言わなきゃいけない。ありがとう」

僕が頭を下げると、何のことだよと彼は首をかしげた。

透のおかげで、もう一度チェスを好きになれた。透がいなければ、僕はここにいなかったかもしれない。なんてことを、面と向かって明かすのはさすがに恥ずかしい。

「何のお礼なのさ。気になる」

「まあ、いいじゃん」

「よくないよ、相手をもやもやさせるお礼なんかあるか」

「俺に勝てたら、教えるよ」

開始の合図とともに、アービターがクロックを押した。今回も僕が白番だった。

ポーンｄ４から始め、透はｄ５で受けた。

才能なんてどうだっていい。

僕はチェスが好きだ。人生を費やしてもいいと思うくらいに。

この気持ち以外に何が要るのだ？

僕はポーンをｃ４に進めた。このオープニングでいこう。負ける気がしない。

その名を、クイーンズギャンビットといった。

第3章

プロモーション

チェスは疑いなく、
絵画や彫刻などと同じ種類の
芸術である。

——ホセ・ラウル・カパブランカ

そして、ママのため息が聞こえた。

「はっきり言うね、冴理《さえり》を大学に行かせる気はないの」

大学案内のパンフレットを、ママがようやく手に取ったのがわかった。ぺり、と音がしたのは冊子が開かれたのではなく、マット紙でできたそれが折り曲げられたのだと思い、返してとわたしは身を乗り出して、両腕を伸ばした。案の定、なめらかな手触りの冊子が二つに折られていた。不要な折り目をなかったことにしようと、座卓の上で丁寧に伸ばす。平らかに撫でつける。自分の未来が折り畳まれたようで、辛い。

ママは二度目のため息を漏らした。

「聞きなさいね、莉帆《りほ》はピアノの才能があるでしょ、音大に行かせてあげたいわけよ。レッスン代だって結構な出費だし、悪いけど、冴理に回せる分はないの」

「音大なんて行ってどうするのよ」

悔しまぎれにわたしは言った。「ピアニストになれるのなんて、ほんの一握りじゃん」

「あなたねえ、自分の言ってることわかってる?」

不機嫌なママの声は重く、冷たくて鋭い。氷の金槌のような声、と昔から思っていた。

「ママは冴理に、莉帆みたいな道を進ませたかったのよ。それを嫌がったのは誰？　自分が挫折したからって、偉そうなこと言うんじゃないわよ」

ママとの言い争いの最中も、妹が奏でるピアノの音はうっすらと響いていた。バルトークだかサン・サーンスだか、作曲家の名前を話していた覚えがあるけれど、今のわたしにはどうでもいいことだ。軽やかに高鳴る旋律が、この和室の重苦しさと不釣り合いで、気分を逆なでされる。

「わたしだって、才能あるもん」

「何の才能？」

「チェスだよ」

ママは三度目のため息を漏らした。そのあとで笑った。嘲りの音がした。

「チェスで何がどうなるの？　食べていける？　莉帆がピアニストになるよりよっぽど難しいじゃない」

「すぐになんとかなるなんて思ってない。でも、大学に行けば就職だって」

「いい加減にしなさい！」

バン、と座卓が叩かれ、震えが手元に伝わった。転調してテンポを速めたピアノの音が、ママの苛立ちに拍車を掛けたようだった。「あなたが大学行ったって、就職先なんか限られてるの。大事な仕事を任されるわけでもないのよ。手に職つけて、自立する道探せばいいじゃないの、もう十八歳でしょ、現実見なさいよ」

「どうやって見ればいいの？」

呪わしい気持ちが、胸にせり上がる。「何も見えないんだけど。生まれたときから」

ああ、もう、とママが唸る。ため息では抑えきれないというように。

「やめなさいよ、そういう言い方するの」

「ママだってさっき、チェスって言ったら笑ったじゃん。やめてよね」

「チェスチェスうるさいのよ、ほんと」

ママの声の位置が高くなる。

和室を出ようとするママは、わたしの手からパンフレットをもぎ取った。すがりつこうとスカートを摑むわたしの手を、ぞんざいに振り払った。

「ただの趣味でしょ。将棋みたいに注目されるわけ？　意味ないじゃない」

返して、と食い下がるわたしの前に、パンフレットが捨てられた。畳の上に確かめた冊子は先ほどよりもくっきりと、望ましくない形に折れ曲がっていた。

義眼の縁に熱いものが滲んだ。ぱつ、と紙の濡れる音がした。

♝

十八年前。光のない世界に、わたしは生まれた。

病院の人も驚くほどの安産で、三千グラムを超える健やかな体だった。しかし、二つのまぶたは何日経っても開かれる気配がなく、退院間近になってその理由が判明した。わたしの眼球の大きさは、正常なサイズの半分ほどしかなかったのだ。

小さな両目は光やものの動きを、一切感じることがなかった。

「冴理は赤ん坊の頃から、ピアノに触ると面白がったのよ。見えない分、音のするものが好きだったんでしょうね」

家にはアップライトピアノが一台あった。学生時代に鍵盤《けんばん》を叩いていたママは、我が子にも同じ習い事をさせた。一階の部屋に防音設備を整え、懸命な訓練を施した。

視覚的な世界を知らぬ娘には、音楽の素養を与えたい。

ママにしてみれば、ピアノは盲目の娘を育てるうえでの希望であり、支えだったのだろう。リビングにはレイ・チャールズやスティービー・ワンダーの曲が流され、全盲の日本人ピアニストによる演奏もヘビーローテーション。

練習の最中にも、ママは噛んで含めるように言い聞かせた。

「目が見えない人ができる仕事なんて、ほんの少ししかないのよ。ピアニストになれば、みんなが冴理のことを好きになってくれるの」

ママの息づかいと温もりを感じながら、幼いわたしはピアノを弾いた。物心がつく前から、視覚障害者のための幼児教室に通い、生活に必要な所作——食器の区別の仕方とか、衣服の身に着け方とか——を学ばせてもらったらしいけれど、その記憶はごくぼんやりとある程度だ。幼い頃の記憶で最も根強いのは、ピアノの前でママの膝の上に座っていた時間のこと。背中に感じた感触が、時々ふっと蘇る。

「パパ、聞いて、冴理がね、発表会で金賞獲ったのよ、あとで写真送るからね」

ママが声を弾ませてパパに電話していた。パパは貿易関係の仕事で海外赴任の期間が長く、身近に触れ合う時間は少なかったけれど、新しい曲が弾けるようになった、ピアノの先生に褒められたと日常を伝えるたび、大げさなまでに上達ぶりを称えてくれた。

思い返せば、幸せな時代だったと思う。

目が見えないのは生まれつきだから、ことさら不便とも感じなかった。ピアノは祝福を与えてくれたし、近所の人たちも皆、わたしの一挙一動を褒めてくれた。家のどこに何があるか、自然と把握してものを取り出すわたしを見ては、すごいねえ、感心だねえと賞賛をくれる親戚のおじさん。玄関に招き入れただけなのに、杖なしで歩き回れるなんて立派だねえと飴玉をくれる隣の家のおばさん。

盲学校に通い始めてからも、周りも同じ条件の子ばかりだから、コンプレックスを抱くこともなかった。

幼くて、愚かで、幸せな時代だった。

寄せられる期待はいつしか、重みを帯び始めた。

ママは高みを目指して課題を与えたが、わたしの手指に自在さは宿っていなかった。

小学三年の頃にはピアノの音が疎ましくなり、重低音はおなかに響き、高音は頭をずきずきさせた。わたしはママとぶつかるようになった。

「なんで毎日弾かなくちゃいけないの！　学校の人は誰もやってない！」

「何の努力もできない子はママ面倒見ないよ。ピアノ弾くか寄宿舎に行くか、どっちか選びなさい」

「ピアノ壊して家出する！」

「だったら学校に連絡しておくわね。乱暴な子だから閉じ込めておいてくださいって」

「やだやだやだっ！」

学校には、自宅から通う生徒と、寄宿舎で生活する生徒がいた。住み慣れた家で毎日を過ごせるのは大切なことだったし、親元を離れて暮らす子がかわいそうに思えた。そんなわたしの心をママは見抜いていた。ピアノに取り組むとママの声は小鳥のさえずりになり、辛さを訴えれば獣の唸り声と化した。思うように習得できずにいるときも、ママは容赦がなかった。

「何回同じところで間違うの？　先生の話聞いてたの？」

「点字楽譜は読んだんでしょ？　ちゃんと覚えてなきゃ駄目よ」

「真面目にやらないならうちの子じゃないから。パパに外国に捨てに行ってもらうよ」

熱心さは時として、子供の心を圧する凶器になる。

祝福の音色を授けた楽器が、呪いの責め具に等しいものへと変わっていた。

同じ屋根の下に暮らす妹が、同じ厳しさを受けずにいたのも不満だった。

ママに不平をぶっても、目が見えないのだから耳と手を鍛えなさいと、何度となく言われた台詞を繰り返されるばかりだ。理不尽、という言葉をわたしは覚えた。発表会も悩みの種でしかなく、上手に弾けてもほっとするだけで、失敗を想像すればおなかが痛くなった。

歳を重ねるにつれ、苛立ちは膨れていった。

「冴理ちゃんはほんと偉いわね、目が見えなきゃあたしなんか、一歩も動けないわ」

インターフォンを鳴らした隣のおばさんに、わたしは玄関で応対した。親しい相手の何気ない一言にさえ、八つ当たりの種を見つけずにはいられなかった。

「別に家の中くらい、普通に歩けるけど」

「……あ、そうよね、あら、ごめんなさい、今日は飴切らしちゃってて」

「もう要らない。まずいし。いつもくれるやつ」

「…………そうだった？　ごめんねえ。ママはいる？　ちょっとご用事が」

「いない。目が見えるのに、見てわかんないの？」

ご機嫌斜めかしら、とおばさんは立ち去った。この一件はその日のうちにママに伝わり、わたしは菓子折を持参して謝罪に向かう羽目になった。褒めてくれた相手になぜ失礼なことを言うのかとママは怒った。褒められることは何もしていないとわたしは答えた。ただ歩いて、玄関のドアを開けただけだ。

晴眼者《せいがんしゃ》ならできて当然のことを、褒められる。褒め言葉にはいつだって、「目が見えないのに」と前置きがついている。それが苛立たしかった。

ピアノのストレスは、わたしをイライラの塊に育てあげた。

♟

転機が訪れたのは、小学四年の春のこと。

ばあば――パパのお母さん、つまりおばあちゃん――のことがわたしは大好きだった。おじいちゃんはわたしが生まれて間もないうちに亡くなり、ばあばは隣町にひとりで住んでいた。学校には車で送り迎えしてもらい、ママが登校の、ばあばが下校の運転手だった。齢七十を越えても運転の腕はなめらかで、学校での出来事も熱心に聞いてくれた。いっしょに暮らしてほしかったけれど、ママとはあまり折り合いがよくないらしく、住み慣れた家を離れたくないという事情もあったようだ。

ばあばはたびたび、わたしと妹を行楽に連れ出してくれた。

「大っきい水槽に、いろんな魚が千匹くらいいてね、ざーって列になってるよ、色は青っぽいのが多いけど、緑とか赤もいて、あら、マンボウもいるわね」

魚を眺めながら、ばあばは水槽の様子を丁寧に伝えてくれた。

妹の莉帆の要望で、ばあばとわたしたちはこの日、水族館に足を運んだ。

「マンボウ知ってるよ莉帆、あのね、絵の具をべたーってやったみたいでね、丸くてね、ぼーっとしてる感じ」

莉帆の説明は一年生らしく拙いものだったけれど、わたしが施設の展示を楽しめるよう、妹なりに気遣ってくれた。魚がどんな姿かは、学校での自然体験や料理実習などで知っていた。水槽の厚いガラスに触れながら、その向こうにいる生き物を想像した。感触を思い出しながら、水中の世界を思い描くのは、とても刺激的な体験だった。

「うわっ、やだやだっ、怖い。刺されたりしないの？」

騒ぐ妹に、大丈夫だよとばあばが笑う。潮の香りがするふれあいコーナーで、わたしはプールの中の生き物に触った。怯える莉帆をよそに、ばあばはわたしの手にそっと何かを乗せた。硬くて重みがあって、ぶつぶつと細かい突起がたくさんあり、指でなぞると全体が星のような形だとわかる。ヒトデという生き物をわたしは知った。ヤドカリやナマコ、蟹《かに》などにも触らせてもらい、初めての手触りにぞくぞくしたものだ。

ばあばと外出するときは、右手でその腕を掴み、左手の白杖で道を探った。学校での歩行訓練のおかげで、杖の扱いはお手の物。ばあばの細い腕は、ほかの誰より頼もしい支えだった。

「ねえ、あれって見えてないんでしょ」「面白いのかな、意味なくない？」

ふれあいコーナーをあとにして、館内を歩いているときのこと。

トイレに行きたいと言い出した莉帆を連れて、ばあばはわたしのそばを離れた。ぽつんと取り残されたわたしは、水槽のガラスに手を当てて、中にいる生き物を想像してみた。小さな生き物の水槽が並ぶフロアだった。砂からにょきっと顔を出す、細長くて可愛いチンアナゴという魚がいるのだと莉帆が言っていた。

「心の目で見てるんじゃないの」「ウケる」

誰かの会話が耳に飛び込む。くすくすと笑う声が背中を引っ掻く。声の感じからして、わたしよりも少し年上の女子たちのようだ。

「誰ですか、今言ったの！」

堪《こら》えきれず振り向いて叫ぶと、緊張の空気がさっと広がる。ヤバイ、ヤバイとひそひそ声が聞こえ、足音が遠ざかるのがわかった。

「言いたいことあるなら来なよ！　逃げんなよ！」

自分の声が、壁やガラスに反響して消える。静けさが耳鳴りを呼ぶ。

唇が震えて、顔が熱くなって、息が止まりそうだった。なぜだろう。なぜあんなことを言うんだろう。なぜわたしは、泣きそうになっているのだろう。

なぜわたしは、泣いているのだろう。

その場にかがみこんでいたら、ばあばたちが駆けてきた。事情を知って慰めてくれるばあばのそばで、犯人を見つけに行くと莉帆はいきり立ち、ばあばは叱りつけるように彼女を止めた。幼い妹に涙を見られたのも辛いし、ピアノから自由になれる時間が台無しになった気がして、わたしの中でそのとき、何かが切れた。限界の糸は、思わぬところではち切れたのだった。

♝

「ピアノやめたいの！　ママぜんぜんわたしの気持ち考えてないじゃん！　そういうのエゴっていうんだよ！　大人のエゴなんだよ！　もううんざり！　わたしだってもっと本も読みたいし好きなことして過ごしたいのに、それでも頑張ってるのに、いくらやっても怒るばっかじゃん！」

学校から帰って、いつものようにピアノの前に座ったとき、わたしは思いの丈をぶちまけた。お説教を受けても反撃するつもりだったし、寄宿舎に行けと言うならそれも結構、行ってやろうじゃないのと受けて立つ気でいた。

夢中で叫んだわたしに、しばらくママは無言だった。

鍵盤のふたを閉じてから、口を開いた。

「いいよ、好きにしなさい」

ママの反応は、あまりにも素っ気ないものだった。反対されるに違いないと、昨日から今日の帰り道までずっと悩み、心配しどおしだったのに。

どうすればママに反論できるかと、懸命に理屈を組み立てたというのに。

拍子抜けするくらい、ひどくあっけない幕切れ。

「課題曲の練習も、しないから」

沈黙が怖くて、言葉を継ぐ。「発表会も、行かない」

「いいんじゃないの、そうしたいなら」

「本気だよ」

「そう。残念ね」

「…………いいの？」

「いいよ」

「寄宿舎に行かせるの？」

「行きたかったら行きなさい。どうでもいいわ」

訳がわからなかった。わたしをピアノに縛り付けていたママが、やめる許しをあっさり与えたのが奇妙でならない。その日からしばらくは抜け殻のような気分だった。授業中も上の空で、完食していた給食も半分ほどを残すようになった。

家に帰っても、時間の使い方がわからない。ママはあれきり何も言ってこない。

かといって、ピアノを弾く気にはやはりならない。自分はどうしたのだろう。どうしたいのだろう。どうしてママはあんなにも簡単に、わたしを解放したのだろう。

体育の授業で校庭に向かう途中、廊下にピアノの音がうっすらと響いていた。

あ、と突然に気づいた。

莉帆がいるからだ。

わたしが悶え苦しむ一方、莉帆はその楽器に興味を示し始めていた。

真剣に取り組むわたしを叱ったすぐあとで、遊び半分に鍵盤を叩く莉帆をママは褒めそやした。

そんな扱いの違いも、ピアノを遠ざけたかった理由なのだ。

ここ最近のピアノルームの主は、莉帆。バスティンのあの曲やこの曲が弾けるようになったと、はしゃぐ声が耳のひだを引っ掻く。

わたしがいなくても、代わりがいる。自分はもう、必要とされていない。

そう悟った瞬間だった。すべての音が、遠のいていった。

♟

「……あーら駄目よ、朝ご飯は食べなくちゃ。牛乳とかヨーグルトとか、少しだけでいいからおなかに入れてきなさい。ぜんぜん違うから」

意識がはっきりしたとき、わたしは保健室のベッドにいた。熱はないし、貧血で倒れたのだろうと保健のユモト先生が言った。「多川《たがわ》さん平気？　授業戻る？」

「もうちょっと休みたいです」

「いいよ、どうぞゆっくりしていって」

時計の秒針の音が聞こえた。カリカリとボールペンを走らせる音がした。校庭のほうでホイッスルが鳴っていた。ゆっくりしてと言われても、過ごし方がわからない。家と同じだと思って、気分が沈む。

「最近元気ないみたいって、みんな心配してたよ。何か困ってること、あるの？」

ユモト先生は若くて、丸みのある声には温かい響きがある。先生にならば打ち明けてもいいかもしれないと思いつつ、ためらいが消えない。言葉にすることで惨めさが浮き立つような気がした。話せば泣いてしまいそうだった。

「どうする？　具合悪ければ、迎えに来てもらうけど」

「いえ、大丈夫です」

ママは午前中から昼に掛けて、パートの仕事に出ている。そうでなくても今のママと顔を合わせるのは怖かったし、ばあばに心配を掛けるのも嫌だ。体育の授業が終わるまで休んでいきなさいと言われ、ベッドでぼんやりと横たわっていた。

「……休むって言っても、退屈か。多川さんは何か楽しいことある？　最近」

最近の話は、それ自体が楽しくない。首を傾けて、沈黙を答えに代える。

「そっかあ、だったら気分転換になるかも。ちょっとこっち来て」

先生に言われて起き上がり、手を引かれて椅子に座った。体の前には机があった。

「この前ね、旅行で東南アジア行ったの。東南アジアってわかる?」

知ってます、とわたしは答えた。パパがインドネシアで仕事をしていると答えると、自分もちょうど行ってきたのだと先生は声を明るくした。

「生徒の子たちに何かお土産《みやげ》をと思って、これ買ってきたんだけど、なかなか見せるタイミングがなくってさ、ほら、触ってみて」

机に置かれていたのは、厚みのある木の板みたいなもの。四角い板の表面はでこぼこしていて、凹凸の一個一個は正方形のようだった。縦横に規則正しく並び、正方形の中央にはどれも小さい穴が開いている。

「これね、チェスっていうの。知ってる?」

知りません、とわたしは答えた。視覚障害者用のチェス盤、と先生は言った。

「ショーギみたいなゲームなの、世界ではショーギよりも有名かな」

「ショーギって何ですか」

「ああ、えっとね、知らなくても平気、やってみたらわかるよ」

カラカラカラ、と音がして、お香のような独特なにおいがした。盤上に小さな固いものがいくつも置かれ、そのひとつを手に取って鼻を近づける。パパがお土産に買ってきた木の置き物の香りに似ていて、嫌いではない。

「それが駒ね、白と黒があるの」

手の親指くらいのものもあれば、人差し指ほどのものもある。円形のくぼみがあったり、くねったような形があったり、人形細工みたいなものかなと思った。

「ここに並べて、穴にはめて」

サク、サク、とかすかな音が繰り返される。やがて準備が整い、わたしは手を伸ばして駒に触れた。八つの駒が二列ずつ、手前と奥に並んでいた。丸い頭のちびな駒が前に並び、後ろには別々の形をした駒があった。

「ルールを覚えちゃえば簡単なの。ちょっと手を貸して」

先生はわたしの手を握り、人差し指を駒の頭に触れさせた。「これが王様ね。多川さんが持ってる王様。で、こっちが私の王様ね。お互いに駒を一回ずつ動かして、この王様を追い詰めたほうが勝ちっていうゲーム」

まったく未知の領域がそこにあった。点字の学習や、ものの形を覚えていくこととも違う。ピアノで新しい曲を奏でるのともまるで違う。

よくわからないままにまず感じたことは。

「面白そう」

「よかったあ、難しそうって言われなくて」

先生はほっとしたように笑った。「じゃあ、ポーンを動かしてみて。前にずらっと並んでるやつ。一マスずつ前に進めるの。はじめに動かすときは二マスでもいいし……」

駒の底には細く短い軸があって、マスの穴にはめることができた。駒が固定され、うっかり手を触れても倒れない。白と黒の区別をつけられるように、黒の駒にはどれも頭の部分に米粒ほどの突起がついている。ビショップは斜めに、ルークは縦横に何マスでも進めると教わり、ポーンにはない躍動感に心が弾んだ。ナイトの軽快な動きや、クイーンの自在さがたまらなく愉快だった。

ルールをひとつ覚えるたびに、世界が確かな形を刻んでいった。

こうして、わたしは、チェスと出会った。

♝

翌日から、昼休みに保健室を訪れるようになった。ユモト先生は相手をしてくれたものの、保健室の使い方としていささかよろしくないと判断し、チェスセット一式をプレゼントしてくれた。喜ぶわたしとは対照的に、周囲の反応はあまりよくなかった。ルールが面倒くさそうだと対局を拒む人もいれば、すぐに飽きる人も多かった。

盲学校は小・中・高が同じ校舎に教室を設けていて、将棋に取り組む中高生に声を掛けてみるも、チェスにはみんな無関心。家に持ち帰っても莉帆は興味を示さず、ママに至っては「どうせなら将棋のほうがいいのに」と言う始末。

ためしに指してみたけれど、チェスほどの興奮は覚えなかった。

「将棋は全部の駒が平たいんだもん。チェスのほうが動かしてて楽しい」

駒の造形はわたしにとって重要な要素だった。細かな凹凸のある背高のクイーンは持つだけで頼もしい気分になったし、ちびっこのポーンで相手のクイーンを取るときには、不思議と体中がぞくぞくした。

チェスの駒は工芸品としても、インドやペルシャ、アラブやヨーロッパの各地でさまざまな形がつくられたという。マックス・エルンストやサルバドール・ダリなどの著名な芸術家も、独創的な形状のチェスセットをつくったそうだ。

「死んだおじいちゃんが将棋好きでねえ、癌《がん》で入院したときによく指したわ」

じっくりと向き合える相手は、ばあばをおいてほかになかった。これが飛車だったかしらね、とビショップを差し出すばあばに、わたしは根気強くルールを教え、ばあばは間違いを繰り返しながらも文句ひとつ言わずに付き合ってくれた。学校を終えたあと、わたしはばあばの家で車を降り、次の日にはばあばの家から学校に送ってもらった。

もとの家に帰るのは気が進まなかった。ママとどう接すればいいのか、よくわからなくなっていたし、ピアノルームから聞こえる莉帆の演奏が耳に痛かった。

莉帆が日に日に上達していくのを、嫌でも実感させられたのだ。

「将棋好きなら、近所に何人かいるんだよ」

ばあばはしばしば自分のポーンで、正面にあるわたしのポーンを取った。どうしても将棋の歩と混同してしまうらしい。「酒屋のマツさんとか、パーマ屋のミネちゃんとか」

「どうしてみんな、将棋将棋っていうの?」

「チェスを知らないのよ、日本では将棋のほうが広まってるし」

「世界ではチェスのほうが有名なんだよ」

「それならいつか、さえちゃんは外国に行くといいかもね。いろんな国の人と、チェスを指したりして」

何気ないばあばの一言が、耳の奥にこだまする。チェスならば言葉が通じなくてもできる。どこか遠い場所で、外国の人とチェスを指すことを想像してみると、わくわくする心持ちだった。たとえ、おぼろげな夢でしかないとしても。

わたしはばあばの家を自宅に変え、ばあばとのチェスに没頭した。ハンデを付けても負けないようになり、そうなると自分を相手に指し続けた。一手ごとに盤の向きを変え、その都度、最善手を考えるのだ。孤独で、満ち足りた時間だった。

満ち足りて、孤独な時間だった。

傷が癒えていくように、苛立ちのとげは日に日に抜けていった。

そんな生活を三ヶ月も続けた頃、また新たな扉が開かれた。

「チェスのキッサテンってのがあるらしいよ。東京に」

「キッサテンってなあに」

「お茶を飲めるところ。お菓子なんか食べながら、チェスをやれるんじゃないかね」

なんだかとてつもなく素敵なところじゃないかと詳しく尋ねてみたが、要領を得ない。

ばあばに携帯電話のネット画面を開くようせがんだら、字が細かくてよくわからないと、ノートパソコンを取り出してきた。ばあばの家にパソコンがあるのを初めて知った。営業マンに誘われるままネットの契約をして、長らく無用の長物だったらしい。立ち上げたはいいけれど、今度は学校にあるものと違って音声入力ができない。目の見えないわたしと、機械に疎いばあばが長い格闘を経て、なんとか検索画面にたどり着いた。

そうしてついに、「チェスのキッサテン」のありかを突き止めた。

「車で三十分くらいだね。今度の土曜日にでも行ってみるかい？」

♝

「いらっしゃいませ！」「いらっしゃいませ！」

東京のはずれの街に、その店はあった。ドアのベルと元気な挨拶に迎えられ、コーヒーの渋い香りが鼻をくすぐる。店名は「カフェ・ギャンビット」といい、「キャバレーかディスコみたいな名前だね」とばあばは評した。いざ来てみれば温和な雰囲気に思えた。見ることはできなくとも、肌で感じる印象というものがあるのだ。

「奥行きのあるお店だね、内装は真っ白で」

向かい合わせの席に着くと、ばあばは店内の様子を説明してくれた。

「カウンターのところに席が五つ、二人がけのテーブルが、ひいふうみい、六つだ。今は男のお客さんが何人かいるよ」

「こぢんまりした店なんです」

すぐそばで女の人の声がした。柔らかいけれど、つるりとして通りのいい声だった。「最近、オープンしたばっかりで」

「こういうところはなかなか来ないんですよ」

ばあばが笑って応対する。「チェスが指せるんですか、ここは」

「それが売りなんです。お二人とも、チェスはされるんですか」

「この子が上手でねえ、家で毎日やってるの」

「目が不自由なようなら、専用のセットがありますよ」

わたしは思わず彼女のほうを向いた。持参してきたのと同じ視覚障害者用ボードを用意してくれた。触れてみると、わたしのものより少しだけ大きかった。

「うちの夫がここの店主で、前に外国から取り寄せて」

「旦那さんも見えないんですか」

「いえ、一応プロなので、関係あるものは何でも集めたがるんです」

カウンターに立っている人がそうだと彼女は言った。

「店主さんは、この方と同じくらいで若くてね」

ばあばが言った。「スリムで髪がさっぱりしてて、なかなか男前だよ」

ありがとうございます、と女性店員さんが笑う。プロはどれくらい強いのかと気になるけれど、相手はしてもらえないだろう。注文を訊かれ、ばあばは紅茶を、わたしはアイスココアを頼んだ。

「店員さんは、指すんですか」

ばあばが訊くと、腕前は素人《しろうと》ですが、と照れたような声が返ってきた。

「この子と指してあげてくれませんか」

ばあばの問いかけに、背筋が伸びる。

知らない人と勝負したいと張り切っていたくせに、いざとなると緊張する。

いいですよ、と店員さんは二つ返事で、わたしの前に座った。ばあばはわたしの隣に席を移し、やってご覧なさいと手の甲をさすった。気持ちを落ち着けようとココアを飲むと、口に広がる甘みにほっとして、冷たさに頭がしゃきっとした。

「よろしくお願いします。多川冴理といいます」わたしは頭を下げた。

「礼儀正しいね、おいくつ？」

「十歳です」

「あたしは二十三歳。タルヤママキといいます。握手しましょ」

彼女の差し出した右手は、ばあばよりも張りのあるてのひらで、細長い指だった。

白番を譲られ、意を決して駒を動かす。マキさんは親切にも、どの駒を動かしたのかを声で教えてくれた。けれど、何のことかわからなかった。チェス盤は縦の筋をアルファベットで、横の筋を数字で表す。そんな初歩の決まりを、わたしは知らなかったのだ。

クイーンの前のポーンを二つ前に出し、右のナイトを動かした。指先を這わせて相手の動きを確かめながら、三手目で左のビショップを中央に進めた。

「ロンドンシステムかあ」

マキさんの声には感心の響きがあった。意味はやはりわからなかった。「この指し方はおばあちゃんに習ったの？」

「いやあ、あたしは」答えたのはばあばだ。「ぜんぜんわかりません」

「誰か教えてくれる人がいるの？」

敬語ではないので、わたしに訊いたのだろうと思い、答える。

「保健室の先生にルールは教わりました。でも、あとは自分で」

ふうん、と微妙な反応を示しながら、マキさんは次の手を指す。

わたしは両手を滑らせ、有利な展開に導くための一手を探った。感じたことのない興奮に体が火照った。ばあばとでは味わえない感覚だ。駒は盤外に溜まっていき、局面は終盤へと向かっていく。勝ちが近い。

チェックメイトまであと一歩。

「強いねえ、冴理ちゃん」

マキさんの言葉に、つい頬が緩む。キングとクイーンで、向こうの逃げ場を奪った。

わたしの勝ちだ。

と、思いきや。

「ドローだね。途中から、ドロー狙うしかなかったよ」

ドローとは引き分けのことだと知った。なぜ引き分けなのだろう。マキさんのキングには動ける場所がないから、わたしの勝ちじゃないのか。

「あれ？　ステイルメイトって知らない？」

「知らないです」

変なことを言ったのか、と不安になるくらい、沈黙が長く感じられた。ステイルメイトとは、相手を追い詰めていく過程で起こる、強制的な引き分けのこと。どんなに不利な状況でも、チェスでは必ず一手を指さねばならない。動かせる駒がキングしかなく、動ける先がすべて相手の攻撃範囲にある場合、そのキングは自らチェックを受けにいくことになる。有り体に言えば、自殺を強いられる状況だ。チェスの精神として、自殺でゲームが終わるのは正しくない。だから、一方の勝ちが濃厚でもその時点で引き分けとなる。

　ということを、マキさんは解説した。

「将棋ではまず見ないねえ」ばあばが口を挟む。

「おっしゃるとおりです。将棋を知ってる人は特に、最初は戸惑うみたいです」

　少し消化不良な気分だった。もう一回やりたいと言うと、もちろんいいよとマキさんは言い、今度はわたしが黒番になった。

「冴理ちゃん、訊いていい？」

　何手か指し終えたあとで、彼女は遠慮気味に尋ねた。「本当に、誰にも教わらずにやってきたの？　いつから？」

「三ヶ月か、それくらいです」

「シシリアンのドラゴンバリエーションよ。ユーゴスラブの応手も完璧にできてる。さっきなんてね、ツヴィシェンでかわされたの。ビショップテイクされて、一気に持って行かれちゃった。ステイルメイトも知らないのに」

　英語なのか何なのか、耳慣れない単語の羅列で、さっぱり意味不明。何かを答えねばならないのか、独り言だろうかと迷ったとき、

「面白いなあ、指し筋に迷いがない」

　と別の声が降りてきた。男の人が、そばで対局を見ているらしい。数十手の駆け引きを重ねた

あとで、わたしのキングはとうとう追い詰められた。白のポーンがクイーンに変身し、とどめを刺された。

「すごいよ、冴理ちゃん」

マキさんは言った。「あたし結構本気でやったのに、ギリギリだもん」

「一局目は負けだったしな」

男の人の声だ。「ステイルしか選択肢がなかった。実質はマキの負けだ」

「この人はあたしの夫。ここのマスター」

マスターの名前は、タルヤマハルキさんといった。初めまして、という声は大人の男性のわりにやや高めで、優しそうな印象を受けた。日本でも数人しかいない、世界レベルの称号の保持者らしく、その腕前はどれほどのものかと好奇心でいっぱいになる。

「さえちゃん、指してもらったらどうだい？」

ばあばに助けられて対局を申し込み、まず衝撃を受けたのはその速さだ。

ハルキさんはわたしが一手を指すたび、息をつく間もなく駒を動かした。どの駒もお互いを守り合い、つけいる隙がどこにもない。苦しまぎれに指した手は実を結ばず、次第に陣地が削られていく。駒の両取りを掛けられたのをきっかけに崩れ、クイーンを奪われた。立て続けにルークを取られ、もはや勝ち目のかけらさえなかった。

「駄目だと思います」

わたしは落胆して言った。「どの手を指しても、もう無理っぽくて」

「負けを認めるときは、リザインって言うんだ。もしくは、相手と握手をする」

勇気を出して、右手を伸ばした。ハルキさんの手は温かくて、帰りの車の中でもその感触が残っていた。対局のあとにもらった、褒め言葉とともに。

「冴理ちゃんは充分強いよ。大人とやっても、いい勝負すると思う」

それから毎週、ばあばといっしょに店に通った。タルヤマさん夫妻はカフェ経営のかたわら、日曜にチェスの教室を開いていた。カフェに集まる十数名の人々は大人と子供が交じり、初めこそ緊張したけれどすぐになじめた。視覚障害者用のボードを使うのと、指し手の位置を声で教えてもらうこと以外、特別扱いもされなかった。


家でのチェスにも新しい風が吹きこんだ。

夫妻の友達の男の人が、オンラインチェスのやり方を教えてくれたのだ。わたしが持って行ったノートパソコンに、彼は音声読み上げソフトをダウンロードした。

「よし、これでオッケー。準備完了！」

弾んだ声でわたしに言った。「チェスを始めると思って、指し手を言ってごらん」

ためしに「e4《フォー》」と声に出すと、キーボードの叩かれる音がした。すると、パソコンから「e5《ファイブ》」と電子音声が流れた。「ナイトf3《スリー》」と続けて言うと、キーボードが叩かれ、今度は「Nf6《シックス》」と声が返ってくる。画面の中で、白と黒が戦っているのだ。

「ちょっとした操作さえ呑み込めば、家でチェスができるよ。ネットで対戦できる」

内容を把握するにつれ、それがとんでもなく画期的なことだとわかった。

家にいながら、世界中の人とチェスが指せる。チェスの愛好家はどこの国にもいるうえ、サイトは無料。二十四時間、三百六十五日、指し放題だ。

サイトを開くと項目が音声で示され、「対局」と聞こえたらエンターキーを押す。時間設定などを選び終えると、レベルに応じた相手が自動でマッチングされる。アカウントと国の名前が読み上げられ、対戦相手がわかる。指し手を入力すれば、即座に対局を始められた。

「操作がわからなくなったら、電話してくれ」

男の人は言った。IT関連の会社を起業した彼の名は、ニシグチルイといった。


ばあばの家に帰るとすぐさまパソコンを立ち上げ、オンラインで対戦するのが日課になった。チェス盤を横に置き、読み上げられる棋譜のとおりに駒を動かす。わたしが没頭する様子を見て、プロを目指したらどうかとばあばは言った。

「無理だと思うよ。そんなの」

指の腹でキーボードを探りながら、わたしは答えた。「世界でも、全盲でプロになった人は知らないって、ハルキさんも言ってたし」

チェスはわたしを癒やしてくれた。プロになるための努力みたいなものはうんざりだ。ほかの子と同じように、安穏に過ごせる日々を求めていたのだ。楽譜どおりの演奏ではなく、自由に駒を動かして自らを表現できるチェス。論理的に、明確に間違いを改善できるチェス。盤上の楽園にわたしはすっかり魅入られた。

♟

タルヤマさん夫妻のカフェがある駅までは、電車で三十分。幸いなことに乗り換えもなく、土日を利用して通った。はじめの頃はばあばに送り迎えをしてもらったけれど、自分の足で行ってみたいと思うようになり、電車で通い始めた。心配したばあばは毎回駅までついてきてくれたが、そこからは一人で行きたいとわたしは訴え、電車通いも難なくこなせるようになった。

カフェの最寄り駅で電車を降り、カツカツと白杖を鳴らしながらホームを歩く。音を出すことで存在を周囲に気づかせ、点字ブロックの上に立っている人にどいてもらう。学校で教わった作法を忠実に守れば、トラブルに巻き込まれることもなかった。

ところが、その日は違った。

出口に続く階段へと向かう途中だった。杖の先が何かにぶつかり、「うおっ」とおじさんかおじいさんのような声がして、すぐそばで倒れるような音がした。向こうから歩いてきた人が、杖につまずいたのかもしれない。

いや、勘違いだろうか、謝るべきかどうしようか、と躊躇した私の耳に、

「邪魔なんだよめくら」

低い声が響いた。えっ、と驚いた直後だった。両足が、床から離れた。

痛みが和らぎ、ようやく頭が働くようになったとき、わたしは病院のベッドにいた。

それほど強い力で押されたわけではなかったと思う。予期せぬ方向からの圧力に、バランスを崩してしまったのだ。ホームから転落し、線路に体を叩きつけられた。全身を打撲したうえ、背中の骨にひびが入っており、位置が悪ければ重大な後遺症が残る可能性もあったと、ベッドのそばでばあばが話した。ひとりで行くからこうなるんだとママは怒っていたが、ほとんど耳に入らなかった。ごめんねあたしのせいでとばあばが言い、ばあばが謝る理由は何もないとわたしは答

えた。

良いニュースと悪いニュースがその日のうちに届けられた。

良いほうは、わたしを押した男が周りの人に捕まえられ、警察に引き渡されたこと。

悪いほうは、一ヶ月ほどの入院が必要だとわかったこと。

ベッドの上で背骨の回復を待つ日々の中、わたしは考えを改めた。

チェスのプロになってやろう。

障害があることを理由に自分を貶める。軽んじる。それではまるで、水族館でわたしを笑った女子たちと同じだ。めくらと罵った男と同じだ。

全盲の人間が晴眼者と渡り合えるのは音楽くらい。

だからピアノに励めとママは言った。

そうじゃないことを証明してやりたい。

どんなものであれ、真剣に取り組めば強靱な背骨ができると証明したい。

退院したわたしは、カフェ・ギャンビットで特訓を続けた。土日の朝十時から夜七時まで、お客さんを相手にテーブルのひとつを独占した。

どうしてそんなにチェスが好きになったんだい、と誰かに問われたことがある。

当時は答えが見つからなかった。ただ取り憑かれたように指しまくっていた。

きっと、チェスを通して、この世界とつながろうとしていたのだと思う。駒を動かせば正面の相手と、あるいは地球のどこかにいる誰かとつながることができた。ボードの前では誰もが平等だった。五歳の子供であれ手練れの老人であれ、始めたての女性であれマスターの男性であれ、障害者であれ――動かせる駒は、みんな同じ。駒のやりとりは、自分がここに存在しているという実感を与えてくれた。

タルヤマさん夫妻の助けで参加した大会では、小学生部門で勝ちを重ねた。小六の頃には、十五歳以下の部門で二位に入賞した。場所は小さな会議室で、規模も決して大きくはなかったけれど、ピアノのどんなコンクールで賞を獲るよりも嬉しかった。

「俺たちはどうしても視覚的なイメージに囚われるだろ。目で見て、駒の動きをイメージしてさ。でも、冴理ちゃんは違うんだ」

いつかの大会の帰り道で、ハルキさんはそんな話をした。「手で盤面を捉えるから、ある意味では俺たちよりも、ボードの中に深く入り込んでいる」

「ビショップの斜線とかルークの縦横には、糸が張っているような感じがするんです」

わたしは自身の感覚を伝えた。「ポーンの斜め前は、温度が高いような」

感じたことないなあ、と横でマキさんが笑った。

「あたしたちにはできないやり方だね」

チェスにはタッチアンドムーヴという決まりがあり、一度触った駒は動かさなくてはいけない。

一方、視覚障害者の場合は、駒に触れて位置を探ることを許されている。それは晴眼者にはないアドバンテージなのかもしれない。

「余計な情報を取り入れずにいられるのかもよ。目からいろんな情報が入るってのは、ノイズに邪魔されるってことでもあるじゃない？　ノイズがない分、クリティカルなラインがクリアに見えるっていうか」

本当に大事なのは視覚とは別の素質だ、とハルキさんは言った。

シシリアンの定跡にも名を残すミゲル・ナイドルフは、目隠しをした状態で四十五人と同時に対局し、三十九人に勝利。駒に一切触れず、頭に描いた盤面の記憶だけを頼りに戦ったにもかかわらず、負けはたったの二つだったという。

「わたし、いつかプロになれるでしょうか」

不安な気持ちを抱えつつ、勇気を出して尋ねた。

「なれるのは、なれるって信じる人だけだよ」

わたしは点字器に点筆を振るい、卒業文集にハルキさんのその言葉を書いた。

グランドマスターになりたい。

たとえはるか遠くても、前に進むことをいとわない。

てのひらに収まるチェスの駒が、わたしの支柱になりつつあった。

中学に進学して半年後、タルヤマさん夫妻からある大会へのエントリーを勧められた。日本チェスクラブが主催するオープン大会。年齢無制限で、大人も出場するという。わたしが参加を決めると、エントリーは任せてとマキさんは笑った。

会場近くの駅のホームで、マキさんは待っていてくれた。視覚障害者用のセットは開催者の用意があるそうで、鞄は軽い。どんな戦術で臨もうかと考える道中は足取りも軽くなり、マキさんといっしょだと緊張も和らいだ。

「ハルキさんは、もう会場ですか？」

「けっこう燃えてるからね、彼」

大会には二人も参加する。ハルキさんは当然、優勝狙いだろう。

「ハルキね、絶対に負けたくない相手がいるんだ。今月入ってからは四六時中、その人の棋譜とにらめっこしてて」

「聞いたことあります」

カフェでハルキさんと対局したとき、聞かせてもらった話がある。学生時代からのライバルがいて、どちらが先にグランドマスターになれるか競争しているらしい。

「モウギさんでしたっけ」

「そう、トオルくんもライバル。でも、今回は違うの。今は彼、入院してるみたい。けっこう病気がちな人だから」

「だったら、負けたくない相手っていうのは？」

「昔ね、すっごく嫌な思いをさせられたやつがいてさ、今もしっかり嫌なやつに育ってるみたい。だけどねえ、そいつ」

赤信号、とマキさんは立ち止まった。そいつは何なんですか、とわたしが問うと、マキさんは苦笑気味の吐息をもらした。「めちゃくちゃ強いんだよね」

ハルキさんですら恐れるその人物と、まさか自分が当たることになるとは、会場に着くまで考えてもみなかった。

「どうなってるんだよ、こんなレートの差じゃかわいそうだろ、なあ？」

会場の部屋で大会の決まりなどが説明され、初戦の組み合わせを教わった。

棋力のレベルを示すレーティング。初戦ではその差が離れた者同士がマッチングされ、わたしはなんと、ハルキさんの宿敵とぶつかることになってしまった。どうしましょう、と慌てるわたしに、あいつに勝てたらハルキにも勝てるよとマキさんは笑った。ぶっ潰してやってくれ、とそばにいたハルキさんはおどけるように言った。

「お嬢ちゃん、一六〇〇そこそこだろ？　どうするかな」

席に案内され、テーブル越しに対峙するなり、その男の人はべらべらとよく喋った。年齢はハルキさんたちと変わらないらしいけれど、二人に比べて話し方が荒々しく、声はがらついている。獣っぽいにおいは香水のせいなのか、鼻の奥がこそばゆい。

わたしのレートは、中学一年生としてはとても優れた数字だとマキさんは言っていた。そのマキさんは一六六三、プロのハルキさんは二三七一。

この男の人は、二五〇五もあった。

「タルヤマハルキさんを」

わたしは勇気を出して話しかけてみた。「知ってますか？」

「主催者も考えりゃいいのに、やっぱり日本は駄目だな。多少は骨のあるやつがいないかと思って帰ってきたのによ、小学生の相手させられるとはなぁ」

わたしの声が小さかったのか、まるで聞いていない。

そして、わたしは小学生ではない。

「タルヤマハルキさんって知ってますか」

「あ？　何か言ったか？」

ようやく通じた、と思ったところで、「ん？　待てよ、何だこのボード？」

係員の人が、視覚障害者用のチェス盤を運んできてくれた。テーブルに置かれるなり、相手は素っ頓狂な声を出した。こちらの方は目が見えないので、と係員の男性が説明する。

「特別なボードを用意してるんです。私のほうで棋譜の読み上げもいたします」

「目が見えねえ？　あ、ほんとだ！　面白えなあ、それ義眼か？」

大声で言うのを聞いて、デリカシーのない人だなとげんなりする。義眼であることを恥ずかしくは思わないけれど、周囲に聞こえる声量で指摘されたくはない。

「お嬢ちゃん、いくつだ？」

「多川冴理です」わたしは苛立ちながら言った。「名前があります」

「そっかそっか、俺はツリザキノブオってんだ。で、いくつだ？　歳は」

「十三歳です」

「十三かあ、オッケー、一分でいいぜ。おい、ネクタイ貸してくれねえか？」

酔っ払っているのかと思うくらい、会話のペースが摑めない。ネクタイなんてしていないと言おうとしたのもつかの間、それが係員さんへの発言だと気づいた。戸惑いの声を漏らす係員さんに、彼はためらいもなく続けた。

「目隠ししたいんだよ。俺は今日ほら、パーカーだから」

「ええと、どういったわけで」係員さんはなおも困惑している。

「このお嬢ちゃんは見えないんだぜ。フェアじゃねえだろ、俺も目隠しするよ」

どうやら、ネクタイを目のところに巻くつもりらしい。

「しなくていいです」

わたしは声を尖らせた。馬鹿にされていると思った。晴眼者の大人に勝った経験はいくらでもあるのだ。「一分ってのは何なんですか」

「俺の持ち時間だ」

選手に与えられる持ち時間は、一局あたり九十分。一手ごとに、三十秒がプラスされる決まりだ。

「ルールの変更はできかねます」係員さんが毅然と言う。

「別に必要ない。お嬢ちゃん相手に八十九分を切ったら、負けを申告してやる」

なめられている、とはっきりすぎるくらいにわかる。お嬢ちゃんお嬢ちゃんと連呼されるのも腹立たしく、何をどう言い返そうかと考えていたとき、横から声が飛んだ。

「いいかげんにしろよ」

ハルキさんだった。

「あんた失礼なんだよ。俺の知ってる子なんだ。普通に対局させてやってくれ」

「およ？　タルヤマくんじゃないか！　聞いたよ、まだＩＭだろ。ＩＭでくすぶってるのがそんなに心地いいのか？」

挑発を通り越した無礼な物言いに、わたしまでむかっとさせられる。ハルキさんを知っていますか、というわたしの質問は、意図しない形で答えが見つかった。

あとで聞いたことだけれど、ハルキさんは大学生の頃に初めてツリザキと対局し、無惨な敗北

わっているそうだ。

いなかったという。雪辱を果たすための機会は何度か訪れたものの、すべて向こうの勝利に終

を喫したらしい。すでにＩＭだったハルキさんの一方、当時のツリザキは何のタイトルも持って

ここ数年で次々とタイトルを獲得したこの男は、いまやハルキさんと同格。

いや、レーティングで見れば――完全に格上。

「おまえだってＩＭだろ」

ハルキさんの声に不快感がにじむ。ツリザキはあくまでけろりとしている。

「来年にはＧＭになるさ。おまえの指図は受けねえよ。お嬢ちゃんには何の影響もねえだろうが。

俺が不利になるだけだ」

いいから貸してくれよ、違反じゃないだろと乱暴な要求に押され、係員さんのネクタイがする

するとほどかれるのが聞こえた。本当に目隠しでやる気らしい。

「ほんとなら駒に触らずやりたいけどな。本式のブラインドフォールドらしく」

棋譜の記録はどうするのか。棋譜帳に書けないわたしは、ポータブルレコーダーに声で録音す

るのを常としていた。彼に尋ねると、全部覚えてまとめて書くと答えた。それはルール違反だ、

一手ごとに書けと係員さんに指摘されたら、そのときだけネクタイの隙間を空けて書き留めてや

ると、面倒くさそうに応じた。己の決めた遊びにこだわる子どものようだった。

彼は、真剣なわたしを相手に遊ぶつもりなのだ。

「馬鹿にしないでください」

「持ちこたえてみな」

対局開始の時刻となり、係員さんの手でクロックが押された。

白番はわたしだった。感情的になってはいけない。冷静さをなくせば、悪手を呼び寄せるだけだ。わたしはロンドンシステムを選んだ。得意のオープニングだ。ツリザキが駒に触れる音には淀みがなく、さくさくと次の手をボードに突き刺した。

十手ほどを進めたあとで、わたしは長い時間を費やすことになった。強い、というのが嫌でもわかる。わたしがクロックを押すのと同時にツリザキの手は動き始め、すかさず黒の駒を移動させた。いくつもの応手を頭に描き、やっとの思いで導いた攻め筋を、相手はとうに見抜いているとばかりにたやすく封じる。十分ほど考え、駒を動かした数秒後に、ツリザキの操る黒い兵士が前に出る。気を抜く間もなく、またわたしの考える番になる。

刻々と時間がすり減っていった。係員さんは五分ごとに持ち時間を教えてくれたけれど、それがプレッシャーになった。唇をかむ。悪手だ。自分の指した直前の手が忌々《いまいま》しかった。わたしのキングに、もう助かる道はなかった。

ツリザキはわたしにとどめを刺し、ネクタイを解いた。

「馬鹿にされるような手を指してるのは、お嬢ちゃんだぜ」

この日、終始余裕綽々《しゃくしゃく》だったツリザキが、唯一慌てた場面がある。

対局を終えてすぐのことだ。

「参ったな、勘弁してくれよ、俺のせいか？」

わたしはその場で、号泣してしまったのだ。格上の相手とわかっているのに、悔しくてならなかった。対局中だったマキさんが駆け寄ってきてくれて、会場のロビーに連れて行かれたあともしばらくめそめそと泣いていた。

一分どころか、持ち時間を一秒削ることさえできなかった。

四日間の大会で、七局戦った結果、わたしは二勝三敗二分けに終わった。

ツリザキは全部の対局で勝利を収めた。

ハルキさんをもってしても太刀打ちできない。

わたしなんかが勝てるような相手ではない。わかっていても、悔しさが消えない。

何より悔しかったのは、選手としてまともに扱われなかったこと。

「目の見えないお嬢ちゃん」としか、認識されなかったこと。

見返してやる、と心に誓う。

生き残ったポーンは、やがてクイーンになれるのだ。

「あー、ドローラインになっちゃったかあ」

カウンター越しのマキさんは、台詞とは裏腹に愉しげな口調だった。わたしの白とマキさんの黒が膠着状態になり、わたしたちはドローで対局を終えた。

「国内チャンピオンも遠くないよ、女性部門なら」

女性のチェス人口は、国内でお世辞にも多いとは言えない。男性プレイヤーに比べるとレーティングの水準も低いらしい。けれど、盤上での戦いに男女の差はない。男性との区別のないグランドマスターが、わたしの夢。当面の目標としてはまず。

「ツリザキをぎゃふんと言わせたいです」

「そのツリザキのおかげで儲かってるのが、皮肉なんだよねえ」

マキさんは自嘲気味に笑い、がんばりますよ、と隣に立つハルキさんが言った。

あの対局から一年後、ツリザキはグランドマスターになった。日本人初のＧＭ誕生を受け、チェスにはからきし興味のなかったマスコミも彼に食いついた。歯に衣着せぬビッグマウスが受けたらしく、テレビで特集番組が組まれたりして、ちまたではちょっとしたチェスブームが到来。おかげでカフェも前より賑やかになり、ハルキさんに出張指導を乞うチェス教室も増えた。だが、二人は複雑な心境みたいだ。

無理もない。わたしも同じ気分だ。チェスが人気になるのは嬉しくとも、あの男のおかげというのがどうにもいけ好かない。

「冴理ちゃんは、もう中三だっけ？」ハルキさんが尋ねる。

「そうです、この春で三年になりました」

ツリザキに負けて以来、わたしはいっそうチェスにのめりこんだ。大会に足繁く参加し、グランドマスターへの第一歩であるタイトルホルダーになることができた。

「中二のうちに、ＷＣＭだもんな。ＦＭも近いだろう」

「ハルキがＣＭになったの、いつだっけ？」

「高一だよ。ま、ＷＣＭとはレートの高さが違うわけですが」

「何それ、今の要らなくない？　この人、悔しいんだよ、冴理ちゃん」

ウーマン・キャンディデイトマスター、略称ＷＣＭの称号を与えられたのは先の冬。チェス界には女性のみに獲得可能な称号があり、ＷＣＭはそのうちの四番目。由緒ある国際機関から実力を公認されたのが、率直に誇らしい。

「将来は大学？」

マキさんが問う。素朴な不安が口をつく。

「わたしって、大学行けるのかな」

今の学校は内部進学で高等部に行けるが、学力のレベルは高くない。わたし自身、可もなく不可もなくの成績だし、全盲の生徒が大学受験をするにはさまざまな制約があるという。「行っても、何をしていいかわかんないし」

「まだ中三じゃん。わかんなくていいでしょ。何をするか探す場所だよ、大学って」

人生の先輩らしい言葉に、はっとさせられる。

「チェスで食べていくのってむずいよぶっちゃけ。将棋と違ってさ」

国内有数の実力者であるハルキさんの収入源は、カフェ経営とチェスのコーチ業。将棋の棋士ならば将棋協会から毎月もらえるお金があって、対局料も高額だと聞くけれど、チェス棋士にはその両方が欠けている。チェスクラブ主催の大会で優勝しても、賞金は数万円程度だ。

「だから大学行って、世界を広げてみなよ。見てあげるよ、勉強」

「お二人って、東大卒なんですよね」

お客さんの一人から伝え聞いた話だ。「なのに、カフェをやってるんですか」

「一流企業には行かなかったのかって?」

「そういうイメージがあったので」

「二人とも、さんざん親に言われたけどさ。学生結婚までしてるし、何を考えてるんだって大げんかにもなったよ。ハルキのところもだよね?」

イエス、とハルキさんは短く答えた。マキさんは続けた。

「期待されてたから、申し訳なさはあるけど。でもね、いい大学を出たらいい企業に入らなくちゃってのも、窮屈な生き方じゃない？　あたしたちは、あたしたちの生き方をしてみたいって思ったんだ」

カフェを開こう、と提案したのはマキさんだったらしい。マキさんが初めてチェスを指したのは高校生の頃で、その場所が喫茶店だったという。どうしてチェスが好きになったのかと問うと、人生でいちばん辛いときに助けてくれたからと彼女は答えた。コーヒーの香りに包まれながら、ハルキさんを相手に駒を動かしていたら、不思議なくらいに満たされた心地になって、そういう場所を自分でつくってみたいと思ったそうだ。

「夢を叶えたんですね」

「夢はこれからだよ。チェスの指せるカフェを、日本中につくるの」

目には映らないけれど、二人の佇まいはわたしの憧れだった。彼女たちのような軽やかさを身につけられるなら、大学というのは価値のあるところなのだろう。

家に帰り、進路についてママに話すと、先のことだからとはぐらかされてしまった。実際、志望する大学も決まっていない。ともかくもチェスに取り組み、勉強を頑張る。中学三年生の春は、たとえばそのようにして過ぎていった。

「本当に大丈夫なの？」

「平気だよ、向こうに着いたら、マキさんが迎えに来てくれるし」

「病院行くのは、さえちゃん送ってからでもいいんだよ」

「いいって。検査前なんだからゆっくりしてて」

季節は秋になっていた。秋のオープン大会当日、土曜日の朝。

ばあばは近頃体調を崩し気味で、今日は病院で一日がかりの検査を受ける予定だった。

玄関でばあばに手を振ったわたしは意気揚々と家を出た。

最寄り駅までは徒歩でおよそ二十分。

途中にはよく行くコンビニや美容室もあるし、交通量の多い道路も把握している。白杖の音を響かせながら、駅へと向かっていた。暑さも和らぎ、キンモクセイの香しい十月の空気を、思い切り胸に吸い込んだ。

と。

突如、何かにぶつかった。

いや、強い力で体を締め付けられた。突然の事態に声も出せず反射的に振り払おうとするけれど相手は乱暴にわたしの体を押さえつけた。相手。誰かいる。グフグフと唸るような音が耳に迫る。悪臭が鼻を突く。声が出ない。呼吸ができない。口を塞がれて夢中で歯を立てる。歯が肉に食い込む感覚がありイデッと低い呻き声が聞こえ鼻が痺《しび》れる。理解が追いつかない。後頭部を強く打ったとわかる。痛みに気づく。壁にぶつけられたのだ。力の限りに暴れるも自由は利かず汚物のようなにおいがして熱い湿り気が顔を覆う。頬に生暖かい感触が走る。ぬめった感触。おぞましい感触。全身の肌が凍る。髪の毛を摑まれて今度は背中を打ち付ける。線路に落ちたのかとあり得ない錯覚に襲われる。襲われる。誰かに襲われている。何してるんですか！　あなた何してるの！　やめなさい！　やめてください。叫び声。唸り声。痴漢。やめてください、警察呼んで、離してよ、やめて、やめろっつってんだろ、離せよてめえ。自分の声も誰かの声も何もかも、区別なんて、つかなかった。

♟

「……そんなことがあって、ここまで来たの？　なんで言わなかったの？」

会場の医務室でマキさんに尋ねられても、返事はできなかった。

路上でいきなり誰かに抱きつかれ、壁に叩きつけられた。必死で抵抗していたら女の人の叫ぶ声がして、体が軽くなった。変質者だ、痴漢が出たのだと、中年と思しい声色の女性が言った。

地面に落ちた白杖を拾ってくれた。警察に行こうと言われたけれど、大事になるのが怖くて、わたしはそそくさとその場を立ち去った。

我が身に起きた事実を受け止めることさえできずにいた。受け止めることを、脳が拒絶していた。大会の時刻に遅れてはいけないと、それだけを考えることで、何もなかったことにしようとしたのかもしれない。

正しい対応じゃない？　知らないよ、そんなの。

そこからしばらくの出来事を、覚えていない。

駅に着いて、電車に乗って、マキさんに会った。会場に向かって、説明を聞いて、チェス盤の前に座った。たぶんそうなのだろう。対局開始の時間になり、ポーンをｅ４に進めたところで、急に息ができなくなった。嘔吐し、過呼吸を起こして、医務室に運ばれたとわかった途端、わたしは理性の支えが全部壊れたみたいに泣き出した。マキさんに話をできるようになるまで、相当な時間がかかったと思う。

「言えなかったか。そうだよね、ごめん、少し元気ないかなとは思ったけど、対局前で緊張してるのかなって。まさかそんなことだなんて、思わなくて。髪が乱れてたのも、そっか、そういう、ああもう」

気づけなくてごめん、とマキさんは痛々しい声で言った。

なんで謝るのだろう。マキさんに謝らせているのが申し訳ない。

「次の対局は、何時からですか。今は何時?」

「冴理ちゃん、落ち着いて」

「もう落ち着きました」

「警察で話を聞いてもらわなくちゃ」

「チェスが指したいんです!」

「だからそういう状況じゃないの!」

マキさんが大声を出すのを初めて聞いた。引きつって震えた声に、すっと冷静になる。なるほど、ゆっくりチェスを指せる精神状態じゃない。負けを重ねてレーティングを下げるのも不本意だ。対局相手や会場の人たちに迷惑を掛けた事実にもようやく思い至る。謝りに行かなくてはと気持ちが焦れる。そっちは任せてというマキさんの頼もしさに、救われた思いがする。駄目だ。まだ受け止めきれていない。

「いっしょに行きたいけど、こういうのは家族のほうがいいと思う。ばあばはおうちにいるでしょ?」

「今日は駄目なんです。病院で検査があるって」

「そうなるとお母さんだね。スマホ貸して。話してあげる」

こんな状況でママに会うのは気重だった。けれどこれ以上、マキさんに迷惑は掛けられない。

彼女は対局そっちのけで、わたしを介抱してくれたのだ。電話でママとやりとりするマキさんの声に、ただ耳を傾けていた。

「来てくれるって。しばらくここで待っていよう」

マキさんの声がくぐもっている。深い吐息の音が聞こえる。泣いている。泣いてくれているとわかった。「犯人、絶対捕まえてもらおうね。目の見えない子を狙うなんて、最低すぎるよ。見える子だって、同じだけど」

ママがやってきたのは、一時間ほど経ってからのこと。

「怪我はないのね？　よかった」

その声に取り乱す気配はなかった。マキさんにお礼を言って、わたしたちは会場を後にした。地元の町へ戻る車で、わたしは助手席に座った。ママの車のにおいは久しぶりだった。ママはわたしの知らない香水をつけていた。

「チェスの大会出てるってのは、ばあばから聞いてたけど、場所がよくわかんなくて、時間かかっちゃって」

話し方がどこかぎこちない。どれくらい心配してくれているのだろう。ママの心中が読み取れないのが悲しくて、とっくに完治したはずの背骨が疼《うず》く。

警察署に到着して、静かな部屋に通された。警官の女の人に、起こったことを伝えた。男のおまわりさんを想像していたので、意外さに気が緩む。泣くまいと決めていたのに、気づけば嗚咽《おえつ》を漏らしていた。出来事を言葉でなぞると、自分が暴力の被害者だという事実がくっきりと刻みこまれる気がした。場所はできるだけ正確に伝えたけれど、犯人の特徴について話せることはほとんどない。太っていたか痩せていたか、そんなことさえもわからない。思い出すだけで鳥肌が立ち、何度も吐き気がぶり返した。

警察署を出た頃には、外の空気は冷えていた。日が落ちているに違いなかった。

「油断してたら駄目よ」

黙り込むママが口を開いたのは、発車して少し経ってからのことだ。

意味を呑み込むのに時間が掛かった。運転中のママは、車から見えたものについて独り言を呟く癖があったので、道行く誰かを見て言ったのかと思った。

「ばあばに送ってもらえばよかったのに。人通りの多い道を通るとかさ。あなたみたいな子は一度狙われたらどうしようもないでしょ。普段からもっと気をつけて」

「どうしようもないんだから」

わたしは思わず叫んでいた。「どうしようもないじゃん！」

ダッシュボードを力任せに蹴った。「ばあばは病気の検査があったの！　知らないわけ？　馬鹿じゃないの？　駅までなら何回も行ったことある！　気をつけろって何に気をつけろっていうの！　一人で外出するなって？」

「そうよ」

わたしが爆発させた怒りを、ママの重い声がぐっと押し潰す。

「身を守れないなら家にいなさい。今日はね、海外から来てるプロの人にレッスンしてもらう日だったの。いきなり呼び出されて、教室に莉帆を置いてきちゃって、すごく残念なわけ。あんまり迷惑掛けないで」

迷惑掛けないで。吐き捨てられた文句が、シートにこびりつく。

迷惑って何だろう。犯罪の被害に遭った娘が、助けを乞うことをそう呼ぶのか。

「あの子来年、音大の付属中受けるのよ。大事な時期なの。だから、今日のことも話したりしないでね。動揺させたくないし。早く犯人捕まえてもらわないと、あの子に何かあったらほんと」

「わたしは？」

なぜだろう。傷つくだけだとわかっているのに。かといって沈黙を守れば、昼間のことが頭をよぎるから、わたしは訊かなくていいことを、わざわざ訊く。

「莉帆じゃなくてよかったって、思ってる？」

ママはしばらく無言だった。信号待ちのあいだ、エンジンとウインカーの音だけが聞こえていた。車が動き出して体が右に傾いた。カーブを曲がり終えたところで、ママは質問を返した。

「冴理がピアノをやめたいって言った日、覚えてる？」

思いがけない問いかけに、わたしは答えを返しあぐねた。

確か、五年前。季節がいつだったか、思い出せない。

「あの日に終わったの。ママの中で。あなたは」

ふざけんじゃねえよ。

ふざけんじゃねえよふざけんじゃねえよふざけんじゃねえよ。

っていうか役に立たない眼球でこの世に産み落としたのは誰だよ、あんたがまともな目を与えてくれればわたしだってもっといろんなことに取り組めたしピアノだってもっとうまくなれたかもしれないんだよ、それを期待どおりじゃなかったからって終わったとか言うのマジあり得ないだろマジで。っていうかクソ痴漢変態野郎死ねよマジで。おまえのせいでこっちはめちゃくちゃ気持ち悪い思いしてめちゃくちゃ怖い思いしてあげくにチェスの大会まで出られなくなってんだよどうしてくれんだよマジで。

と、叫びたくなるほどの狂おしい怒りを、胸の中に必死で押し込めた。

ばあばに辛い思いをさせたくなかった。

「どうだったの？　大会は。疲れてるみたいだねえ」

自分も検査で疲れているはずのばあば。優しく気遣ってくれるばあば。本当のことは言いたくなかった。わたしが莉帆に昼間のことを言わない代わりに、ばあばにもそのことを告げないよう、ママにお願いした。もといい、取引をした。

「負けちゃったよ」

「勉強になったって思ったらいいのさ。そしたら、前向きでいられるでしょう？」

ばあばは夕食に、わたしの好きな豚汁を用意してくれた。大事な対局の日はいつも、豚汁をリクエストしていた。ちゃぶ台の前に座り、にんじんや大根の交ざり合う温かいにおいをかいで、ほのかに甘みのある汁を一口飲んだときにふと、箸を動かせなくなった。

必要とされていない。

とっくにわかっていたはずなのに、いざ言葉にされると、受け止めきれなかった。

思い切り泣いた。溢れる涙に義眼が窮屈で、ごしごしこするとぽろりと落ちた。

今日だけで、いったい何回泣けばいいのだ？　涙はぜんぜん涸れやしない。

「どうしたのっ」

ばあばは慌てて寄ってきて、そっとわたしの背を撫でた。「そんなに悔しかったの？」

悔しい。たまらなく悔しい。勉強になった？　とんだ勉強だ。

仮にこれが勉強ならば、いったい何を学ぼう？

芽生えたのは復讐心だ。見返してやろう。人生を懸けて、ママに復讐してやろう。

わたしが世の中で認められて、ママがてのひらを返したら、こう吐き捨ててやるのだ。

ママは、わたしの中で、終わってるからって。

「はい、今月分ね。どうもお疲れ様でした」

マキさんがカウンターに差し出した封筒を、わたしは丁重に受け取って、中身を確かめる。紙幣を数え、お札の端に記された識別用のマークをなぞる。

「あれ？　なんか多いですよ」

「そろそろ三年目になるしね、ショウキュウだよ」

昇給、という言葉を知ったのは、高校三年生の春のこと。

中学卒業と同時に、わたしは地元の町を離れた。東京にある国立の盲学校を受験し、寮生活を始めた。ばあばと別れて暮らすのは寂しかったけれど、広い世界を知ってみたいと思ったし、体験した恐怖の記憶はなかなか拭い去れるものではなかった。事件のおよそ三ヶ月後、犯人の男が捕まったと知らされた。過去に前科があり、実刑になると聞いて多少の安心感は生まれたものの、体に残る感触はまだ完全には消えていない。

その記憶は常に、同じ日に起きたもうひとつの出来事を呼び起こしもする。

わたしは呪縛《じゅばく》から逃れるように、地元を去った。

「お客さん相手じゃ、もう張り合いないんじゃない？」

「強い人もたまにいますよ。トオルさんには一度も勝ててないし」

高校に進んでからも、週末はカフェに通った。

アルバイトをしたらどうか、と提案してくれたのは、トオルさんだった。

「――お客さんの相手として雇ってもらえばいい。固定客もきっと増えるよ。自分がやってるからわかるけど、コーチをして学べることもたくさんあるんだ」

たまたま店を訪れた彼の思いつきが、導きを授けてくれた。マキさんは二つ返事で了解してくれて、わたしの週末はとても意義深い時間となった。強い相手と出会えばそれ自体が貴重な体験だったし、棋力のないお客さんと指すのも勉強になった。トオルさんの言うとおり、教えるという行為から得られるものは数多くあった。

お給金ももちろんありがたい。大学進学の費用は、自力で払おうと決めていたのだ。

「ほんと、チェスを覚えてよかったと思います」

「どうしたの急に」

「チェスがなかったら、わたし」

その続きは、言葉にすべきじゃないと気づく。

高校に入ってからは他人との生活になじむ苦労があったし、落ち込む時期もあった。忌々しい出来事が頭を巡って眠れず、周囲に当たり散らしたこともあるし、気軽に相談できるような悩みでもない。何もかもが嫌になり、いっそ駅の線路に自ら落ちようかと思ったのも、一度や二度じゃない。

生きているのは、チェスのおかげだ。六十四マスの盤面がすべての悩みにふたをしてくれた。その上で生まれる駒の物語が、わたしを支えてくれたのだ。

「お母さんとはどう？　うまくやってる？」

ママとの関係について打ち明けた相手は、マキさんとばあばだけ。わたしの苦悶を見て取ったマキさんに、隠し事をする気にはなれなかった。

「進学の相談をしたんですけど」

つい先日、実家の和室でママと対峙した。高校生になってから初めてのことだった。緊張して、気持ちが高ぶって、我を忘れるほどに言い合ってしまった。

そして、ママのため息が聞こえた。

お金の問題ではなかった。わたしを認めてほしかった。可能性を信じてほしかった。

しかし、望みは叶わなかった。覚悟していたはずなのに、面と向かって思い知らされると、不覚にも涙をこぼしていた。

「将棋だったらいいのにって言われたんです。寮の人にも言われました。そのほうがお金になるって。でも、違うと思うんです。マイノリティの意地っていうか」

一時のブームも過ぎ去り、チェス人気が下火になった一方で、将棋界は新しいスターが出てきたと盛り上がりを見せている。チェスは日本のマイノリティ。

何が悪い？　わたしは生まれつきのマイノリティだ。

障害者福祉について、大学で学びたいと思った。パラリンピックのスポーツみたいに、障害者が特性を活かせる場所が、きっとまだまだいっぱいある。

わたしはその分野を研究したいし、開拓したい。

秘めていた思いに気づかせてくれたのは、ばあばと莉帆。

「イルカって、人間には聞こえない音が聞こえるっていうでしょ」

去年の夏、二人と水族館に行った。ばあばの家に帰省した折、久々に行こうという話になり、莉帆に声を掛けたら二つ返事だった。中学二年になった莉帆は、大人びていく自分の声が気に入らないと言うが、音に敏感なわたしでも気づかない。音の世界についてはやはり、彼女のほうが格段に優れている。

「イルカと同じ音域が聞こえたら、もっといろんな曲が弾けるのになって思う」

「莉帆はピアノ、嫌になったことはない？」

イルカショーを待つあいだに、わたしは尋ねた。遊泳するイルカが時折飛びはね、ホールに子供たちの声が響いていた。アイスキャンディーを食べながら、わたしたちはお互いのことを話した。「毎日やってるんでしょ」

「毎日。三百六十五日。インフルエンザのときも、生理でやばいときも」

音大の付属中学に進学した莉帆は、学校での練習に加えて、週三回、夜にも特別レッスンを受けている。週二回で泣きを入れたわたしとは大違いだ。

「嫌にならない？」

「さえちゃんはチェス、嫌になるの？」

「ならない」

「あたしも。ピアノがなかったら、何していいかわかんない」

声にストレスの響きはない。天性のピアノ好きなのだ。ママは二人目で、無事に「当たり」を引いた。アップライトはお役御免になり、莉帆はグランドピアノと向き合っている。家も改築し、特設ルームの防音設備もパワーアップしたらしい。

「さえちゃんはすごいよ、見えないのに、プロの人と戦ってるんでしょ」

「見えないのに、は要らないぞ」

「ごめんごめん」

屈託なく笑い、アイスキャンディーをシャクッとかじる。それでよい。妹よ。

「思ったんだけど、さえちゃんはイルカなんだよ」

「ほえ？」

「エコーロケーションってやつ。イルカって、音の反射で相手との距離とか、餌の場所とか突き止めるの。コウモリもそうだっていうでしょ。ほとんど目が見えないのもいるんだって。どっちかっていったら、さえちゃんはコウモリか」

「イルカにしておいてくれたまえ」

アイスをかじる。コウモリでもいいか、と思う。空が飛べるし。

「常人にはない特殊能力、みたいな。表現が中二っぽいね」

「中二だからいいんじゃない？」

「さえちゃんのチェスが強いのは、そういうのがあると思うよって話」

ショーの始まりが告げられ、トレーナーの指示に合わせてイルカたちが泳ぐ。飛んできた水しぶきに、ふくらはぎが冷たい。BGMはチャイコフスキーのくるみ割り人形、花のワルツだった。

小学校の頃を思い出すよと莉帆が笑った。いつの発表会だったかなあと彼女が言うのを聞いて、わたしの隣に座るばあばが口を開いた。

「莉帆ちゃんの演奏はすごいのよさえちゃん、芸術家って感じなんだから」

それは大げさだよ、と莉帆が苦笑する。

「孫二人が芸術家ってのは、鼻が高いねえ」

わたしは違うでしょ、と応ずると、ばあばはぽんと肩を叩いた。

「さえちゃんが家にいたとき、思ったのよ。駒をぱぱぱーって動かすのを見てたら、これは芸術だなって。あの指捌《さば》きは、アーチスチックだよ」

チェスに惹かれた理由はいくつもあるけれど、そのひとつの正体が明らかになった気がした。

ハルキさんによると、フランスの有名な芸術家、マルセル・デュシャンは創作活動をまるまる放棄してまで、チェスに没頭するようになったらしい。

芸術家をも虜にする美しさが、チェスにはあるのだ。

ただ、美しさをいくら謳ったところで、ママは認めようとしないだろう。

あの人には所詮、マイノリティの遊びに過ぎない。

「チェスはほんと儲からないね。日本代表って言ってもスポンサーもつかないし」

マキさんが苦笑いの吐息を漏らしたところで、ハルキさんが戻ってきた。買い出しに行っていた彼は、荷物を置くなり、興奮気味の声色で言った。

「二人とも、これ見てくれ」

ハルキさんがマキさんにスマートフォンを見せる。やば、とマキさんが声を漏らす。

「チェスワングランプリ、賞金一億円だって」

日本国籍、または日本のチェス国籍を持つ人を対象に、一億の賞金を懸けた大会を開催するとの知らせだった。サイトの文章を繰り返し聞くうち、体の震えに気づく。

それは今のわたしにとって、あらゆる意味でのチャンスとなるイベントだった。

「予選は七月から、決勝大会は秋だって。エントリーする?」

「したいと思いますけど」

期待と自信は、数秒も保たずに崩れる。「あの人も、参加するんでしょうか?」

「あの人って、あの人だよね」マキさんが言う。あの人です、とわたしは答える。

「どうかわかんないよね。いろいろあったし、日本に戻ってくるのかどうか」

戻ってきてほしいと思う。戻ってこい、と強く願う。

ツリザキノブオ。あの憎々しい男の声が、耳の奥に蘇る。

第4章

デスペラード

チェスとは、何よりもまず、
闘争である。

——エマニュエル・ラスカー

「けれど、今はもう」

ベアトリーチェは何か言いかけてベッドサイドのテーブルに手を伸ばした。煙草《たばこ》に火をつけて煙を吐き、赤い唇を挑発的につり上げる。「今はもう、どんなプレイヤーもＡＩには勝てないんでしょ？　ノビーがいくら強いって言っても」

俺はその指から煙草を奪い、吸い口をくわえる。部屋の天井に吊されたシーリングファンめがけて煙をふうっと吹きつける。今のニューヨークはモーテルでも禁煙のお達しが届いているが、彼女も俺も気にしなかった。

「夢があっていいじゃねえか」

「どういうこと？」

ベアトリーチェが首をかしげる。白い頰にブロンドの髪がはらりとかかる。

「ＡＩっていう神が生まれたわけだ。もしもそいつに勝てたら、神を超えられる理屈だろ？　こんなに夢のある話はねえさ」

彼女は口の端を上げて煙草を取り返し、ベッドから立ち上がる。ゴムみたいに張りのある尻をあらわにカーテンを開けて下窓を持ち上げる。外の夜気がうっすらと部屋に潜り込む。背後からのファックを乞うような姿勢で暗闇を眺めている。

「人に見られるぜ」

「誰もいないわよ、ニューヨーク州っていっても、このあたりは田舎《いなか》だもん」

煙草の吸い殻を窓の外に投げ捨て、ベッドに腰掛けるベアトリーチェの脇腹にはカラフルな蜘《く》蛛《も》のタトゥーが彫られていた。

「ノビーが生まれたのは日本のどこ？　都会？　田舎？」

「さあ、どこだったかな、よく覚えてねえ」

「何よそれ、お母さんはどんな人なの？」

「元気にやってるといいなあ」俺は上を指さした。「あの世でさ」


おふくろが死んだのは俺が十二歳を迎えた日の朝だ。

俺はその日、児童養護施設にいた。職員は朝食のあとで、「信生《のぶお》くん」と俺をこっそり呼びつけた。施設に暮らす子供は誕生日にプレゼントをもらえる。密かに楽しみにしていた俺は、こんな朝っぱらからもらえるのかと妙に思いつつ、施設長の部屋に入った。

そこで与えられたのは、実母の死の知らせだった。

「亡くなってたの？　ごめんなさい、あたしてっきり」

「かまわねえさ」

顔を曇らせるベアトリーチェの肩を抱き、首に手を当てる。「おふくろも世話ねえよ。首を絞められてるのを助けたのに、自分で首吊って死ぬんだからさ」

——やめて、離して！　離してよ！　もうやめてってば！

二十年前のおふくろの叫びは今も鮮明に耳に残っている。耳の内壁にはベアトリーチェのタトゥーみたいにその叫びが刻まれているかもしれない。

——嫌！　死ね！　ぶっ殺してやる！　死ねよ！
3.141592653589793238462643383279502884197169399375105820974944……
ヤニで汚れた六畳間の砂壁に、おふくろの罵声が響いていた。醜く膨張しきった男が馬乗りになり、鼻血を流すおふくろを何度も殴りつけた。じたばたともがく足がぶつかって一升瓶が倒れる。テレビの中ではおふくろと同い年くらいの女のタレントが三角の目で唇を広げ、この状況を嘲っているように見えた。

……0475346462080466842590694912933136770289891521047521620569660240580……

俺は頭の中で円周率を唱えていた。担任の教師が二万桁までのポスターを教室の後ろに掲示して、どれくらい覚えられるかチャレンジしてみろと生徒に言った。俺は一週間のうちに数列のすべてを記憶した。

耐えるしかないのだ。耐えていればいい。この男は体力がない。やがて疲れ切り、酒を飲んで眠り込む。いつものように無限の数字を数えていればいい。何年も続くこの生活で学んだ、厭世《えんせい》の護身術だった。

が、その夜は違った。

おふくろの声がやんだ。男はおふくろの首を絞めた。紫の顔を歪ませるおふくろを見て、死んでしまうと俺は思った。無我夢中で男に摑みかかるがびくともしない。俺は目にした一升瓶を持ち、男の脳天めがけて振り下ろした。男は頭部を押さえておふくろにのしかかった。やった、と感じたのは一瞬だ。男の赤黒い顔があらわになった。黄色い目が俺を捉えた。細身のおふくろよりさらにひ弱な、十歳のガキが太刀打ちできるはずもない。男は汚れた歯をむき出しにして俺の首を摑み、床に叩きつけた。

殺される、と思った瞬間、俺は絶望した。

部屋を出て行くおふくろの姿が視界の端に映ったのだ。

そんなことがあっていいのか。息子を見捨てて逃げるのか。

声を出すことも叶わない。どうせ死ぬなら顔をしかと見ておこう。幽霊になって呪ってやる。アルコールでむくみきり、かびのような無精髭《ぶしょうひげ》を生やしたこの男を。

不思議とひどく冷静だった俺は直後に慌てふためいた。

男が目を見開き、口づけをしようと迫ってきたのだ。

それが錯覚だと気づいたとき、男の魂はすでに肉体を離れていたかもしれない。

覆い被さる男から必死で逃れて目にしたのは、その背にまたがるおふくろの姿だ。

顔を腫らしたおふくろは茶髪を振り乱し、男の背中や首や後頭部に何度も包丁を突き刺した。

返り血にまみれながら肉の塊をめった刺しにしていた。

「アル中の酒乱でな、暴力を振るわれた記憶しかない。嫌なもんだぜ、そういう野郎の血が自分にも流れてると思うのは」

「それで、お母さんは？」

「懲役何年だっけな、覚えてねえや」

実際は二年足らずだ。二年後に、刑務所のトイレで首を吊った。

おふくろが逮捕され、俺は施設に預けられた。そして職員から凶報を受けた。

どうして一人息子の誕生日を自分の命日にしようと思ったのか。歳を重ねるたび、思い出してほしいと思ったのか。勝手な話だ。その勝手な死がきっかけだった、かどうかはわからないが、俺は非行に走るようになった。施設の仲間と街に繰り出して窃盗や暴行、恐喝を重ねた。捕まって児相だの家裁だの鑑別所だのと連れ回され施設に戻っても犯罪を繰り返し、十五の誕生日を迎えたときは少年院の塀の中だ。贈り物がない代わりに家族の死を知ることもない、静かな誕生日だった。

「なんか、不思議な感じ」

ベアトリーチェは再び立ち上がった。小さな冷蔵庫からバドワイザーを取り出した。情事のあとの陰部はうっすらと湿って見えた。「チェスプレイヤーになる感じがしないもの。ボクサーならわかるわ。タイソンみたいに」

「『あしたのジョー』みたいにか？」漫画好きの仲間の家に、本があったのを思い出す。

「アシトゥッ……何？」

あしたのジョー、と日本語で言ったので伝わらなかった。Tomorrow's Joe と言ったところで、結局はわからないままだろう。

「ボクサーは考えなかったな。身長は伸びたし、喧嘩もそこそこできたけど、勉強はからきし駄目だ。やりたいことは何もなかった」

少年院を出てからは施設には帰らなくなった。高校進学もせず不良仲間の家を泊まり歩いては、繁華街で不法の日々にさまようだけだった。

あるとき、仲間から誘いを受けた。知り合いの女子高生が別の高校の男子に脅迫を受けており、その男子に制裁を加えようという話だった。刃向かうようなら恋人を手籠めにしてよいと女子高生は言い、仲間たちは無軌道な欲望に逸った。

「とりあえず金出して」

二人の仲間とともに公園のトイレへと男子生徒を追い込んだ。眼鏡をかけた細身でまじめそうな少年だった。俺は他人に興味がない。誰が生きようが死のうが、こいつが悪人かどうかもどうでもよかった。同じくらいに仲間にも興味がなかった。薄汚れた便所ではしゃいでいる連中が、そいつらとつるんでいる自分自身が急に馬鹿らしくなった。

俺は何をやっているのか、と強烈に思った。

殴られても蹴られても少年は金を出そうとしない。よくは知らないが、こいつは優秀な学校の生徒できっと勤勉な奴なのだろう。一方の俺はやりたいことも見つからずに目の前の面倒から逃げ、弱いものをいたぶっては面白くもない遊びに明け暮れるだけだ。

おふくろはこんな俺を救うために刑務所に入ったのか？

「これから毎週、金持ってこい。でなきゃマキちゃん、拉致っちゃうよ？」

仲間の一人が詰め寄っても少年は抵抗をやめなかった。

「持ってくるんだな？　持ってくるんだなって訊いてんだよ！」

小便器に顔を埋められても降伏の意思を示さない。床に放り出され、蹴りを受け続けても降参しない。トイレの出入り口にたたずみながら俺は不思議で仕方なかった。

なぜだ。なぜ従おうとしない？

自分たちよりもはるかに弱そうな少年に、俺は感動めいたものを覚えていた。

ぼろぼろになりながらそいつは口を開いた。

「本気で楽しいとか悔しいとかそんなこと一個でも持ってんのかバカ！」

起き上がり、俺のほうを見た。こちらを射貫かんばかりの強い眼差しだった。

気づけば俺はそいつのもとに歩み寄っていた。

チェスという単語を耳にしたのは、そのときが最初だ。

「ワーオ」

ベアトリーチェの薄い唇が、発音に忠実な形で丸みをつくる。

「トイレで出会った男の子が、グランドマスターの生みの親ってわけ？」

「ある意味じゃそうだな」

「その子にチェスを習ったの？」

「いや、教わる前に警察が来た。逮捕されてまた少年院だ」

院の余暇時間にはテレビを見る奴や新聞を読む奴、あるいは資格を取るための勉強に励む奴が多かった。俺はチェスというものをやってみたかったが、セットの用意はなく、入院者同士の私語さえ厳禁の環境ではそもそも、ゲームの類いなど許されるはずもない。職員に尋ねると、「日本でチェスをやる人間なんかいない」などと言われてしまった。仕方がないので、チェスの本を差し入れてほしいと、保護司のじいさんに手紙を出した。どうせ応じてくれないだろうと諦め半分だったが、じいさんは望みの本を送ってくれた。本を読むのに難儀しつつも俺は少しずつルールを理解し、就寝時間には暗い天井に盤面を描いて架空の対局をした。月に一度の面会ではじいさんとのチェスを許可してもらい、彼にボードを持ってきてもらった。人生で最大の楽しみだった。

「どうしてそこまでチェスが好きになったの？」

ベアトリーチェの問いは、俺が百万回浴びてきたものだ。あの頃のじいさんも俺に尋ねたし、日本のインタビュアーは誰もが判で押したようにこの質問をする。記者たちを喜ばせるための、体のいい答えは用意してある。

チェスの盤上では一切の理不尽が起こりません。

屑《くず》のような父親に殴られて育ち、母親に死なれ、できそこないの脳みそを抱えて生きざるを得ない天涯孤独のガキには、理屈が支配する盤上こそ理想的な空間でした。金持ちを羨んで強盗に及んだ施設のダチや差別を恨んで人を殺した朝鮮人のダチも、チェスさえ知っていればなんとかなったんじゃないかと思うんです。少なくとも俺の場合は、世の中のあらゆる不条理を、チェスを指すあいだだけは忘れられました。

酒飲みの尻軽女に話すには上品すぎる内容だ。

自分自身で最もしっくり来る誠実な答えを、くれてやることにした。

「どうしてかなんて知らねえよ、考えなくていいことだ」

「は？」

「何かを強烈に好きになるときってのは案外そんなもんだ。それらしい理由なんてのは説明のための後付けだ。本当に好きなもんは、気づいたら好きになってるんだよ」

神様のお導き《calling》ね、とベアトリーチェは白人らしい相づちを打ち、缶ビールをあおった。簡潔で気の利いた表現だ。今後はそう答えるのも悪くないと少し感心した俺の前で、女は豪快にげっぷをかますのだった。

「ねえ、なんかおなかすいちゃった。スカグ持ってない？　ポットでもいいんだけど」

「あいにく俺はやらねえんだ。チェスほど効く麻薬はない」

「ワーオ」

おどけてみせたベアトリーチェはスマホでデリバリーを頼んだ。まさかヘロインの配達かと驚いたが、ピザを頼んだだけだと笑った。

「そんなに楽しい？」

「相手と状況次第じゃあ、セックスよりぶっ飛ぶぜ」

ベアトリーチェとの交わりはあいにく、遊びの域を出なかった。ぶっ飛ぶようなセックスをしたのはいつが最後だろう。昔に暮らした安アパートが脳裏をよぎる。だらしない体をした女の、ドーナツみたいにでかい乳輪を思い出す。

「――チェスってアメリカが本場なんじゃないの？　よく知らないけど」

結麻《ゆま》という名前のソープ嬢と出会ったのは二十一歳の頃だ。同い年で、のっぺりした顔つきの女だった。なぜか彼女は俺を気に入り、やがて俺たちは同棲を始めた。職業的に磨かれたテクニックよりもなお、彼女が放つ甘ったるい体臭にとろけ、朝から晩まで戯れた日もある。冷房の壊れた古いアパートの一室で汗にまみれた互いの肌を重ねあうあの時間が、性のピークだったと今は思う。

「アメリカのドラマとかでたまに出てくるじゃん」

「アメリカって、ヨーロッパにあるのか？　イギリスとかパリとかみたいに」

「マジで言ってる？　ノブちゃん、ほんとにもの知らないよね」

結麻はけらけらと笑った。俺は世界の地理をまるで理解していなかった。無知な俺を愛らしく思ったのか、結麻はさまざまなことを教えてくれた。アルファベットすら書けずにいた俺だが、彼女に教わるうちは不思議と勉強も苦痛じゃなかった。

国際チェス連盟はフランスに設立され、スイスに本部がある。チェスの強豪国といえばロシアが筆頭で、ＧＭの数も二位のアメリカを大きく引き離している。アメリカが本場という結麻の発言は正確さに欠けていたが、俺は初めて、外国というものを意識した。

「行ってみたいな、アメリカ」

「それならちゃんと働かなくちゃだよ」

少年院の斡旋でありついた板金工場の仕事はすぐに辞めてしまい、工事現場の日雇いや警備員、宅配便の集荷センターなどを転々とするものの、どれも長続きはしなかった。結麻はそんな俺に憐れみを抱いたのかもしれない。集荷センターのおやじと飲みに行ったバーで出会った彼女は、自分も少年院にいたと話し、チェスが好きだという俺を珍しがった。チェスを教えたのをきっかけに付き合いが始まり、彼女は早々に飽きてしまったが関係は続いた。俺と同様、ろくな家の育ちじゃないと言い、結婚して幸せな家庭を築くのが夢だと話した。能天気な雰囲気は一緒にいて心地いいものだった。

チェスを教えてくれる場所がある、と教えてくれたのも彼女だ。公民館の一室を借り受けた教室には社会人から子供まで、何十人もの愛好家がいた。仕事のない日は欠かさず顔を出した。

「なかなか筋がいいよ、釣崎《つりざき》くん。誰にも習わずこれだけ指せるってのは、才能があるんじゃないかな」

心に響いた褒め言葉を挙げろと言われれば、先生のその言葉が一番に思い浮かぶ。主宰者の男性は、俺が初めて行った日に指し手を褒めてくれた。五十近くと思しい、温厚で子供好きの先生だった。先生、と俺が呼ぶ唯一の人だ。

「オープニングの種類を覚えるといい。定跡を身につければ序盤が安定する」

ルイ・ロペス、イタリアンゲーム、フォーナイツ、スコッチゲーム、ヴィエナゲーム、シシリアンディフェンス、クイーンズギャンビット、スラブディフェンス、ニムゾインディアンディフェンス、キングズインディアンディフェンス、エトセトラ。数々の序盤戦略を教わった。基本的な技術から応手の工夫も一通り学び、直感だけで指していた手に細かな名前や深い意味があると知った。世界が広がっていくのを実感できた。

なぜあなたは強いのかと、問われた機会は数知れない。

俺は過去の棋譜をすべて正確に思い出せるのだ。相手や日にちまでは覚えていないが、少年院での対局からGMたちとの戦いまで全部が脳に刻み込まれている。どの局面でどう動けばどんな結果がもたらされるか、記憶に照らせば自然と最適解が導かれる。

自慢じゃないが、字の読み書きは満足にできない。円周率はいくらでも覚えられたが、計算は二桁の足し引きがせいぜいだ。知的な障害だと小学校の教師に断言されたし、工場の簡単な仕事もかなり難儀した。

しかし英語にせよチェスにせよ、興味さえあれば覚えられる。

「そのおじさんが、グランドマスターの育ての親ね」

ベアトリーチェは俺の思い出話に聞き入っていた。「今はどうしてるの?」

「教室は閉じたらしい」

日本に帰った折、連絡を取って話を聞いた。公民館の移転後に教室の貸し出しが行われなくなり、老いた父親の介護も忙しいので教室を閉めたと言っていた。「チェスだけじゃ日本では食っていけないんだ。俺が通ってた頃も、料金は安いもんだった」

チェスの楽しさに魅せられ、魅せられすぎた。

家ではオンライン対局に没頭した。仕事をずる休みしてまでチェスに溺れた。チェス廃人と結麻に揶揄されるほどにデスクトップパソコンの前を動かなかった。実に半年のあいだ、取り憑かれたように取り組み、職場を解雇されてなおかまわずチェスに狂う。

廃人まっしぐらの俺を見て、同居する恋人もいよいよ笑う余裕がなくなった。

「どうすんのよ、今月もあたしが家賃全部払うわけ？」「ソープで稼いでんだからいいだろ、そのうち払う」「いつよ」「うるせえな、ルークがピンチなんだよ」「ノブちゃん、体に悪いよ、痩せてるもん明らかに」「食費浮くだろ」「っていうかちゃんとお風呂入ってよ、着替えもしてないし、くさいんだけど」

寝食を忘れてという言葉どおり、昼夜問わずのチェス三昧。プレイヤーは世界中にいる。二十四時間、強敵には事欠かない。ものを食べることすら億劫だった。

「トーナメント中なんだ。これに勝てばブリッツレートが二四〇〇に乗るんだよ」

敵の陣地からルークを救出し、得意になって笑った俺は次の瞬間、固まった。

モニターが黒くなった。パソコンの配線を確認すると結麻がコードを持って立っていた。主電源のコードを抜かれていたのだ。てめえ、と張り手を食らわすと、結麻は部屋の隅にくずおれた。怒りが収まらず俺は何度もその頭を殴った。

「俺はグランドマスターになるんだよ！　こんなぼろアパートの家賃なんざ何十年分だって払ってやる！」「いつよそれ！　今月分だけ今すぐ払いなさいよ！」

かっとなって結麻の襟首を持ち上げ、頬に拳を食らわせた。彼女の体が化粧台にぶつかった。台上の道具がばらばらと床に落ちたのを見て、はっと我に返った。今の俺は俺が最も憎んでいた人間と同じじゃないか。ろくに稼ぎもせず自分の世界にこもり、挙げ句の果てに暴力を振るう、あのゴミと一緒だ。

「悪い、悪かった。ごめん」

顔を上げずに泣き続ける結麻に、土下座をした。「俺、ちゃんと稼ぐよ」

とは言ってみたものの、人生は一向に好転しない。高校も出ていない少年院上がりでは履歴書を送ってもろくな返事がなく、面接まで進んでもてんで反応はよくない。どうにか仕事にありついても段取りを覚えられず、馬鹿にされたことにむかついて上司に暴言を吐いた。すぐにクビになった。

どうしたものかと途方に暮れていた頃、飲み屋で少年院時代の顔見知りに会った。

「詐欺?」

ベアトリーチェは当時の俺と同じ聞き返しをした。

出会った男は詐欺グループの一員だった。「詐欺によって世の中をよくする」と訳のわからないことを言う猿みたいな顔の男で、話を聞けば奴らのターゲットは反社会的組織の人間や、それに連なるあくどい連中。決して善良な市民を狙いはしないという。

「素敵な人じゃないの」

「俺もそう思った。グループに入らないかって誘われて、オーケーしたよ」

詐欺師が主人公のテレビドラマを見たことがあった。巧みな手口で悪人から金を搾り取り、正義を果たす姿が格好よかった。男がリーダーを務めるグループは奴を含め男女六人。俺もそこに加わった。１ＤＫマンションの一室が奴らの拠点だった。

「どんな風に儲けたわけ？」

「ターゲットに電話するんだ。家族のふりなんかをして、金に困ってるのを装って、たんまり現金をせしめる」

グループが標的にしたのはもっぱら一人暮らしの老人だった。リーダーの男は標的について、ナントカ組の元組長だとか、悪徳企業の元経営者だとか俺に説明した。

世間知らずだった俺は素直に信じ、正義感すら抱いてしばらく奴らの片棒を担いだ。

使い捨ての携帯電話で方々に掛け、老人をおびき出しては現金を頂戴した。

「実際にお金を受け取ったの？」

「立派な一戸建てに暮らしてるばあさんがさ、玄関で泣きそうな顔して札束差し出すんだ。キャッシュカードのすり替えなんかもやったな」

とはいえ、あほな俺でもやがて気づく。標的は単なる憐れな年寄り。悪人を懲らしめる世直しだなんてのは空々しい戯言で、実際は擁護しようのないただの詐欺だ。

「最悪ね」

「昔の話だ」

「最悪なのはそのばあさんよ。騙される奴が悪いんだから」

ベアトリーチェの論理に苦笑する。グループの連中もまた、自分たちの正しさを主張した。金を貯め込む高齢者は不景気を生み出す害悪であり、彼らから金を奪うのは世のためなのだと力説した。

一理ある、などと安易に流されなかったのは、保護司のじいさんのおかげだ。更生を期待してチェスの相手をしてくれた彼に申し訳が立たないと思い、グループを抜けた。連中はファミレスに俺を呼び出し、取り分を返せとごねてきたので、札束を顔面に叩きつけてやった。再び悪事に手を染めてしまった自分に腹が立ち、警察に行くことも考えたが、チェスができなくなるのが嫌で踏ん切りはつかなかった。

「そいつらとはそれっきりだが、あとで死にかけた。ヤクザに目を付けられてさ」

――俺たちのシマで、調子こいてるらしいなこの野郎。

オールバックに柄シャツの中年男が黒い革張りのソファから身を乗り出し、床に正座する俺の顔を覗き込んだ。

近所のコンビニに出かけたところをいきなり囲まれ、黒塗りのセダンに乗せられて事務所のビルへ引きずられた。気づけばヤクザの男から威嚇の睥睨《へいげい》を受けていた。

暴力の場に臨んだ経験は十代の頃に幾度もある。だが、本当に殺されるかもしれないと思ったのは、ゴミクズ男のケースを除いてそのときが初めてだ。

「稼ぐなってわけじゃねえ。商売するからには筋を通せって話だ」

シックなつくりの応接間のような部屋だった。ソファの後ろには幅広のデスクがあり、年配の男が座っていた。逃げ出そうにも、ドアは若い二人に押さえられている。

「いくら稼いだんだ？」

わかりませんと正直に答え、ふざけんなよとビンタを食らう。「てめえリーダーだろ。わかりませんで通ると思ってんのか」

「リーダーじゃないですけど」

「この期に及んでしょっぺえ言い訳してんじゃねえよ」

本当なのだと訴えても聞く耳を持たない。恐怖よりも混乱のほうが大きかった。なぜ俺がリーダーなのか。おそらくはグループの奴らが口裏を合わせ、俺を人身御供にしたのだろう。万一のときのとかげのしっぽとすべく、俺を引き込んだのかもしれない。グループの悪行に異を唱えた俺を葬るうえでも、絶好の機会と捉えたはずだ。

連中のいやらしさと己の愚かさに、怒りが湧き起こる。

「とりあえず二千万でいいや」

それと適当にパンも買ってきて、と続けそうな軽い口調で、中年男は言った。「てめえらみてえな若《わ》え《け》詐欺連中が調子こいてるからよ、色々やりにくくなってんだよ。人の商売の邪魔してんのがわかんねえのか」

俺のいたグループは特定の地域で活動していたわけではない。縄張りの論理など通用しないはずだ。俺たちの拠点のありかを知り、いい金づるになると思ったのだろう。

「仲間と話して、なんとかします」

「そう言っときゃ無傷で帰れると思ってんのかこの野郎」

側頭部を殴られた。若い二人が俺に殴打を浴びせた。丸めた背中に蹴りを食らわせた。悪いことはするもんじゃないと痛感して唐突に思い出したのはあの公衆トイレだった。

「おい、こっち向けよ」

床に倒れたまま目線をやると、中年男はピストルの銃口を俺に向けていた。「おまえ、親兄弟もいねえんだろ。埋めたところで捜す人間もいねえ。同棲してる風俗嬢くらいか。一緒に埋めてやってもいいぞ」

「俺、本気になってることがあるんです」

何を言っているのだ、と最初に思ったのは俺自身だ。痛みをこらえて息を吐きながら、少年の台詞を思い出していた。「やりたいことがあるんですよ」

若い奴らの笑い声が聞こえた。中年男も頬をつり上げている。

「何だよ、聞いてやるよ」

「チェスです。アメリカ行って、グランドマスターになって」

「チェス?」

どこかから声が飛んできた。

「おまえ、チェスをやるのか?」

何その展開、とベアトリーチェが笑う。俺自身、まったく予想していなかった。

声の主は、デスクの椅子に腰を埋めていた老人だった。短い金髪に四角い顔、灰色のスウェットにサンダル履きの、下町のはぐれ者みたいな老人が奴らの組長だった。

「チェスをやるのかって訊いてきてさ。自分も指すんだって笑うんだよ。昔にロシアのマフィアと仲良くなって、文化交流のつもりで覚えたって。チェスをやる人間に悪い奴はいないって言いながら、子分連中をどかした」

「説得力のない格言だわね。でも、そのじいさんのおかげで助かったわけでしょ」

「じいさんのおかげで、殺されるかもしれないって本気で思ったんだよ」

一局やろう、と老人は言った。置物やら本やらが並ぶ棚から、若い子分にセットを取り出させ、テーブルの上に置かせた。俺は差し向かいに座った。巾着袋から取り出された駒を、訳もわからぬまま並べていった。

「嬉しいやね。将棋指しは腐るほどいるが、チェスとなると相手がいない。こいつらにもやらせてみるんだが、駒の価値すらろくにわからん。兄ちゃん、名前は何だ」

「釣崎信生といいます」

「よし、こうしようや。おまえが勝てば、おまえの言葉を信じる。リーダーじゃねえって言ってたな」

中年男と若い衆が戸惑った風に目配せを交わし合う。戸惑ったのは俺も同じだ。勝てばいいというのはシンプルだ。シンプルすぎて、恐怖の輪郭がくっきりとした。

「負けたらどうなるんです？」

「ロシア人におまえを売る。ついでに、おまえのコレもな」

右手の小指を立てた。第二関節までしかなかった。駒の向きを細かに整えながら、老人は笑顔で言った。「ロシア人がルートを持っててな。肝臓、心臓、腎臓は高値で売れる。骨髄や眼球もいい金になる。若い体が二つありゃ、充分な儲けだ」

「チェスをやる人間に」俺は言った。「悪い奴はいないって聞きました」

「俺はいいことをするつもりだよ。臓器が必要な病人を助けてやるんだ」

老人の放つ雰囲気は俺が出会ってきた裏の人間たちよりも色濃い毒気に満ちていた。いくら柔和に振る舞おうと隠し得ないにおいが染み出ている。

はったりじゃない。接待気分で勝ちを譲るなんて真似は、文字どおりの命取りだ。

「簡単な話だろ、俺に勝ちゃいいんだから」

老人は白黒のポーンを両手に隠した。俺は右手を選んだ。黒番だった。

勝負を持ちかけるだけあって老人の腕は確かなものだった。ルイ・ロペスで始め、駒の展開をしながら攻めの形を築いていく。手堅い指し筋だ。ポーンとマイナーピースの削りあいが続く中、俺は老人の強さに焦っていた。

「ドローの場合はどうなるんですか」

「おまえの内臓だけもらう。女には手を出さねえ」

結局は負け扱いじゃねえかと歯嚙みしたが、交渉の余地もなさそうだ。互角のまま駒は減っていく。引き分けが近づく。命を懸けたチェスだ。勝つしかない。

仕掛けるほかなかった。

クイーンサクリファイス。

いちかばちか、大駒を捨てて敵の陣形を崩す。タクティクスが決まればワンポーンアップ。こちらが有利だ。もしも狙いに気づかれれば、俺は終わる。

「やけくそになったか。女だけでも守ろうとは思わねえか」

老人のビショップがクイーンをテイクした。その瞬間に命がつながった。

十手を要するタクティクスが完成へと近づいていく。最善手を指し続けても逃れられないラインだ。敵のクイーンをナイトで狩り、ナイトをルークで潰される。お互いにルークを一つずつ残したまま、俺のポーンは三つ、老人のポーンは二つ。

パスポーンが突き進む。死んだクイーンが蘇る。

「おまえさんの勝ちだ」老人は満足げな笑い皺を頰に刻んだ。

解放されて建物を出た途端、どっと汗が噴き出し、俺は路傍の植え込みに嘔吐した。

ぎりぎりの勝利だ。鳥肌と寒気がいつまでも消えなかった。

「本当に売っちゃう気だったのかな、内臓」ベアトリーチェが尋ねる。

「そのつもりだったらしいな。あとで聞いたけど」

後日、詐欺グループのリーダーの男と、その恋人の消息が途絶えた。

この一件以降、組の事務所に何度か呼ばれた。用件はもっぱら老人のチェスの相手だった。勝敗にかかわらず金をもらった。それだけで暮らそうと思えば、できないことはないほどのペースだった。「多少は打ち解けたところでさ、リーダーのカップルがどうなったか訊いてみたんだよ。じいさんは言ったんだ。どうして気前よく金をやってるかわからないかって。要するにその金は、捕まったカップルの代金の一部だったのさ」

「――信じらんない！」

結麻はその事実を知るやいなや、ぶち切れた。働きもせずネットチェスに明け暮れ、そのくせ金だけは持っているのを不審に思ったのだろう。問い詰められた俺は詐欺やヤクザの件を洗いざらい話した。かくして結麻はぶち切れた。

「チェスに負けてたら、あたしは死ぬところだったわけ？」

かもな、と俺はモニターを眺めながら短く答えた。結麻の反応が理解できず、それよりも目の前のビショップの命が大事だった。結麻はまたも電源を切ろうとコードに手を掛け、俺は慌てて止めた。彼女はしゃがみこんでしくしくと泣き出した。

おかしいよ、とくぐもった声で呟いた。

「いいじゃねえか。何事もなく済んだんだ」

「そうじゃないじゃん。っていうか大体」

潤んだ目で俺をにらむ。「まじめに話してるのに、なんでやめないのそれ?」

「黒マスビショップが危ねえんだよ。ほら見ろ、敵のナイトがc4から」

「おかしいって!」

まるでおかしくなったように結麻は叫んだ。電源を落とされてはかなわないので、俺はしぶしぶ彼女と向き合った。何を言えばいいのかわからなかった。

別れましょう、と結麻は言った。

愛想が尽きた。あれこれ述べる彼女の話は、つまるところその一語だ。

俺は欠陥を抱えた人間だとつくづく自覚した。結麻とどこかに出かけても、何が楽しいのかよくわからないまま過ごすことも多かったし、どこそこの料理店がおいしいと言われても味の違いがわからなかった。結麻はそんな俺を「変わり者」と笑ってくれたが、小さなずれの蓄積は修正不能な亀裂となったのだろう。

幸せな家庭をつくるイメージなどまったく湧かない。

結麻は赤ん坊を見かけるたび、可愛い可愛いとはしゃいだが、俺は一ミリたりとも共感できなかった。プラスチック製のポーンのほうがはるかに可愛かった。いつか家庭を築きたいと結麻は言った。俺のような人間に家庭を守れるはずもなかった。

結麻を愛していない、のではない。

俺はたぶん、自分以外の誰かを愛することができない。

結麻は次の日の朝、荷物をまとめてさっぱりと家を出ていった。賢明な判断だ。

「――Crazy」ベアトリーチェが俺の話に簡潔な評価を下す。

確かにクレイジーだ。当時の俺はむしろ幸せだった。

誰にも邪魔されることなくチェスが指せる状況に恍惚感さえ覚えた。

失恋の痛みすら麻痺するくらいにチェスに溺れていた。

チェスの駒だけが絶対的な仲間だった。友人であり恋人だった。テレビの中では同世代のスポーツ選手が賞賛を浴び、役者や歌手がちやほやされ、街を歩けば学生連中が楽しげにはしゃいでは酔い潰れている。勉強も仕事も人付き合いもろくすっぽできず、犯罪の片棒まで担いだ俺には居場所などなかった。チェスしかなかった。

そして俺は経験してしまった。

ヤクザの事務所で感じたのは恐怖だけではない。命がけで勝負に挑む快感だ。

揺るぎない今を生きているという体感。死の覚悟がもたらす生の実感。

生きるか死ぬか。どうしようもなく不安定な場所に身を置きたい。

アメリカに行きたい――。漠然とした憧れが日に日に膨らんだ。

若かりし衝動、と今は思う。

ある日曜日、俺は全財産を鞄に入れて競馬場に向かった。

競馬のことなど何もわからないし、ちょぼちょぼと賭ける気はなかった。ゼロになってもかまわない。駄目なら一からやり直そうと思った。

ただ、もし儲かるのなら、それは神様の与えた運だ。

パドックも見ず九番の単勝と決めた。チェスにおけるクイーンの点数が九点なのが理由だが、最も不人気な大穴馬という不遇ぶりも俺に似ていて気に入った。窓口に行ってありったけの万札を出すと、売り場のおばさんはどこか気の毒そうな目で俺を見ていた。

出走の時間となり、馬たちはゲートへと収まっていった。

俺の賭けた馬はしんがりから激しい追い上げを見せ、鼻差の一着でゴールを走り抜けた。

換金窓口のおばさんは疑いと羨みの目で俺を見ていた。

俺はその場で、文字どおりに鞄いっぱいの札束を手にしたのだった。

この話をすると、とんだ幸運の持ち主だと笑われる。笑う連中はたいがい、健やかで豊かな家庭に育った、まともな脳みその人間だ。とんだ幸運の持ち主だなと俺が指摘すると、相手は決まっていぶかしげな表情を浮かべた。

「あら、ピザが届いたわ」

部屋のドアが叩かれ、ベアトリーチェはガウン一枚を羽織って応対した。

「Oh, Jesus! Help! Help me!」

突然だった。彼女はわめきだし、内側から乱暴にドアを叩いた。

何かと思って入り口を見やると、ドアが開いて外の相手と視線がぶつかった。

五人の男がぞろぞろと入ってきた。突然の事態に声も出ない。

俺は慌ててパンツを穿く。男の一人が不愉快そうにかぶりを振る。

「ああ！　ベアトリーチェベアトリーチェベアトリーチェ！」

ラフな格好の四人を引き連れ、名を連呼した男は背広姿だった。

強盗かと思いきや、助けを求めたベアトリーチェはなぜか俺のほうを恐れるように見て体をこわばらせ、男の腕に収まっていた。何が何だか理解できない。ファミリーの証にもらったピストルが鞄にあるが、取り出そうと試みるのは賢明ではない。大柄な一人は木製バットを携えているし、ほかの連中は銃を隠し持っているだろう。

「ベアトリーチェ、どういうことだこれは？」

男が言った。「彼はおまえをレイプしたのか？」

「そうよ」

混乱した頭でも聞き逃しようのない英単語。彼女は確かに、イエスと言った。

「あたし、怖くて、逃げ出せなくて」

震え声で男の胸に顔をうずめる直前、女は口の端をぐにゃりと歪めた。

騙される奴が悪いんだから。

女の言った言葉が蘇る。まさかはめられたのか？

だとしても、どうして彼がここにいる？　何だ？　何だ？　何なんだ？

「とりあえず、この裸のＧＭ様をなんとかしなきゃな」

背広男の目配せに、四人が動き出した。待ってくれ、と叫ぶ間もなく、大柄の一人が間近に迫った。俺の脳天めがけてバットを振り下ろした。


「……Excuse me, sir……Please……please fasten your seat belt」

耳元で囁くアテンダントの声に目を覚まし、着陸時のシートベルトをつける。

十二時間以上のフライトを経てたどり着いたニューヨーク。ＪＦＫ国際空港の滑走路をオレンジ色の朝日が照らしていた。新天地での門出にふさわしい完璧な朝焼けだ。

大金を手にした俺は、アメリカに飛んだ。

英語はなんとかなる。チェス教室の隣にあった英会話教室にも通ったし、外国人の集まるバーに出向いては客を相手にコミュニケーションの練習を繰り返した。

とはいえ、である。

俺が持っているのは、夢と荷物と観光用ビザだけだ。

半年を過ぎれば不法滞在扱い。しばらくは安宿に身を置くとして、どういう人生を設計するのかなんてことは、ちっとも考えていなかった。

「まあ、なんとかなるだろ」

「Sorry? What's that?」

荷物を抱えてタクシーに乗り込んだ。黒人の運転手が後部座席に首を向けた。俺は慌てて
「No problem」と答える。会話をためらっていてはやっていけない。

「チェスの指せるところは、どこかにないですか？」

暗記した英文を発音してみる。運転手は何度か聞き返したあと、早口で何かを答えた。すべては理解できなかったが、ユニオンスクエアという単語だけは聞き取れた。

そこに向かってくれ、と英語で伝えた。

いざ到着してみると、観光客とも地元民ともつかない人々で賑やかだった。どの建物で指せるのかと聞きそびれたまま、タクシーを降りた。日本とは違う街並みに見とれつつ、チェスのありかを探す。話しかけやすそうな相手を求めて辺りを見回していたら、目に留まるものがあった。

公園中央の石段脇に、チェスボードを挟む人々がいた。

簡易なテーブルセットがずらりと並び、駒たちが軽快に踊る光景に、俺は目を奪われた。日本では考えられない光景だ。近くの席がちょうど空いた。青いポロシャツ姿の太った黒人が、椅子に座ったまま俺を見上げた。

I would like to play chess. という一文を頭に浮かべる。

「チェスを指したいのですが」

そう言うと男は、俺の荷物を指さしながら何か言った。ともかく座れというように席へ促し、「Ten dollars」と指を動かす。一局十ドルだと理解して俺は紙幣を差し出す。ボード脇のチェスクロックが互いの持ち時間を五分と決めていた。ブリッツ戦と呼ばれる早指しの部類だ。俺が弱そうに見えたのか、白番を譲ってもらえた。

「よし、さあ始めてくれ」

男は言い、クロックのボタンを押した。持ち時間一分のブレット戦にはオンラインで慣れている。教室でも何度も体験したし、先生には日本を出るまでの半年間、一度も負けていない。見知らぬ土地の雰囲気に吞まれていたが、六十四マスは俺の領域だ。デジタル表示の数字は、相手のカウントをどんどんと進めていく。駒の数はルーク一つとポーン二つ分、俺が優勢になった。この差が最終盤まで保たれ、白いポーンの昇格とともに相手は負けを認めた。

「強いなあ、君はいいプレイヤーだ」

黒人はくたくたの財布から二十ドルを取り出した。どうやら勝てばこちらが十ドルをもらえるらしい。対局前に求められたのは、料金ではなく賭け金だったのだ。再対局を申し出ると、受け入れてくれた。

「君は中国人か」「いえ、日本人です」指しながら会話をする。「日本人とやるのは初めてだ。君は観光客だね」「アメリカに住みたいです」「何のために」「グランドマスターになりたいです」

「そりゃいい。なれるさ」

数分後、相手は肘をついて頭を抱えた。俺のナイトが王と女王の両取り《ロイヤルフォーク》を決めたのだ。十ドルを続けて払うのは嫌なのか、彼はぎりぎりまで粘った。エンドゲームでも趨勢は変わらず、ついに投了した。もう一局、と俺は指を立てた。

「勘弁してくれよ」相手はクロックを指し示す。「君は一分も使ってない」

遥かニューヨークの地を訪れても、観光に出かける気にはならなかった。

自由の女神やタイムズスクエアなどの名所より、俺は賭けチェス師たち——ハスラーと呼ばれる人々との対局に惹かれた。公園の近くに宿を取って毎日チェスを指した。公園にハスラーは何人もいた。ワシントンスクエアやセントラルパークにもいると教わり、道場破りのように渡り歩いた。初めの一週間で対局は百を超え、引き分けはあったものの負けは一度もない。二週目にはお断りを食らうようになり、駒落ちでの勝負を申し込んだ。さすがに負けを数えるようにはなったが、俺は愉快でならなかった。

「こっちに回ってきたほうがいいんじゃないか?」

一人の白人ハスラーが言ったのをきっかけに、俺は近所の店でテーブルセットを購入し、客を待つ側に回った。賭け金を上げては駄目なのかと尋ねると、トラブルが多くなるし価格競争は行儀が悪いと教わり、十ドルに設定する。ハスラーは年輩の人間か、若くとも白人か黒人ばかりで、東洋人は俺くらいだ。次々と人が訪れ、賭けチェスを繰り返す。相手のレベルを見抜き、ときには手を抜いて弄《もてあそ》んだ。

「君はマスターなのか？」

一ヶ月も経った頃、ある男と対局をした。もじゃもじゃの黒髪で、肌の浅黒い眼鏡の男だった。顔つきからして三十歳前後、インド系に見えた。「相当な実力だよ」

「俺はまだ一勝もしてませんよ」

「負けてもいないだろ？」

男との勝負は今日が初めてで、今が四局目。最初の三局はすべてドロー。

男の駒さばきもまた実力者のそれだった。あなたはマスターなのかと訊き返すと、インターナショナルだと答えた。ＩＭ。グランドマスターに次ぐ称号の持ち主。わずかに俺の手筋が乱れる。男は的確にその綻びを突き、勝利への道を見つけた。イエス、と拳を振り、子供のような溌剌とした笑顔を見せた。

「すばらしい、ここまで強いハスラーはなかなかいないよ」

賭け金を渡すも、受け取らずに去っていった。棋譜を振り返りながらしばらく手の震えを抑えられずにいた。敗北の悔しさではない。興奮からくる震えだ。日本で戦ったＩＭよりも段違いに強い。強い相手とのチェスはセックスよりも快感があると知った。同性愛の気はないが、翌日も彼の訪れを待ちわびた。

「今日は友人を連れてきたんだ」

男が再びやって来たのは三日後。彼の横にいたのは、見慣れたタイプの扁平な顔立ちの男だ。

はじめまして、と日本語で言い、握手を求めてきた。

「私、ヤン、いいます、日本語わかる。アサーヴの友達ね」

アサーヴは思ったとおりインド系、ヤンは中国系だった。二人とも、歳は同じくらいに見えた。

自己紹介をすると、ノビー、ノビーとさっそくあだ名で呼ばれた。

「ノビーはニューヨークでナンバーワンのハスラーだ」

アサーヴが席に着き、十ドルを差し出す。

ヤンは指さないのかと尋ねると、自分はウッドプッシャー《下手くそ》だと笑った。

「持ち時間の長さを変えてくれないか。追加料金を払ってもいい。君の力を確かめたい」

アサーヴはクロックの時間を調節する。一分戦をやろうと言われ、俺は背筋を正す。

五分戦とは違う筋肉が必要だ。打つ手を即座に浮かべなければ負ける。一手を指すごとに秒数が増えるインクリメントという設定法もあるが、アサーヴはそれを拒んだ。

正真正銘の、持ち時間一分。

スタートと同時に駒を動かす。一秒も待たずクロックのボタンを押し合う。置いた駒がマスをはみ出すのもかまわず次の手を指す。早指しには特有の呼吸がある。積極的に駒の交換を仕掛けて相手の時間を削るのが上策だ。速く激しい戦いだった。十五ラウンドを戦い、俺が五勝、アサーヴが五勝、引き分けが五つと綺麗に分かれた。

次に彼が提案したのは十五分の勝負だった。インクリメントは十秒で今度は考える時間がたっぷりとある。黒番を取った俺は中盤の均衡を破り、終盤で白のキングを追い込んだ。ピースがナイトだけになった段階で彼は投了の握手を求めた。ヤンはテーブルの横に立ち、スマホを手に黙々と対局を撮影していた。

五分戦も何度か行い、二時間ほどしてアサーヴは立ち上がった。

「どうだった?」「いい勝負でした」「彼の腕は?」「充分でしょう」

二人が短い会話を交わす。額に汗を浮かべたアサーヴは、愉しかったよと百ドル紙幣を置いていった。

翌日、俺は彼らとハンバーガーショップで夕食を取った。

アサーヴは不動産会社の会計係を務めており、ヤンは医療機関運営のコンサルタントだと言った。俺が競馬で全財産を賭けた話をすると、二人は大ウケだった。相談したいことが山ほどあった。グランドマスターになるための具体的な方法、アメリカでの暮らし方、その辺の一切を教えてくれる日本語のサービスはないものか。

この国に滞在できる期間を延ばせないかと相談したところ、ヤンは言った。

「我々、もっとわかりあうのこと、時間かかるね。ＧＭなるなら強い相手と戦うのこと、大事。

公園来るの人、あまり強くない」

「ギャンブル好きならぜひ来てほしいところがあるんだ」

アサーヴの英語には白人とは違う訛りがあるとわかる。耳を鍛えられている実感が喜ばしい一方、ギャンブル好きと見なされたのは心外だ。好きなのはあくまでチェスだ。

夕食を終えると、ヤンの車に乗せられた。白いベンツのSクラスだった。

「これから行くのところ、言うの駄目。秘密の場所です」

運転席でヤンは言った。secret place と英語で言い、アサーヴは同意の相づちを打つ。

好奇心と多少の不安を抱えつつも俺は了解した。車はマンハッタン島を出て郊外へ突き進む。建物の密度が次第に低くなる。空の暗さがはっきりしてくる。数十分のドライブの末に到着したのは、狭い道路に面した建物。倉庫街のようで二階建ての白壁が長く延びており、どこもシャッターが降りている。

唯一明るさを保っているのは一軒のピザ屋だ。二人に導かれて店内に入ると、脇に地下への階段があり、気をつけろと注意を受けながら階下へ降りた。

「公園のチェスは相場安いです。ここ、いくらでもＯＫ」

開かれたドアの向こうは奇妙な空間だった。部屋の明かりは六ヶ所。光の照らす範囲はスポットライトのごとく狭く、明かりの下にはテーブルを挟んで差し向かう人々がいた。牢獄のようでもあり、舞台のようにも見えた。壁の位置もわからず、部屋の広さが摑めないのが不気味だった。

「ノビー、就労ビザない。お金稼げないね、生活できないの困る。ここで稼げる」

「ＧＭになるというのが本気かどうか、確かめたいんだよ」

ヤンによる片言の日本語とアサーヴの英語と、おかしな部屋のありように頭が働かない。明かりの下で行われているのは間違いなくチェスだ。理解できるのはそれだけだった。ヤンに促されて部屋を出ると、彼は階段に腰を下ろした。

「滞在期間延ばす方法、訊いたね、さっき」

俺が頷くと、彼は腕組みをした。green card marriage と呟いた。

「green card を手に入れるの、結婚、一番簡単」

結婚による条件付永住権の獲得。米国籍を持つ人間と結婚すれば、外国籍の者もアメリカで暮らし続けられる。だが俺の場合、そんな関係を結べそうな相手などいない。

その場合に考えられる方法はひとつ。偽装結婚だ。

「USCIS の審査、移民局ね、移民局の審査、とても厳しい。嘘の結婚、徹底的に調べる。嘘見つかればアメリカいられない。ずっと入れない」

「そもそも相手がいませんよ」

「話せるのここまで。本気なら手伝うのできる。本気のこと、証明するの必要」

「どうすればいいと？」

「ここの部屋で勝つ、お金ゲットする」

突然、ドアが開いた。肥満体の男が出てきて俺とヤンを乱暴に押しのけた。Fuck! Fuck! Fuck! と叫び、短髪の頭をかきむしりながら階段を駆け上っていった。

「今のは?」「負けた人ね」「現金の持ち合わせがないよ」「カードでもいいです」

やりますか、とヤンは部屋の奥を指さした。

「ちょうど一人分、席が空いたぜ」

アサーヴが指さす先には、空席を前にして座る人物がいた。ハスラーが公園で客を待つ姿と似ていた。やってやる、と俺はその人物のもとに歩み寄った。

「こんばんは」

たおやかな笑みを見せたのは中年の女だった。赤い巻き毛のショートヘアで、ワインレッドのカーディガンを羽織った痩せ型の出で立ち。金縁の眼鏡をかけた白人で、教育熱心な母親みたいな外見だ。「ヤンさんの知り合い? 中国の方?」

「日本人です」

俺は答えた。「さっきの太った男性《fat man》は、あなたに負けたんですか」

「太った男性《fat man》って」女は笑った。「率直な表現ね」

英語のニュアンスがよくわからない。「Fat man」は「デブ男」のような意味になるのだと、ヤンが囁く。

「すみません、英語は勉強中で」

「かまわないわ。どうぞ座って」

質素な木の椅子だった。テーブルにはチェスセットが一式とクロック、棋譜帳と思しきノートが置かれていた。「ヤンさん、彼のレーティングは？」

「二三四六です」

ヤンの持ち出したタブレットにはＦＩＤＥのサイトが表示され、俺のデータがあった。

先生のもとにいた頃、日本国内の大会にも何度か参加した。選手層はあまりにも貧弱で張り合いがなかった。日本代表レベルだというＩＭとも何人か戦ったが、はっきり言って話にならない。日本の大会では一度も負けたことがない。

女は頰杖をつき、品定めをするように俺を見つめた。

「わかったわ、一万ドルでどうかしら？」

提示されたのは予想以上の金額だった。一万ドル。公園のチェスの千回分だ。払えるだけの預金はあるが、さすがに面食らう。

「よければ、ここにサインして」

棋譜帳と思っていたのは、小切手や契約書の束だった。数字の1と四つの0が並んでいた。リスニングやスピーキングこそ鍛えていたが、リーディングはお手上げだ。文章を読むのはそもそも苦手で、ええいままよとサインをした。

「対局の条件は？」「任せます」「強気なのね」

短いやりとりを経て、十五分のインクリメントなし、一本勝負と決まる。白と黒の選択は希望制で、二人とも白を望んだ。ポーン選びの結果、俺が白番となった。

「フェアプレイを願って」

ゆったりと腕を伸ばす女と、俺は握手を交わした。


「……………仕方ないよ。中盤まではノビーが押していた。彼女は終盤に定評があるんだ。投げ捨て《デスペラード》のルークに一杯食わされたのさ」

「あの人、ああ見えてIMです。今のレーティング、アサーヴより上ね」

帰りの車で二人が俺を慰める。俺は負けた。完膚なきまでの敗北だった。

負けはしたもののさして落ち込んではいない。むしろ、アサーヴと指したときのような心地よい疲労と充足感がある。

「楽しいところでしたよ、地下クラブ」

何のひねりもないその呼び方があの場所の通称だった。GMやIMレベルの人間が金と刺激を求めて集う場所。紹介制で、ヤンは管理人の一人。階段の下で遭遇した「デブ男」も、近頃タイトルを得たIMらしい。

地下クラブは週に一度、土曜日にだけ開かれる。敗北と一万ドルの損失をそのままにはできない。女の名前はマチルダといった。俺は翌日から宿にこもり、チェスサイトに記録された彼女の棋譜をタブレットで分析した。そのすべてを脳に溶かし込んだ。

ヤンの送迎に助けられ、俺は毎週、地下クラブに通った。マチルダは姿を見せず、ほかの相手との勝負に挑んだ。戦績は余さず記録されてプレイヤーに開示される。それに応じて賭け率を変えることもできる。ＧＭレベルには損失を膨らませる一方で、ＩＭやＦＭとは互角以上にやり合えた。頭脳に蓄えたデータを持ち帰り、宿で研究に勤しむ真夜中に、俺は人生の充実を感じるのだった。

「マチルダさん、お疲れですか？」

彼女と再会したのは、初対局から一ヶ月以上過ぎたある日。以前と比べて少しやつれた風に見えた。タブレットを手に、ヤンは気遣いの文句を向けた。

「近頃は負けが続いているみたいですね。何かありましたか？」

地下クラブはニューヨーク州以外にもあり、マチルダは別のところに顔を出していたらしい。彼女の戦歴をヤンに見せてもらうと、直近の八局は見事に全敗だ。

「余計なことは言わないで。五万ドルでどう？　十分戦。白がほしいわ」

何かに急かされるかのように早口で言った。焦燥とも気迫ともつかぬ空気をまとっていた。五万ドルの大勝負。望むところだ。

「ねえ、お願いがあるの。負けてくれない？」

予期せぬ言葉に耳を疑う。冗談よと加える笑みには前のような余裕がない。いぶかしく思いつつ、俺は黒番での勝負を受け入れた。賭け率の交渉はしなかった。

いざ指し始めて違和感が膨らむ。手筋が明らかに精彩を欠いている。体調が悪いのかと気遣うも、うるさいと一喝された。とげのある言い方にむかついた俺は容赦なく白の駒を狩っていった。マチルダの持ち時間は刻々と減り、戦力も削れていく。俺がルーク二つを残した段階で、向こうのピースはビショップ一つだった。

「ドローにしてくれない？」

彼女は顔を上げずに言った。自らの申し出を恥じているのがわかった。不利な側がドローを要求するのは恥ずべき行為だ。俺はすぐに返事ができなかった。

「私、殺されるわ《I'll be killed》」彼女は確かにそう呟いた。

絶句する俺の背後に、人の気配があった。振り向くとヤンが立っていた。

「いけませんねマチルダさん。マナー破りもいいところだ」

マチルダは俯いたまま、ポーンを前進させた。金を賭けているとは言え、普通なら投了の局面だ。ただ取りのポーンを逃すわけにもいかずに俺はルークで仕留めた。時間が過ぎていき、相手のクロックの表示はゼロになった。

「払えないわ！」

アラーム音と同時に彼女は立ち上がった。「このクラブを訴える！　不法な営業よ！」

キイィ、と金属のこすれるような音が聞こえた。暗闇から二つの大きな影が現れた。連れて行けとヤンが言う。その声は暗く、普段とは違う冷たい表情だった。泣きわめく女は二人の男に引きずられ、闇の奥に消えた。

「お騒がせしました。どうぞお続けください」

周囲のプレイヤーに詫びを入れるヤンの顔は人なつこいものに戻っている。俺の肩をそっと叩いたときも同様だった。

「ノビー、心配するのいらない。五万ドル、ちゃんとあげる」

♚

マチルダに何があったのかと帰りの車で尋ねたところ、株式投資で失敗したらしいと答えが返ってきた。「殺される」の意味を尋ねたが、ヤンは答えようとしなかった。

「前も言ったね。話せるのこと、話せないのことあります。気にしないがいい。日本のことわざあります、知らぬが仏」

俺に危害は及ばない、存分にチェスをやればいい、詮索を試みるなら二度と会わない。

そんな内容のことをヤンは話した。ヤンの存在は貴重だったし、クラブでの対局をやめたくはない。勘ぐりは無用だ。翌日からも宿にこもり、オンラインチェスを指した。公園に行ってハンデ付きの対局を行い、土曜日の夜は地下に通った。ＧＭでもドローに持ち込める回数が増え、ＩＭには勝ちを積み上げた。

地下に通い始めて三ヶ月が経ち、収支はプラス三十万ドルに達していた。

ある日の帰路、俺のホテルに行きたいとヤンが言った。行きつけだというチャイニーズレストランで夕食をテイクアウトし、ワインを買った。

「悪いですね、私ばかり飲んで」

酒を飲まない俺の部屋にワイングラスはない。ヤンはマグカップに酒を注ぎ、買ってきた焼きそばや酢豚をつついた。俺はジンジャーエールを飲み、ヤンと料理を分け合った。帰りの運転は大丈夫なのかと問うと、後輩に頼むから平気と答えた。

「ノビーのチェスはとってもすばらしい。必ずＧＭなれる。私、保証する」

まっすぐな賞賛が照れくさい。

「だから私、前に言った green card のこと、永住権ね。ノビー助ける」

「いい方法があるなら、聞きたいです」率直な思いだ。

「お金かかるね。これ真剣な話、business のこと」

ヤンの表情が引き締まった。自分はある組織に属していると言い、偽装結婚の手配がビジネスのひとつと語った。女性と契約を結び、パートナーの役割を担わせる。アメリカ国籍を持つ女性を配偶者とすることで、滞在の制限をなくせるというわけだ。「ノビーとパートナー、会わなくても問題ない。審査かわせる。失敗しない」

生活にもサポートが不可欠だとヤンは言った。

住居や保険や公共サービスの契約、運転免許証の取得、公式大会へのエントリー。

俺の手には余りすぎるくらい、余る。

ヤンが提示したのは、今の俺には到底用意できない金額だった。東京で高級マンションとハイクラスの外車数台を買ってもまだ及ばないほどの額だなと計算がついた。

「それで全部解決できる。私、忙しくなる。会えない。私の後輩、代わりに助ける。来年も金額の交渉、成立すれば助ける」

「そんな金はないですよ」

「地下で稼げばいいね。足りない分は貸しておくよ」

彼の言うのが適正な相場かどうか判断しようがなかった。詐欺の経験から、ヤンがその種の人間かを疑う。英語の拙い俺は恰好のカモだ。マチルダの件が頭をよぎる。あのときのヤンの表情を思い出す。組織とやらは俺が属していた詐欺グループなどよりはるかに力があるのだろう。地下で思うように稼げなければどうなるのか、あまり愉快な想像じゃない。

「大きな額。一晩じっくり考えて」

「いや、乗った」

迷いは瞬時に捨てた。どのみち滞在期限は迫っているし、持ち金はしょせん他人の臓器をもとに博打でつくったあぶく銭だ。「信じるよ、チェス指しの勘で」

ヤンはぽかんとした表情を浮かべ、頬を緩めて俺に握手を求めた。

「すばらしい。私のボス、あなたみたいな人とても気に入る」

♚

この決断は、俺がグランドマスターになるうえで正しい選択だった。

ヤンの代理の男性が書類関係の諸事をすべて請け負ってくれた。

地下クラブへの送迎も変わらず、移民局の役人が訪ねてくることもなかった。ＦＩＤＥの公式大会への申し込みも滞りなく行われ、俺は組まれたスケジュールどおりに現地へ飛び、案内されるままに会場でチェスを指した。ＧＭとＩＭの称号は、下位のＦＭやＣＭと異なり、レーティングを上げるだけでは獲得できない。対戦相手のランクや国籍などいくつもの条件が問われ、渡米の道を選んだ俺の直感は吉と出た。

日本ではレーティングを上げられる大会が少ない。外国の選手が来る機会も乏しい。世界から強豪が集うアメリカは恵まれた環境だ。

日本の大会にも遊び半分で参加してみたが、相変わらずザコばかりだった。

かくして俺は渡米から三年後、チェス界における最上位の称号を獲得した。

日本人として初の快挙。

チェスには見向きもせずにいた日本のマスコミも、この出来事には反応を見せた。

帰国した俺は注目を集め、数々のインタビューを受けた。記念対局の場を組まれ、テレビの密着取材を受け、チェスブームの火付け役として芸能人の集まるバラエティにも呼ばれた。

ところが、である。

とある事情から、日本で生活を続けるには難儀な状況が生まれた。凱旋した母国での華々しい日々は一年で終わりを告げた。俺は再びアメリカへと戻ったのだった。

「なかなか興味深い人生だ」

暴力に苛まれた幼少期から今日に至るまでの話を、俺は一続きに喋った。ソファに腰をうずめた白人男性は退屈した様子も見せず、葉巻を吸いながら話を聞いていた。白い頭髪は整ったオールバックで、灰色の濃いひげが口元と顎を覆っている。

「面白い人間を見つけてきたな」

男性が声を掛けた相手は、俺の背後に直立する二人だ。

「ありがとうございます」とアサーヴが言った。

「ありがとうございます」とヤンも言った。

男性が指で合図をすると、アサーヴはチェスボードをテーブルに持ってきた。駒はすでに配置されていた。茶色の背広を脱ぎ、黒いワイシャツ姿になった男性は、駒の並びを几帳面に整えた。チェスの駒は白黒でなく、金と銀だった。

「ノビー、といったな」

重々しい声つきだった。はい、と俺は短く答えた。ほかの二人よりも小柄だが、貫禄が桁違いだ。ヤクザの老人よりも気配がいっそう毒々しい。油断すれば俺の眉間めがけ、ナイフを飛ばしそうな殺気が滲んでいる。

「私は人種や民族で差別をしない。この国にはいまだにＫＫＫじみた思想の連中もいるが、時代遅れも甚だしい。アサーヴやヤンは私のよきファミリーだ」

ありがとうございます、とアジア系の二人は口を揃えた。

部屋に入ってから一時間以上が経過しているが、彼らは一度も座ろうとしない。

俺の座るソファの後ろが定位置だった。

「おまえがファミリーを愛し、ファミリーを尊び、ファミリーのために尽くすなら、おまえも私のファミリーだ。一生面倒を見よう。こういう立場になると、なかなか自由には動けない。有能な指し手が加わってくれるなら、大歓迎だ」

男性は指を組み、じっと俺を見つめた。でかい鷲鼻の顔に、青い瞳が光った。

「だが、もしも今日、おまえが私に負けたら」

彼は言った。「私はおまえを殺す。冗談ではない。生き死にに関して冗談は言わない。どうだ？　やめてもいい。すぐに去るがいい」

俺は何も答えなかった。戦いの前のルーティンとして駒の向きを揃えた。

彼はさも愉快げに口の端を上げ、金のｅポーンを二マス進めた。

――パゾリーニ一家の首領、ヴィトー・パゾリーニ。

彼こそが我がボスであるとヤンが明かしたのは、俺がアメリカに戻り、再会を果たした日の夜だった。ニューヨーク市内のバーで待ち受けていたヤンは、日本での俺の騒動を愉快なコメディだったと笑い飛ばし、ある話を始めた。

「パゾリーニ一家、ニューヨークの五大ファミリーのひとつね」

「五大ファミリー？」

「コーザ・ノストラ。要するにマフィアよ」

もともとはイタリア系の白人によって構成されていたが、時代の変遷とともにヨーロッパやアジアのグループをも傘下に収め、国の内外を問わず多方面で暗躍。当局の締め付けで衰退するマフィアの中にありながら、国際的に勢力を広め、権力者からテロ組織まで幅広い影響力を保持しているらしい。ヤンはその一家の人間だった。

「ノビーをファミリーに推薦したい思てるよ」

「ちょっと待て」

突然の提案に、飲んでいたジンジャーエールを吹き出しかける。「俺に何ができるってんだ。

犯罪とは縁を切ったんだ」

「チェスを指せる。私のボス、唯一の趣味。ボスを喜ばせる、ファミリーの務めね」

ボスに俺のことを話したらぜひ会いたいと言っていた、それは大変な名誉であるとヤンは語った。一度入れば抜けることは許されないため、覚悟が決まらないなら無理強いはしないとも付け加えた。

「俺が日本を追い出された理由、わかってるだろ?」

「わかてるから誘てるでしょ。あなた、もう居場所ない」

我ながらなんとも波瀾万丈な人生だ。けれど、俺はいつのときもチェスに導かれて道を開いてきた。チェスがある限り怖いものはないと信じてきた。

そんなわけで三週間後の今、こうしてマフィアのドンとチェスを指しているのだった。

「少し乱暴だが、勇敢な指し方だった。ヤン、おまえの目は確かだ」

俺に負けたパゾリーニの顔に笑みが浮かんでいた。

どの場面でどの駒をどのように動かすべきだったかと、仔細に尋ねる様子は、まさしくチェス好きのそれだ。俺は勝ちこそしたものの決して快勝ではない。ポーン一個の差でなんとか逃げ切った辛勝。向こうに目立った悪手や緩手はない。

間違いなく、GMクラスの指し手だ。

「儀式を許可する。二人が後見人でいいな?」

ヤンとアサーヴが了承の返事をした。

アサーヴもまたファミリーの一員であったことを、俺はこの部屋で初めて知った。

「有望なプレイヤーを見つけたら、スカウトするのが仕事の一環でね」

儀式が行われる場所に向かう道中、俺は目隠しをされた。ボスのもとに来るときも視覚を奪われており、外観も知らないまま彼の家を去った。ファミリーになるまでは明かせない決まりなのだと言われ、車中ではカーブのたびに体の傾きを感じた。

「よく勝負に乗ったよ。たいていの人間は逃げ出す。本気じゃないと思ったか？」

「本気だと思いましたけど」

俺は答えた。「もともと死んだような人生だし、チェスだけで生き延びてきた。チェスから逃げるなら、死んだほうがよっぽどいい」

「素晴らしいよまったく。おかげで注射を打たずに済んだ」

果敢にも勝負を挑み、実際に殺された者も数多くいるらしい。死体は臓器提供に回され、有効活用されるとヤンが言った。どこかで聞いた話だ。

「こんなに早くGMになるとは思わなかった。最初に会ってから四年か。たった四年だぜ？　日本から来たひょろ長の若者が、今じゃボスに気に入られてる」

アサーヴによれば、ボスの抱えるプレイヤーはあと二人いるという。白人と黒人の男で、人種的多様性を重視するボスは、アジア人の俺を気に入ったらしい。

「アサーヴさんでは駄目なんですか?」

「俺はお眼鏡に適わない。ＩＭ止まりだからね。それに俺の仕事はファミリーの会計係だ。チェスが本業ってわけでもない」

「本当にチェスを指すだけでいいんですか。ほかの仕事はしなくても」

「麻薬取引、人身売買、武器の密輸、殺し。興味があるのを選べ」

アサーヴの笑いが車内に響く。「心配するな。ボスの望んだときに相手をする。それが仕事だ。大会やコーチで稼いでもいい。収入の一部はファミリーに入れてもらうがね。ノビーは幸運だよ。シンガポール人のプレイヤーがいたんだが、ちょうどいなくなった。欠員ができて困ってたところで、君がＧＭになったと知らせを聞いた」

「その人はどうしたんですか」

「マフィアの人間がいなくなった場合、行き先は二つしかない。牢獄か、地獄か。彼の場合は、まあ、残念なほうだったね」

車が止まり、二人に手を引かれて外へ出た。建物に入ったところでぴんと来た。チーズのにおいがした。階段を下りろと指示され、予感は確信に変わった。

「ここはあのピザ屋ですね」

ご名答、とアサーヴは答えた。地下クラブの部屋が、儀式の場だった。

目隠しを外すと、十人ほどの年かさの男たちが待ち構えているのが見えた。

チェスのテーブルはなく、電灯の下に安手の木の椅子がひとつだけあった。裸になれと言われ、服を脱いだ俺が椅子に座ってまもなく、儀式が始まった。

一家の内実について決して外に漏らさぬこと、一家とボスに忠誠を尽くすこと、一家の名を汚した場合は死をもって償うこと、ファミリーを決して裏切らぬことなどを宣誓したあと、一丁のピストルを渡された。コルト・ガバメントという銃だ。

「こめかみに当てて撃つんだ」アサーヴが言った。

銃など触ったこともない。弾は入っていないのかと訊くのも気が引けた。これで死ぬならそれまでだと覚悟を決めて引き金を引いた。カチ、と乾いた音がした。

このときのことをあとでヤンに笑われた。

あんなにもあっさりとトリガーに指を折る奴を初めて見たと。

チェス指しに必要なのは度胸だ。ガキの頃に裏の連中とやりあって多少の駆け引きは覚えたが、駆け引きだけでは二流で終わる。

最後に大事なのは、いざとなれば命だってくれてやるという腹の強さだ。

「おまえは生まれ変わった。さあ、誓いの血を流せ」

アサーヴにやり方を教わり、渡されたナイフを親指に当てる。血を出す。聖マリアの描かれた紙に赤い液体を垂らし、マッチを擦ってその紙を燃やす。おめでとう、と暗がりから拍手が飛んだ。かくして俺はパゾリーニ一家に迎えられた。

マフィアの一員になった実感などなく、生活も平穏なものだった。

非合法な活動を求められることもなく、ドンからの扱いも丁重だった。

実はこのおっさんはただのカタギで、マフィアなんて嘘なんじゃないかと思いかけた頃に身も凍る場面に遭遇し、やはり住む世界が違うと思い知らされることもあるにはあったものの、ファミリーとして遇されるのは誇らしいことだった。

とはいえ、本来の意味でのファミリーを、俺は持っていない。

余裕のある生活を得て俺は自分の孤独にぶつかった。チェスに出会い、夢中で駒を動かし、アメリカに渡って夢を叶えた今、人生の意味を見つけかねていた。

これから何のために生きていけばいいのだろう。ドンのために生きるつもりもない。世界チャンピオンを目指すのも悪くはないが、変に目立ってまた騒がれるのも煩わしい。達成感のあとに抱いたのは、ある種の虚無感だった。

「じゃあ、出会いがさっぱりないってわけなのね」

ベアトリーチェと出会ったのは、行きつけのバーだった。ジンジャーエールを飲む俺に、彼女から話しかけてきた。ＧＭの人でしょ、と街で話しかけられたのはアメリカに来て初めてだった。

チェス好きだという彼女に酒をおごり、二人で盛り上がった。

「チェスが恋人って言い張るのも、ちょっと寂しくなってきてな」

「あたしもね、旦那とはしばらくご無沙汰だから」

「でも、困るぜ。ファックの最中に乗り込んできたりしたら」

「心配ないわ、あの人、あたしに興味ないもの」

そして俺はベアトリーチェを車に乗せ、郊外のモーテルへ向かった。

第5章

チェスメン

チェスは人生だ。

——ロバート・ジェームズ・フィッシャー

♟

東京港区六本木のイベントホール。

演劇やコンサート、企業のセミナーなどが開かれる大きな会場に、報道陣が詰めかけていた。

私を含めた三十二人の男女が居並ぶのは、ステージ上に設えられた雛壇式の座席。その最前列中央に、私はいた。これほど仰々しい舞台に身を置くのは、経験のないことだった。

「では、これより」

司会の女性が端正な声を発する。テレビで見たことのある女性アナウンサーだ。

「チェスワン・グランプリ、決勝進出者、発表会見を行います」

ステージの脇には大会関係者が並び、報道陣の後ろにも多くのスタッフがいる。司会に促され、主催者の男が姿を見せる。壇上に現れた彼はぱりっとした濃紺のスーツ姿で、ネクタイは白と黒の市松模様だった。若々しさを漲《みなぎ》らせてスタンドマイクの前に立ち、深々とお辞儀をした。

病魔に苛まれた彼の少年時代を知る私には、感慨深い光景だ。

「今日の日を迎えられましたことを、ありがたく思っております。明日からの決勝トーナメントに向け、プレイヤー全員に揃ってもらえたのも嬉しい限りです。参加者、関係者、スタッフの皆様、そして全国のチェスファンの方々に、重ねてお礼申し上げます」

主催者である西口瑠偉は、もう一度頭を下げた。そつのねえ挨拶だなあと、背後から呟き声が聞こえた。振り向く必要はない。声の主はわかっている。

「日本のチェス人口はとても少ないのが実情です。将棋人口は六百万ともいわれますが、チェスはたかだか二万程度。中・高をチェス部で過ごした私としては寂しい数字です。皆様にはぜひこの機会に、チェスの魅力を知ってほしいと願います」

瑠偉に続いて、主要選手の挨拶が始まった。初めにマイクを任されたのは、私と同様に決勝までのシード権を与えられた二人、樽山晴紀・真妃夫妻だった。

黒いスーツのＩＭと、ワインレッドのワンピースを着たＷＦＭ。二人の背中が私の前に並ぶ。晴紀の短い挨拶のあと、真妃さんは自分たちの過去について語り始めた。

「不思議な縁を感じています。わたしがチェスを始めたのは夫の影響なんですけど、夫と会えたのは西口さんのおかげなんです」

高校の頃のランチ会で、樽山夫妻は出会った。夫をその場に誘い出したのは瑠偉だったのだと、真妃さんは話した。二人が手をつないで大会の会場に来るのを、学生の私は羨ましく思いながら眺めていたものだ。

晴紀が私の才能を羨んでいる、と真妃さんに言われたことがあるが、羨望を抱いたのはむしろ私のほうだ。彼の棋風には独特の創意が備わっていたし、大学時代の彼は誰よりも伸びやかに駒を踊らせた。ＩＭになった時期もほぼ変わらない。

私にはチェスしかなかった。だからひたすらに盤面と向き合った。それだけの話だ。

日本初のGMになることを夢見て、その最大のライバルが晴紀だと信じていた。

この男が、現れるまでは。

「日本のマスコミの皆さん、お久しぶりです。その節はお世話になりました」

赤いジャケットに黒いハットを合わせた長身の男。釣崎がマイクの前に立つと、カメラが一斉にフラッシュをたいた。視界が一気に眩しくなった。「いまさら好かれたいとも思わないので、ヒールに徹しますよ。日本のプレイヤーなんて雑魚しかいない。見込みがあるのは、ええと、その坊やくらいかな」

釣崎は登壇者の列に顔を向けた。彼の目線は私の後ろに焦点を合わせていた。

「お毛々も生えてねえ坊やに、一億円のお小遣いは大きすぎるか」

舌打ちが聞こえ、外国語の響きが耳の縁をなぞる。振り向けば、茶色の髪の小さな少年が眉間に皺を刻んでいる。椅子に座る彼は、足の先がようやく床に触れるほどの幼い体つきだが、私が戦いたい相手の一人でもある。

釣崎をにらむのは少年だけではない。雑魚呼ばわりされたほかの面々も同様だ。

ただ、彼女だけはおそらく、相手をにらむという行為を知らなかっただろう。

「こんな場に立てるとは思っていなかったので、すごく、緊張しています」

続いて挨拶を任された制服姿の少女は、白杖を手に席を立った。

祖母と思しき付き添いの女性とともにマイクまで歩いた。釣崎ほどではないにせよ、彼女も多くのフラッシュを浴びた。

多川という全盲の女子高生で、チェス界隈では優れた棋力が話題になったものだ。

「わたし、チェスだけはそれなりに、強い、です。ここにいらっしゃる誰よりも、チェスの駒には触れてきたと自負しています」

カフェで何度か対局したが、その棋風には才気と気品が溢れていた。どれほど強くなっただろう。ぜひとも戦ってみたいと、またひとつ願いが芽生える。胸が躍る。

栄誉や賞金は、重要ではない。

私にとって唯一大事なのは、最高の対局をすることだ。

「――ネットニュース、読んだよ。インタビューのやつ」

昨夜、私は瑠偉の誘いを受けて、銀座の寿司屋に足を運んだ。

個室席で上等な寿司をごちそうになりながら、積もる話に花を咲かせた。瑠偉と二人で会うのは学生の時以来だった。チェスワン・グランプリの主催者として、彼はいくつもの取材に応じていた。

「俺の話もしてたろ。病院でやった書き初めのこと。よく覚えてたな」

覚えてるさ、と瑠偉が穴子を頬張る。今の彼にあの頃の面影はない。真面目なガリ勉タイプかと思いきや、中学からは奔放な性格に変わった。窮屈な入院生活の反動だと彼は言った。今までの自分を捨てることで、病魔を寄せ付けない人間になりたかったとも語っていた。私もそんな風に考えていれば、違う人生を送れただろうか。

悔やむことはない。

私は私なりに、望木透という人間の人生を、真剣に生きてきた。

「おまえの、チェスを広めるっていう文字が妙に頭に残っててさ」

瑠偉は言った。「何年か前に、チェスのプチブームもあっただろ？　いつかでっかい大会を開いてみたいって思ってたんだ。採算は度外視さ」

将来の夢を記す書き初め用紙に「医者」と大書した彼だったが、高校時代には起業に関心を移した。大学在学中にネットビジネスの会社を立ち上げ、医学部生とともに医療系のＩＴサービスを展開し始めた。今ではモバイルゲームや動画配信サービスまで手がける大企業のＣＥＯ。底知れない才覚に、ほとほと感心しきりである。

「どんどん食えよ。腹減ってないのか？　寿司、嫌いだっけ？」

「いや、旨いよ」

私は鰯《いわし》を口に運ぶ。脂がのっていて飲み込みやすい。

「緊張してるのか？　気楽に行けよ、明日はただ座ってればいいんだ。ネット配信があるから身なりはしゃんとしておけよ。っていうか、痩せたよな、透」

持病のほうは大丈夫かと瑠偉は眉をひそめ、寿司に伸ばした箸を遊ばせる。

「昔みたいな発作はまだあるのか？」

「年に一回くらいかな、ガキの頃みたいに深刻でもないよ」

私は迷いを覚えた。己の現状について明かすつもりはなかったが、人当たりのいい瑠偉の顔を見ていると、話しておきたくもなる。ただ、旧友と味わう旨い寿司を前に、大切なイベントを前にして、どうしても逡巡してしまう。

「そうだ、この前、輝の親父さんと会ってさ」

私は話題を変えた。「俺が釣崎と戦うの、楽しみにしてるって」

「教え子なわけだもんなあ、二人とも」

自分も楽しみだというように顔をほころばせ、瑠偉は大トロを一口で頰張った。

息子の死後、輝パパ――年を重ねても、呼び方を変えられずにいる――は都内で小さなチェス教室を開いた。公民館の一室で開かれる教室に、中学生の私は毎週通い、時には個人レッスンまで施してもらった。失った息子の影を私に重ねていたのだろう。私もまた、チェスの名門である開化学院のライバルに輝を重ねては、日夜研鑽に励んだ。

ＦＭになった私が輝パパのもとを卒業したあと、入れ替わるように釣崎が教室を訪れたという。彼の噂は耳にしていたが、直接戦う機会は得られなかった。アメリカに渡ってＧＭになったと知ったときは、大いに驚いたものだ。

「教室、再開するらしいよ。輝のじいちゃんの介護があって閉めてたんだけど、最近亡くなったらしくてさ。またどこかで開こうと思ってるって」

「ぜんぜん出資するぜ」

「金持ちだなあ」

私は笑ってガリをつまんだ。豪勢な魚介類よりも、甘酸っぱいショウガのほうが喉の滑りがいい。瑠偉は箸を止め、遠い目をしてみせた。

「輝が生きてたら、明日からの大会に出たかな」

「釣崎よりも早くGMになってたと思うよ。大会の顔はあいつだったさ」

輝のため、彼の父のために、GMになりたいと思った。だからこそ、今日までの日々は常に、悔しさともどかしさの中にあった。IMで終わる自分が、情けない。

「瑠偉には感謝してるんだ」

言おうと思う。恩義のある友人に、本当のことを告げようと思う。

「俺はもうGMにはなれない。だけど、この大会で優勝できれば、あっちに行っても、輝に合わす顔ができるような気がするんだ」

「何言ってるんだよ。あっちって、どっちだ」

つまらないことを言うなとばかりに、瑠偉は寿司に箸を伸ばす。楽しいだけの会食で終えることはやはりできない。お茶を飲み、ひとつ咳をして、私は言った。

「あと三ヶ月なんだ。癌細胞が、体中に転移してる」

「マジで？　やばいじゃんそれ」

わたしの対局相手がはるかに格上だと知った莉帆は、不安げな声を出した。「一回戦負けだと賞金ないの？」

「負ける前提で話すなっての」

一回戦当日、莉帆はピアノのレッスンを休んで応援に駆けつけてくれた。

出場者の控え室で、わたしは出番を待った。早めに到着したためか、室内に人の気配は少ない。一般参加のわたしとは違い、シードの選手には個室が用意されているらしく、対局者と会うのは会場に行ってからになりそうだ。

「今日の試合で負けても、終わりってわけじゃないんでしょ？」

「ばあばも、わたしが負けるって前提？」

わたしがいたずらっぽく言うと、違う違うとばあばは苦笑した。昨日の会見からつきっきりで、身の回りの世話をしてくれている。

決勝大会は勝ち残り式のトーナメント。三十二人の出場者がいて、優勝までには五人の相手を下さなくてはならない。一日一局。一人の相手との対局は二日、もしくは三日に分けて行われる。

それぞれが白番と黒番で一回ずつを戦い、決着がつかない場合は三日目のタイブレーク、延長戦にもつれこむ。

「優勝できるなんて、わたしも思ってないよ」

素直な思いを口にした。「ここまで残れたのも、奇跡だったんだから」

チェスワン・グランプリには総勢三千近い参加者がいた。都道府県ごとに予選が行われ、通過者は地方ブロックでの戦いに挑んだ。東京の予選通過は二名、関東ブロックを勝ち上がって決勝大会に進めたのも二名。わたしはどちらの予選も、二位で生き残った。

優勝を目指して意気込んだものの、いざ挑んでみればぎりぎりの戦いが続いたのだ。

プロの集う決勝大会で、勝ち進める自信なんてあるわけもない。

控え室に出場者が集まり始め、会話があちこちから聞こえた。選手の情報はマキさんから教わっている。大学生もいれば、高齢のプレイヤーもいた。全員が男性だった。

女性の出場者は、わたし以外、シード選手の五人だけ。世界で見ても、女性GMの割合はGM全体の二パーセントほどで、トップ一〇〇にも一人か二人だという。チェスはまだまだ、男性優位の競技だ。

「さえちゃん、伝えておかなきゃなんだけど」

莉帆が言った。「ママはやっぱ来てないよ。さえちゃんの気が散るかもしれないから、配信で見るってさ。パパは仕事先で見てるって」

決勝大会はインターネットで配信される。ママに来てほしかったかどうか、答えは出せない。どっちでもいいよと答えたとき、スタッフの人が開始時刻の訪れを告げに来た。

よっしゃあ行くぞと、出場者の気合いの声が壁に響く。

よっしゃあ行くぞと、わたしも小さく呟いてみる。観客席に向かう莉帆と別れ、ばあばの腕に導かれながら、会場への廊下を歩く。リノリウムの床に白杖の音が響く。

「対局、長引くかもしれないから」

わたしは言った。「疲れちゃったら、途中で帰ってもいいよ」

ばあばは今年に入ってから、あまり体の調子がよくない。

布団に臥せって過ごす日も増えたそうで、万一のことがないように、今はママと莉帆といっしょに暮らしている。特にトラブルはないものの、腰が痛いとか関節が疼くとかおなかがごろごろするとか、不調について漏らさない日はない、と莉帆は話す。

「重い病気とか、なってないよね?」

腕は以前より細くなったように思えたし、心なしか声もかさついて聞こえた。

「そんなに具合悪そうかい?　あたし」

気にしすぎだというように、ばあばは笑った。「歳だからねえ、あっちこっちくたびれてきてるのよ。大丈夫さ、芸術家のさえちゃんのおかげで元気になってるもの」

最後までちゃんと見てるよ、とわたしの手を優しく撫でた。ばあばに触れられるといつでも気持ちが和らぐ。途中で帰ってもいいなんて、弱気な台詞だと気づく。勝つところを見せてあげなくちゃと思い直し、わたしも笑みを返した。

周囲に人の気配が増えた。会場へと続くドアの前に出場者が集まっているようで、うっすらと音楽が聞こえた。莉帆がこの場にいたら、と少し悔しい。彼女でも知らない曲じゃないかと思う。四重奏曲第一番ト短調、作曲者は十八世紀のフランスのチェスプレイヤー、フィリドール。定跡にも名を残す彼の曲に乗せられ、出場者たちは戦いの場へと誘われた。

「真ん中にチェスの席が並んでてね、さえちゃんの席は、いちばん奥だよ」

拍手の響く中をわたしたちは歩いた。ばあばは会場の様子を伝えてくれた。ホールの左右両側に段々の客席が設けられ、ざっと三百人ほどの観客がいるという。

中央はライトに照らされ、十六のチェス盤が置かれている。正面の壁には巨大なモニターがあって、全対局の駒の動きが映し出されるしくみらしい。

「わあ、すごいよありゃ」

わたしが席に着くなり、ばあばが声を漏らした。「ほんとに駒を摑めるんだねえ」

彼女が感嘆したのは、隣の席のプレイヤーを見てのことだ。出場者の中にただ一人、人間ではない選手がいた。ＡＩと接続したアンドロイド。昨日の会見でも話題に上り、あとで触らせてもらった。髪は長く、若い女性を模した外見をしているようで、肌の質感もなめらかだった。右手の指を器用に動かし、駒を操るそうだ。

「すごいですよね、私もびっくりしちゃった」

正面からのハスキーな声に、筋肉が引き締まる。

聞こえたのは、対局相手の声。

出場する女性プレイヤーの中で最もレーティングの高い彼女が、初戦の相手。

「よろしくね、今日は楽しみましょう」

三十二歳のＷＩＭ、ナカジョウカナコさん。セミロングの髪に優しげな顔つきで、落ち着いた雰囲気のある人だとばあばが言っていた。チェス・オリンピアードの日本代表に長年選ばれ続けている実力者で、男性を含めた全出場者の中でもレーティングの順位は八位。二十五位のわたしには、勝ち目の薄い相手だ。

「――ナカジョウさんの棋譜は、前から参考にさせてもらっていました」

組み合わせが発表された会見のあと、帰り際に短い会話を交わした。

「ナカジョウさんの棋風は、美しいなって思ったんです」

「美しい？」彼女は少し戸惑っているようだった。「初めて言われたなあ」

どういうところが、と尋ねられ、今度はわたしが困った。美しいという感覚を説明するのは難しい。しかしそれは、チェスを続けていく中で確かに見出したものだ。

ピアノの曲に美しい調べを感じるように、駒の動きや並びにも美しさがある。

「自分なりのこだわりは持ってるけど、美しいかって言われたらぜんぜんだよ」

昨日は謙遜しきりだった彼女が、どんな手を指してくるかと楽しみでならない。決して恥ずかしい手は指すまいと、十六の駒に指先で思いを込める。そばに立った審判の女性が、棋譜の読み上げ役を務めることを告げ、視覚障害者用のチェス盤についてナカジョウさんに説明を施す。クロックの位置を確かめるわたしの両肩に、「ファイト」と気合いを乗せて、ばあばは観客席へと離れていった。

「定刻となりましたので」

会場に女性のアナウンスが響く。「チェスワン・グランプリ決勝大会、第一回戦、一ラウンドを開始いたします。観客の皆様には会話を慎んで頂き、イヤフォンの音漏れなどもありませぬよう、重ねてお願い申し上げます」

握手をしましょう、とナカジョウさんが手を伸ばした。わたしはその手を強く握った。

持ち時間九十分のクラシカル。インクリメントは一手ごとに三十秒。

カチ、とクロックの押される音をきっかけに、空気がしんと張り詰めた。

「ｅ４《フォー》…………ｃ５《ファイブ》」

二人の指し手を審判さんは淡々と読み上げていく。わたしは両手を盤上に伸ばし、自分と相手の駒に触れる。位置関係を確かめながら、次の一手を探っていく。

駒は音符であり、楽器でもあった。

棋譜は楽譜となり、駒の配列が音楽を奏でた。

テンポよく進む序盤の展開はさながら、即興のジャズのようだった。

「……ナイトｃ３……ナイトｅ５……ショートキャスリング」

駒の配置そのものに美しさを感じる。タルヤマさん夫妻にその感覚を伝えたところ、「綺麗な彫刻や建築を見たときと、似ているのかもしれないね」とマキさんは話した。自軍の領域を守るため、有機的に結びつく駒と駒との関係性。機能とバランスがつくりだす二次元の秩序。動きの落ち着く中盤戦で織りなされるポジションの美を、わたしはじっくりと味わった。

「――ラスカーとかマックス・エーワとか、トッププレイヤーの中には数学者もいたんだよ。チェスは数学的な美しさにも通じてるんだと思う」

ハルキさんの言葉を思い出す。彼もマキさんも今、すぐ近くで勝負の場に臨んでいる。彼らの存在を意識して駒を撫でると、満ち足りた気分になった。勝ち負けよりも尊い何かが、この空間を包み込んでいるような気がした。

「……ナイトｆ４……クイーンｄ２……ｈ５」

ナカジョウさんの操る黒の隊列が、次第に陣地を広げていく。優れたプレイヤーの生み出す配置には隙がない。盤上にいる駒が抜かりなく連係を取り合い、敵に討たれた駒はその献身と引き換えに、仲間の活路をつくりだす。そこにある物語の美しさ。離れた位置でにらみ合うビショップ同士の緊張。アウトポストへと跳ねていくナイトの躍動。お互いのルークが刺し違えた刹那に聞こえる、音のない爆音はロックだ。

「……クイーンh4」

わたしの白い女王が、端の道に潜む黒の伏兵を狩る。ナカジョウさんは長考に入り、深い吐息が何度も聞こえる。チェスは協奏だ。物語をくみ上げていくための協同作業。ピアノの旋律よりも優雅なクラシック。音色が紡がれていく緊張感と、創造的な時間。

世界のすべてが滅んでも、この場所だけは残ると錯覚させる瞬間。

終わらせないでほしい。勝ってしまえば、この幸せも終わってしまう。

「負けました」

ナカジョウさんの声が聞こえ、会場がどよめきの気配を帯びた。

勝負に勝てた喜びと、解放感。一方で感じる、終局の寂しさ。

ありがとうございました、とわたしは深く頭を下げた。


「すごいよ、あの子。この半年で相当強くなってる」

二回戦が始まる直前、真妃は感慨深げに冴理ちゃんを眺めた。

「あたし絶対負けるわ。中条《なかじょう》さんなんて、あたし一回も勝ったことないもん」

「だから、やってみるまでわかんないんだよ、チェスは」

僕はボードの駒の位置を整えた。夫婦での対局を皆に見られるのが、ちょっと照れくさい。

「なんか余裕なんですけど、むかつく」

「術中にはまったな。相手の冷静さを削ってるんだ」

「こういう人になっちゃやだめでちゅよー」

真妃は、少しふくらんだおなかに手を当てて、おどけた表情で僕を睨みつけた。

ライトを浴びるテーブルの数は八つ。選手の数も一回戦の半分となり、フロアがずいぶん広々と感じられる。左右の暗がりからこちらを眺める観客の数は、一回戦と変わらぬ盛況ぶりだ。良くも悪くも話題を集めるあのＧＭが、大きな集客効果を生んでいるらしい。

「だけどやっぱり慣れないな、こんな環境でやるのは」

「いいんじゃない？　店の宣伝になるかもだし」

真妃が鷹揚に笑って会場を見回す。注目を集める催しにしたいという瑠偉の意向が、存分に活かされた設えだ。僕が経験してきたチェスの大会は、総じて地味なものばかりだった。国内で競われる選手権大会は殺風景な会議室がお決まりだし、世界規模のオリンピアードでさえ、各国のトップ選手が長机とパイプ椅子を並べてひしめき合っていた。ワールドカップや世界選手権でも、ここまでショウアップされるものはない。

大型モニターには各対局の盤面が映し出され、観客は皆、イヤフォンやヘッドフォンをしながら戦局を見つめる。プロ棋士による実況解説がネットで配信されているのだ。

程なくして、二回戦第一局の開始がアナウンスされた。

白番の僕はe4を初手に選んだ。真妃はc6のカロカンディフェンスで応じ、d4、d5、Nc3、dxe4、Nxe4と続くオーソドックスな形でゲームは展開していった。Bf5、Ng3、Bg6、h4、h6。

真妃はカロカンのクラシカルバリエーションを適切に構築した。冴理ちゃんに刺激され、彼女も本腰を入れてチェスに挑むようになった。開店前のちょっとした時間にスマートフォンでオンライン対局をしたり、閉店後に研究書を読んだりしていた。

たゆまぬ努力の成果として、国内女性プレイヤーの五指に入るレーティングまで到達したのだった。

「余裕でいられるのはあたしまでだからね。油断しないでよ」

対局前に彼女が言ったのを思い出す。僕の十五手目、g3を受けて真妃は長考に入った。形勢の揺れる局面ではないが、候補手の選択肢が多く、些細な過ちが後々に響く。黒い駒たちは攻めの陣形を固めておらず、彼女はこめかみに手を当てて眉根を寄せた。

僕はモニターを眺め、ほかの選手の戦局を窺った。

注目すべきはやはり冴理ちゃんの金星だ。女性ランク一位の中条さんを一勝一分けで破り、二回戦に進んだ。一般参加の男性選手を相手にする現在も、駒の展開は危なげない。凛とした姿勢でボードに向き合い、細やかに両手を踊らせている。

おお、とかすかなどよめきが突如、フロアに広がった。

ある対局が終わったのだ。勝者の男は立ち上がってジャケットを羽織り、敗者の青年はおでこに手を当ててボードを見下ろしていた。

釣崎信生はものの二十分で、今年の大学生チャンピオンを下した。その勝負に何の価値も見出していないかのように、すたすたとフロアを後にしていった。

昨今のメディアで、釣崎ほど毀誉褒貶《きよほうへん》を集めた人物はいない。

日本初のGMとして注目を集め、不遜な放言がマスコミの話題をさらった。一流のスポーツ選手や芸術家が特集されるドキュメンタリー番組にも登場し、少年院からプロのプレイヤーへという経歴が人々を唸らせた。チェス人口を増やしてくれた彼には感謝するものの、その後の騒動はいただけない。暴力団と関係していた過去を暴かれるや、メディアは彼を「汚れたGM」として追及した。詐欺グループの一員だったという疑惑も取り沙汰され、チェス界隈には暗い風土があるのではないかと、僕のカフェにまで見当違いの雑誌記者がやってきたものだ。

「――釣崎さんは、疑惑の多い人物として注目されています」

決勝大会前の記者会見でも、取材陣から質問が飛んだ。「彼を招待選手に選ぶのは、主催者としてリスキーな選択ではありませんでしたか」

質問に応じた瑠偉はしかし、半ば挑戦的な態度で一蹴した。

「そんな彼が敗れるシーンを見てみたいでしょう？　ステージにはほかに三十一人の選手がいま

す。彼らのうちの誰かが、その瞬間を見せてくれるかもしれませんよ」

壇上を一瞥する瑠偉と目が合った僕は、どんな顔をすればいいかわからず、苦笑で応じるしかなかった。釣崎を招いた瑠偉の選択は、僕にとってありがたいものだ。

二度と負けるつもりはない。

高校時代、公衆トイレに流された携帯電話の仇を討たねばならない。

大学時代、再会した彼にぶつけられた嘲罵を、忘れたことはない。

——笑えるな。本気でチェスをやってるとか言ったくせに、このざまか。

初めての対局で僕をずたぼろにした彼は、容赦なく言い捨てたのだ。どう転んでも言い訳しようのない圧巻の盤面を、僕に突きつけた。

悔しくて、憎らしくて、この世で最も嫌いな相手だった。

だが、僕は十代の頃に学んだのだ。悔しさこそが何よりの原動力になることを。

嫌悪、羨望、対抗心。それだけではない。今では感謝の念をさえ抱いている。

あれほどの強さを誇るプレイヤーを、なんとしても打ち負かしたい。

愛する妻には申し訳ないけれど、そのためにはただの一手すら加減はしない。

「リザイン」

二十九手目を迎えたところで、妻は古式ゆかしく、黒いキングをことりと倒した。チェックメイトにはまだ遠いが、逆転はほぼ不可能な局面だった。

「勝ってよ。次はたぶん、あの人とでしょ？」

妻はフロアにいる当の人物を見やり、くるりと振り返ってモニターに目をやった。

僕と真妃の戦いは明日も続くが、彼女は早くも夫の次の相手を警戒しているようだ。

二回戦までのような快勝はできないだろうと、僕は覚悟を決めて席を立った。


「そっかあ、感慨深いなあ、樽山くんがパパになるなんて」

三回戦一日目。メイン会場入りを控えた待合の前室で、相手は目を細めた。

「大会で優勝して、育児費用をがっつりゲットってわけだ」

「そうなったら最高ですけど」

大会出場を決めたのは、真妃の妊娠がわかってからのことだ。大学進学の費用を賞金で賄いたい、と願う冴理ちゃんには済まないと思いつつ、僕にも事情がある。

カフェの経営状態は芳しくなく、一方で子育ての出費も必要になるのだ。

真妃とのあいだに命を授かったのは何より尊い一事だけれど、愛する我が子のためにも稼がねばならない。一攫千金を安易に夢見るほど若くはないが、チャンスがあるならばものにしたいと思うのも、また人情だ。

「ただ、三回戦で早くも窮地ですよ。加保山さんとぶつかるなんて」

中学時代からその背を追い続けてきた彼が、次の相手だった。

齢四十を越え、体つきもさらに貫禄を増した先輩は、受け流すように微笑みを浮かべた。

「早くもって言い方は妙だな。もう、ベストエイトだろ」

トーナメントの運に救われてきた、というのが率直な思いだ。一回戦の相手はレーティング差が大きいノンプロだったし、二回戦の真妃に至っては手の内を知り尽くしていた。

しかし、上位八名に残った選手には誰一人、楽な相手はいない。

釣崎と戦いたい反面、誰かが彼を破ってくれればとどこかで願う。

願いながら、前室の隅の二人に何気なく目をやってみる。


「なあ、将棋指しってのはやっぱり儲かるのかい?」

俺が尋ねると、男はごまかすように苦笑した。釣崎さんのほうが儲けてるんじゃないですか、と適当なことを言った。幅の細い縁なし眼鏡に黒の背広姿。白いワイシャツに地味な色のネクタイ。きまじめなサラリーマンみたいな若者だった。

「テレビの対局って出演ギャラとか出るわけ?」

「そういうのはないですが、チェスの大会も賞金は出るじゃないですか。アメリカだと額も大きそうですけど」

「ちまちま稼いでらんないのよ、ここで一億ゲットしないと殺されるの」

「誰にですか」突飛な冗談だとばかりに相手は笑った。

「いや、それがマジなのよ」

よかったら金貸してくれない？　と言いかけて、馬鹿らしくなる。

俺の参加目的は純粋な賞金稼ぎだ。名誉だの名声だのは尻の毛ほどもいらない。ほしいのは金だけ。金を得なければ命がない。

だが、その命にさえ今はたいした執着もない。死ぬならそれまでの話だ。

「――ファミリーを裏切った者がどうなるか、わかっていたか？」

ベアトリーチェとセックスして野郎にバットの一撃を食らったあの夜、パンツ一枚の俺が連行されたのは赤煉瓦の壁に四方を囲まれた薄暗い部屋だった。目の前のデスクからこちらを見つめるのはドン・パゾリーニ。俺は背もたれのない丸椅子に座らされ、室内にはドンの護衛と思しき男どもが十人。そして、俺の横にはアサーヴが座っていた。

「乱暴はいけないが、アサーヴの気持ちも理解できる。愛する妻を寝取られて黙っているのは、パゾリーニ一家の男ではない」

空気は冷たく、頭はじんじん疼いた。事態の面倒くささに痛みが悪化した。

はめられたと完全に理解したのは、ドンとアサーヴがやりとりを交わす最中だ。

ベアトリーチェはアサーヴの妻だった。

うかつにもあの女と体を重ねたのが、俺のブランダー。ファミリーの妻との不貞は重大な背信行為であり、ドン直々のお白州へと引きずり出されたわけだ。

「知らなかったんですよ」

俺は当然、身の潔白を主張した。「知ってたら、手を出すはずがない」

「妙だな。ベアトリーチェは、おまえに話してあったそうだ」

「嘘だ」

「にもかかわらず、おまえは無理に事に及んだと。あろうことか、ファミリーの証であるコルトをちらつかせてだ」

銃で脅してファックを強要？　ジーザス、賛美したくなるほどのでっち上げ。

はらわたの煮えくり返る思いで、かたわらに腰を下ろすアサーヴを見つめた。あろうことか、と言いたいのは俺のほうだ。あろうことか、奴は俺をにらみ返した。モーテルの部屋に踏み込んできたときから一貫して、こいつは芝居を続けている。

いや、どこからが芝居だ？　目的は何だ？

「残念だ、ノビー、実に残念だ」

ドンは吸っていた葉巻を床に放《ほう》った。目を閉じてかぶりを振った。

「有能なチェス指しに、私は死を与えなくてはならない」

壁に足音が響く。背後の気配に振り向くと、護衛の一人が俺に何かを向けていた。

銃だと気づいた。

銃口の黒い穴をじっと見つめた。撃てよ、と俺は言った。ブラフでも強がりでもない。ＧＭになったとて結局は嫌われ者。生きながらえたところで俺の人生に何がある？　こんなくだらないくたばり方も俺らしいやと、どこかせいせいした気分だった。

「撃てや！」と俺は叫んだ。

そのとき、護衛の持つ銃を摑む者がいた。アサーヴだった――。

「あんた似てるなあ、あの男に」

会場フロアに入り、ボード越しに向き合う。髪型や肌の色こそ違えど、細長い鼻や隈の濃い目元があいつを思い出させる。手元に並ぶ白い駒の向きを確かめ、俺は相手を見据えた。

「決めた。ぶっ潰す」

「光栄です」

将棋棋士・松代《まつしろ》はにこっと微笑み、眼鏡の位置を確かめた。カシャカシャと音が鳴る。フラッシュが瞬く。ボードを挟む俺たちの姿を捉えようと、ひときわ多くのカメラが集まっていた。二十三歳で将棋の名人位と竜神位、将聖位の三タイトルを獲得した気鋭の若手。チェスにも手を出す二刀流で、ＩＭレベルのレーティングらしい。将棋界のホープが悪評まみれのＧＭを倒すのではないかと、脚光を浴びる一局というお膳立てだ。

なるほどな、瑠偉はさすがだよ。

カメラの閃光を横顔に浴びながら、口元が緩む。お目当てのツーショットを撮り終えたカメラマンが、ついで程度にと私の近くに集ってシャッターを押している。

望木さん、こちらに目線をお願いします、などと言ってはくれるが、被写体として魅力的なのは、私の対局相手のほうだろう。

ずいぶん奇妙な光景だ、と可笑しくなった。

目の前には、ヒトではないプレイヤーがいた。茶色の長髪に白いブラウス姿の「彼女」は、ぱっと見ただけでは人間と区別がつかない。肌の質感やわずかに口角を上げた笑顔も生身の人間と変わらず、目線を動かしてこちらを見つめさえする。

マリカ、と呼ばれるアンドロイドだ。今回の大会に合わせてチェス用ＡＩと連係し、自らの手で駒を動かすことができるらしい。ＩＭと同程度の棋力がプログラミングされているといい、今日までに一般参加のＦＭを二名、ストレートで下した。

「よろしくお願いします」

スマートフォンのＡＩのような声色で言い、マリカは手を差し出した。冷たい右手と、私は握手を交わした。羨ましいな、とふいに思う。もしもマリカの中に入れたなら、半永久的にチェスを指せるかもしれない。十八世紀につくられた「トルコ人」じゃないけれど、脳をＡＩに移植してチェス専用アンドロイドになれたなら、と妄想が膨らむ。

いや、本当に羨ましいのは、マリカの向こうにいる小さな少年だ。

彼は十一歳だと言っていた。ちょうど、私がチェスを覚えた歳だ。

彼はこの先、何十年も駒たちと向き合える。そのことが、純粋に、羨ましい。

♝

「へえ、そっかあ、これで動かないようになってるんだ」

アサイゼンくんは、視覚障害者用のチェス盤を前に朗らかな声を出した。まもなく勝負が始まるというのに、鼻にかかった声色には緊張がない。持ち前の爛漫さ、あるいは自信のなせる業。もしくはその両方だろう。外国の血を引いていて肌は白く、茶色の髪がカールしており、西洋絵画に描かれるキューピッドみたいな見た目だと莉帆が評していた。西洋絵画もキューピッドもわたしには充分にイメージできないけれど、一回戦、二回戦とも危なげなく勝ち抜いた実力は、少なくとも普通の子供ではあり得ない。

彼自身、強さには相当の自負があるようだ。

「お姉さんは、賞金がほしいの？」

前室で話したとき、アサイくんは無遠慮な質問をぶつけてきた。大人が避ける類いの、率直なコミュニケーションにわたしは笑った。

「そうね。一億円あれば、何でもできるもんね」

「賞金で目を治せるの？」

「そういうわけじゃないけど」

何でもできるって言ったじゃないか、と言われそうで、言われなかった。

「優勝して、みんなをあっと言わせたいの」

「そっかあ、じゃあお姉さんには悪いなあ」

心底申し訳ない、と言いたげな沈んだ声音だった。「ぼくが優勝しちゃうから」

招待選手のプロフィールは、チェスワンの公式サイトに掲載されている。五歳の頃に両親とロシアに移住し、六歳でチェスを始め、弱冠九歳でＦＭタイトルを獲得。現在のレーティングはすでにＩＭ級だという。決勝大会に先駆けて行われたチェスイベントに招かれ、多面指しで戦った全員に勝利を収めたそうだ。小学生から社会人まで、およそ四十人を相手に。

「今思ったんだけどさあ」

そばに立つ審判の女性に、アサイくんは言った。「このお姉さんは目が見えないのに、ぼくだけ見えてるのはよくないと思う。目隠しがあればつけたいんだけど」

どこかで聞いた台詞だ。あの頃は咄嗟のことで、うまく切り返せなかった。あのとき言えなかったことを、少年に伝えよう。

戸惑い気味の審判さんを制して、わたしは言った。

「アサイくんが目隠ししちゃったら、むしろフェアじゃないよ」

「どうして？」

「弱くなったきみに勝っても、喜びが減っちゃうだけだもん」

「負ける気しないけどな」

「気が合うね」

強気に笑ってみせた。「わたしもなんだ」

♚♜♝♟

菱形に配置された四つのチェステーブル。その周りから取材者たちが離れ、会場はしばし静寂に包まれた。これより、準々決勝一ラウンドを開始いたします。女性のアナウンスは厳かに響き、それぞれのテーブルで握手が交わされる。四人の審判員がクロックを押し、一帯の空気は粛然として重みを宿す。

興味を持たぬ者が見れば、木製の駒を動かすだけの非生産的な営み。知性の浪費と切り捨てた人もいるし、ただのゲームと割り切ったチャンピオンもいる。しかしこの場に集う者にとっては誇りを懸けた戦いであり、人生を懸けたトライアルだった。

命を燃やしきるための、この上ない舞台と捉える者もいた。

六十四マスの盤上に生き残るすべてが、かけがえのない兵力。動かす駒の位置ひとつで、戦況はいかようにも転変する。優勢と劣勢はたちどころに入れ替わり、絶望と希望が渦を巻く。

戦略やプレイスタイルは様々だ。駒の交換を積極的に仕掛けるか、緻密な布陣から攻略の糸口を編み出すか。駒の連係で敵の自由を奪うか、撒き餌を放って動揺を誘うか。

攻撃的か、守備的か、直感を尊ぶか、計算を組み立てるか。

四局ともに、序盤の駒組みは速やかになされた。加保山は低く構えて晴紀の様子をうかがい、麻居善《あさいぜん》は潔くポーンを差し出して冴理の反応を待った。

開始から五十分あまり。

嘘だろ、と呟いたのは、フロアの暗がりにいたカメラマンだった。誰の耳にも届かぬ小さな呟きは、会場に広がるどよめきの意味を簡潔に表現していた。

自らの悪手が信じられぬというように、松代は呆然とチェス盤を見下ろしていた。ビショップを犠牲にする釣崎の術中にはまり、肝心のクイーンを殺されたのだ。十九手、松代の投了によって釣崎が初戦をものにした。計五十分を費やした松代に対し、釣崎が要した思考時間は三分に満たず、勝者の男は何の感情も示さぬままに席を立った。

序盤の罠と攻勢によって勝敗の決するテーブルの一方、静謐なにらみ合いの続く戦場もある。晴紀と加保山はさながら、刀を構えて対峙する剣客のように、間合いを取りながら陣形を構築した。互いの領域を静かに、確かに主張し合うその盤面は、わずかな隙を与えた側が忽《たちま》ち劣勢に落ちる。

研究の深さでは及ばないと、晴紀が選択したのはおよそ綱渡りに近い戦略だった。手損と思わせる悪手をあえて指し、加保山の攻撃を誘う。相手が動いた隙を突き、一点突破で懐に飛び込む。骨を断つためならば、いくらでも肉を斬らせると彼は決めた。

チェスの四割は心理戦だと、高名な女性ＧＭ、ユディット・ポルガーは語っている。

麻居善は饒舌な少年だった。テーブルを叩く指先のリズム、棋譜帳に走るペンの音、ボードにはまる駒の音、汗のにおいや息づかい。所作が生み出すかすかなサインの数々から、冴理は彼の心中を読み取った。焦燥の気配が、駒の表面に張り付いて拭えない。嗜虐心にも似た高揚。冴理の感じる高揚は、巣に獲物を捕らえた蜘蛛の昂ぶりに近しかった。張り巡らせた陣形の感触に、勝利の輪郭が見えた。相手がどの局面でどう動くかが見えてくる。見えるとはつまりこういうことなのだと冴理は知った。

他方、透にとってＡＩは御しやすい相手ではなかった。人間の指す手には独特の呼吸や癖が宿る。指す者の心理を応手が雄弁に物語る。攻撃を恐れるか、好機を探るか。駒損を避けるか、プランを貫くか。駒の移動は心に波紋を生み、波紋から得られる感応が次の手がかりとなる。ＡＩ

にはそれがない。無思想な微笑を湛え、マリカは右腕を動かす。無機質な駆動音を響かせ、狂いのない手つきで駒を移動させていく——。

♜

対局開始が予定された午後七時。その五分前になって、白黒のスタッフジャンパーを着た若い男性が、フロアの中央に駆けてきた。

「樽山さん、すみません、機材トラブルで配信がうまくいかないんです」

だから開始を遅らせてほしいと、男性スタッフはおどおどした様子で僕に言った。

「対局を始めたくても」

僕は目の前の空席を指さした。「相手がいませんよ」

まだ来ませんか、と僕が問うより先に、彼はもうひとつのテーブルに駆けていった。

同じ文言を繰り返し、健気にもぺこぺこと頭を下げていた。

準決勝一日目。

決勝大会のネット配信は、開幕戦から安定的に多くの視聴者を集めているらしい。運営側としては、準決勝をきちんとした形で流したいのだろう。

スタートが遅れている本当の理由はきっと、機材じゃない。

対局者の到着を待ち望みながら、僕は黙ってボードを眺めた。

昨日までの棋譜が、考えるより早く頭の中に浮かぶ。

「完敗だよ。カールセンと戦ってるみたいだった」

加保山さんに送られたのは、身に余る賛辞だ。

彼との対局は、既定の二試合がドローに終わり、三日目のタイブレークにもつれこんだ。その末にぎりぎりの勝利を収めたのが僕だった。コンピュータの解析を振り返れば、最終盤まで双方が互角。加保山さんの緩手を突いた一瞬で、勝負は決した。ＡＩ分析が示す彼の手の正確度は全体を通して九十八パーセント。ＩＭを超えて完全にＧＭの域だ。

「ビショップをｅ５に動かしたのは、あえてですか？」

対局後の感想戦で、最初にそう尋ねた。わざと負けたんじゃないか、と訊くのは憚られた。正確無比な応手を重ねてきた加保山さんにしては不自然な一手だったのだ。そんなわけないだろ、と笑う彼の丸い顔は汗ばみ、晴れ晴れとしていた。

「負けるたびに死ぬほど悔しくなるって、前に話したのを覚えてるかい」

「合宿のときですね、僕が高二の頃の」

「そんな昔になるか」

加保山さんは天井のライトを見上げ、目を閉じた。「実力を出し切って負けたら、むしろ清々しいんだ。最近になってようやくわかったよ」

ほかの三局は前日までに決しており、フロアにいるプレイヤーは加保山さんと僕だけだった。モニターのトーナメント表が、僕の準決勝進出を示していた。

「望木くんは俺より強いよ、間違いなく」

加保山さんは駒を戻しながら言った。「この大会の彼は、今までとは違う。ＧＭとも互角以上の勝負をする」

トーナメント表が告げる次の対戦相手、望木透。

学生時代から戦ってきた彼との勝負には格別の思いがある。

透もまた、何か特別な意志をもって大会に挑んでいるようだった。表には出さないが、棋譜の記録を見ればわかる。チェスプレイヤーにとって棋譜はこの上ない自己表現だ。ペトロシアンを彷彿とさせる堅牢な戦いを見せたかと思えば、ミハイル・タリみたいな大胆なサクリファイスでアンドロイドを打ち負かした。地道に育ててきた自らの棋風をかなぐり捨て、本能で挑むような気迫が、棋譜の端々に見て取れた。

「加保山さんは、次の海外遠征はどこなんですか」

対局を終えて会場を去る間際、雑談がてらに話題を振った。加保山さんは僕の問いに答えず、何かを考えこむようにふくよかな顎を撫でていた。

「セルゲイ・ミハイロヴィチ・ファトロフ」

「はい？」

「知らないか？　ウクライナの、旧ソ連時代のプレイヤーだ」

　戦略の研究をするうえで著名なプレイヤーは一通り押さえているつもりだが、聞いたことのない名前だ。幻のＧＭだと彼は言った。「五十年代に、ケレスとかボトヴィニクとかコルチノイとか、名だたる強豪を破った男だよ。スパスキーにも勝ったんじゃないかな。信じられないくらい、ファトロフは勝ち続けた。あまりの強さに不正が疑われたらしくてね、無理もない話さ、彼が公式の大会で戦ったのは三年足らず。ＧＭクラスに勝ったのは最後の一年だけだ。ＧＭに認定される前に、舞台から消えた」

「どうしてですか」

「死んだんだよ。膵臓癌。二十五歳だったかな」

　その死には疑惑がつきまとうと加保山さんは言った。ソ連の当局に睨まれていたとか、政治家の秘密を知って消されたとか、さまざまな噂があるという。「本人が聞いたら怒るだろうけど、望木くんの対局を見てたら、連想しちゃったんだ。死ぬ前の一年で、ファトロフはとんでもない強さを発揮した。命をまるごとチェスに捧げたみたいに」

　透が病弱なのは知っている。これまでも国際試合を何度か欠場しているし、二十代の頃も入院の期間がしばらくあったらしい。

　もしかしたら、深刻な病を抱えているのかもしれない。決勝大会で久々に会った彼は痩せて見え、肌も生白かった。けれど、話してみれば元気に思えたし、僕は己のことで精一杯で、つぶさに観察したわけでもない。

二十分が経っても、配信開始の知らせは届かない。

対局前に余計なことは考えたくないと、目線を前方に向けた。

彼らは何を話しているのだろう。

正面の空席の向こうには、二人のプレイヤーの姿があった。

どちらとも戦ってみたい。もしも選べたなら、あまりに贅沢な二択だ。

♝

「さっさと始めようぜ、ボードの前でおあずけ食らうのは嫌いなんだ」

開始時間が遅れると聞かされ、不満をあらわにするツリザキに、スタッフの男の人は謝罪の言葉を繰り返していた。彼のせいじゃないのにかわいそうだと思い、わたしは気にしませんよとフォローーする。すみません、すみませんとスタッフの人は謝りながら去って行き、ふん、とツリザキは鼻を鳴らす。前と同じ、獣っぽいにおいがする。

時間があるなら、話しておきたい。こんな機会はめったにない。

「ツリザキさん、近くに審判さんはいませんか」

「あ？　なんでだ？　いねえよ」

「訊いておきたいことがあるんです」

「別にかまわねえが、カメラがあるぜ。記録されちまうんじゃないか？」

対局の様子を捉えるためのカメラが、テーブルから二メートルほど離れた場所にあるという。音声も入ってしまうのだろうか。気にかかりつつも、わたしは尋ねた。

「詐欺師だったっていうのは、本当なんですか」

唐突な問いとはわかっていた。ツリザキは少し間を置いてから、鼻で笑った。

「将来は記者志望か？」

カメラがあるって言ってるだろうと呆れたように付け加えた。

チェス盤を前に話すことじゃない。まして、譲れない大勝負の前に。

でも、彼には伝えておきたかった。

「罪悪感はないんですか」

「おいおい、決めつけるなよ。大体、そんなこと聞いてどうするんだ？」

どうしたいんだろう。自分でもよくわからない。

ただ、罪を犯していたなら、せめて反省していてほしい。疑惑がどれも間違いであってほしい。

ＧＭの称号が、汚れたものであってほしくない。

「思い出した。おまえ、俺と戦ったことがあるだろ？」

出し抜けにツリザキの声が跳ねる。「このでこぼこのボード、見覚えがあるぞ」

わたしは戸惑って、すぐに答えられなかった。

覚えられていたのが嬉しくもあり、湧き起こる感情にまた惑う。

「あのときは確か、ロンドンシステムだ。アクセラレイテッドの」

「え？」

「ナイトがｄ２に跳ねたな。覚えてる。俺のｈ１ルークがトラップだと気づかないで、おまえはまんまとテイクした。三十手で投了した」

戸惑いが混乱に変わる。恐怖と感動が同時に押し寄せる。なぜそんな細部まで覚えているのだ。

五年前のわたしを思い出し、即座に棋譜までを記憶から呼び起こしたのか。

「ツリザキさんはあのとき、目隠しをしていました」

「目隠し？　忘れたなあ」

「細かい手まで覚えてるのに？」

いったいどういう記憶の構造をしているのだろう。

「目隠しと棋譜と、どっちが大事だ？　俺は大事なことだけ覚えてるんだよ」

すごい。不覚にもわたしは思った。まったく、不覚にも。

「さっきの質問に答えてやる。罪悪感なんかねえさ。全部忘れてるからな。棋譜よりも目隠しがどうだなんてことを覚えてるお嬢ちゃんには、理解できねえだろうが」

能力は最高。人格は最低。

チェスに重要なのは、どこまでも前者。

敬意を抱く自分と、忌々しく感じる自分が、整理もつかず混在している。

こんな奇妙な心境のまま、対局するわけにはいかない。

「あなたみたいな人が嫌いです」

目が見えなくてよかったことがひとつある。

顔色をうかがう、なんて言葉の意味を、わたしは知らない。

「相手を馬鹿にして、人からお金巻き上げて、そんな人がGMだなんて信じられない」

「棄権するか？　悪人を相手には指したくないって」

「勝ちますよ」

自らを鼓舞しないと、潰れてしまいそうだった。わたしよりもはるかに強く、膨大な棋譜と経験を頭に詰め込んだ男。誰よりも傲慢で、鼻持ちならない男。

遠慮している場合じゃない。

笑い声が聞こえた。可笑しくて仕方ない、という笑いだった。

「勝ってくれ。俺を殺してくれよ」

「は？」どういう意味ですか、と尋ねても、返事はなかった。

笑う吐息に、どこか自嘲的で哀しげな響きがあった。いい加減始めたいよなあ、と彼は大声を発した。会場全体の同意を求めるような調子だった。コツコツと足音が近づいてきた。まもなく開始できそうです、と審判の男性の声がそばで聞こえた。時刻は七時半だと教えてくれた。

「あっちのゲームは大丈夫か。まだ一人、来てねえみてえだが」


仕方ありませんね、とアービターがクロックをスタートさせた。僕はｅ４にポーンを進め、ボタンを押す。透は姿を現さない。指し手のいない黒番のカウントが、一秒一秒を冷淡に刻んでいく。

減りゆくのは自分の持ち時間ではないのに、気分はちっとも落ち着かない。

大型モニターには、冴理ちゃんと釣崎の盤面が表示されている。

ｄ４、ｄ５、ｃ４、ｃ６、Ｎｆ３、Ｎｆ６、Ｎｃ３、ｄｘｃ４、ａ４、Ｂｇ４。

白番の冴理ちゃんはクイーンズギャンビットを選んだ。スラブディフェンスで応じた釣崎に、ａ４のアラピンバリエーションを仕掛ける。面白いスタートだ。

ｅ４、Ｂｘｆ３、ｇｘｆ３、ｅ６、Ｒｇ１、Ｑｃ７、ｅ５、Ｎｄ５。

評価値は完全に互角だろう。相手のペースに呑まれないよう、適切な応手を重ねていけば、必ずチャンスは来る。彼女はどうプランを組むだろう、と考えかけて、やめる。

他人の戦局に影響を受けたくはない。アービターが、冴理ちゃんのために指し手を声に出す。

僕は耳を塞ぎ、目の前のボードを見つめた。

ｅ４のポーンがぽつんと中央に佇むのは、ひどく寂しい風景に見えた。

「――ちょっと疲れ気味なんだろ。大会前から、根を詰めてたらしいからな」

加保山さんの指摘が気にかかり、僕は昨晩、瑠偉に電話した。

透について尋ねたかった。直に会いたいとも思ったが、出場者が主催者と密会するようで気が引けた。

「病気だなんて話は聞いてないぜ」

電話の向こうで瑠偉は言った。「ダイエット中だって言ってたな、病気って疑われるんじゃないかって心配してたよ。気を遣って手を抜かれたら、嫌だなってさ」

瑠偉とは古い仲だ。大学を出てからは会う機会も減ったが、声色からそれとなく感じられるものがある。彼は嘘をついている。その嘘を信じてやるのが瑠偉のためであり、きっと透のためでもあるのだろう。

来ましたよ、と近くで声がした。アービターが会場の入り口に顔を向けていた。

フロアの隅の暗がりに人群れがあった。そのあいだを歩いてくる人影が見えた。黒のハットを被り、灰色の背広を着た透が、ゆっくりとこちらに近づいてきた。

ライトに照らされ、あらわになった姿に僕はどきっとした。

席に着いた透は、無言で手を差し出した。そっと握った手が冷たい。彼は無表情でボードを見下ろし、e5で応じてバンとクロックを叩く。

「やれるのか」たまらず僕は言った。

「ああ」透はかすれた声で答えた。

強い照明の下、間近で見る彼の肌はかさついていた。乾いた咳をして、椅子の横に置かれたペットボトルの水をがぶがぶと飲む姿が、痛々しく映った。

重い病気かもしれない。おそらくはそうだろうと直感的に思う。

白い頬がこけて見え、目つきは鋭く、お世辞にも健康的とは言いがたい。顔立ちへの大きな違和感は何よりも、眉毛がないことだ。抗癌剤の影響で体毛が抜けると聞いたことがある。前に顔を合わせたときは眉毛を描いていたのかもしれない。

そう思って見れば、ハットの下の髪もウィッグのように映った。現状を覆い隠すための苦労なのかと、切ない思いがした。

だから何だと、己に言い聞かせる。躊躇し、手加減することなど、透が望むはずはない。けれどいいのかと、問いかける僕がいる。チェスはただのゲームではない。心身にかかる緊張と重圧はフィジカルスポーツに比肩する。僕自身、大きな勝負の後にはどっと疲労感を覚えるのだ。

「無理はしないでくれ」

ナイトをf3に進めて、僕は言った。「対局中に倒れられたら、後味が悪い」

透の目を見ることができなかった。彼はナイトをc6に置いた。ボードの手前で指を組み、僕の応手を待っていた。何も喋るなということだ。

わかったよ。ならば、全力で戦うまでだ。

僕のＢｃ４に対し、透はＢｃ５。ジオッコピアノ。最もポピュラーなオープニングの一種だ。古今東西において研究し尽くされたラインは、最善手を逃しただけで劣勢の兆しが芽生える。僕は慎重に手を選んでいった。

透は唇に拳を当て、じっとボードを見据えていたが、時折口元を歪め、深く呼吸をした。指先が少し震えて見えた。気のせいと言われれば見過ごす程度の震えではあったが、体調が芳しくないのは明らかだった。

どうする？　あえて緩手を指し、硬直した盤面を溶かすか。隙と見せかけた罠を張り、動揺を誘って斬り込むか。卑劣な考えが頭をよぎる。今の透にならば、つけ込めるかもしれない。持ち時間に差がある分、否応なく焦りは生まれる。不調を来した彼が読み筋を曇らせれば、奇襲をきっかけに打ち崩せるのではないか。

いや、それは決して卑劣じゃない。勝てる勝負ならば、勝ちに行けばいい。

布陣に綻びの芽が見えれば、その一点を突く。

そんな僕の考えを見抜いているかのように、透の指し手には一分《いちぶ》の揺らぎもなかった。どんな手を指しても局面を打開できそうにない。

こちらが不利になることもない代わりに、攻撃の糸口も見いだせない。

なぜだろう。途中から、湧き起こる予感を抑えきれなくなった。

負けることはないかもしれない。ただ、勝利が訪れることも、きっとない。

♝

駄目だ。勝てない。

ツリザキのつくりだす盤面は、わたしが戦ってきたどんなプレイヤーとも違っていた。古典的で端正な旋律を奏でるナカジョウさんとも違い、荒々しくも巧みな狙いを込めるアサイくんとも異なる。堅固なフォーメーションから徐々に相手を追い詰めるハルキさんとも似ていない。事前に棋譜の研究はしてきたものの、本番ではまるで通用しなかった。

ツリザキの指し方には、誰しもにある癖や偏り、においのようなものがない。

彼は相手に合わせて、プレイスタイルをいかようにも変えるのだ。

悩むのはやめよう。弱気な思いは負けを引き寄せるだけだ。

わかっていても、一度芽生えた不安はなかなか拭えない。

それはとても厄介な感覚だった。

指先で読み取る現状は、むしろこちらが優位であるとさえ思えた。

クイーンサイドにキャスリングして駒の展開を済ませ、攻守に隙のない構えをつくりだした。

どこから攻め込まれても、致命的な一撃を浴びることはない。向こうの駒はほぼすべてサードランクに収まっていて、窮屈な配置だ。さあ、どう来るつもりなの？　万全な形で次を待つわたしに、彼は奇妙な手を指した。

攻守を支えるルークの位置を、わずかにずらす一手。決して機能的な指し方には思えない。駒損を呼び込むような手だ。順当に駒を削り合う格好となり、わたしのビショップと引き換えに、彼はルークを失った。どちらも優れた駒ではあるけれど、終盤で頼りになるのは断然ルークのほうで、彼にとって得のある交換とは考えにくい。駒を犠牲にして局面を開いたつもりだろうか。それにしても、彼の駒たちは狭い範囲に密集したまま、こちらに攻め込んでこようともしない。

わたしは中盤まで着実なペースを保っていた。

にもかかわらず、勝てるイメージはひとかけらさえ浮かんでこない。

あの手に何の意味があったのだろう。目の見えないお嬢ちゃんだとなめきってルークを死なせ、ハンデを与えたつもりなのか。呼吸には乱れがない。からかいの気配も感じられない。やめよう。翻弄されてはいけない。沼に引きずり込まれてはいけない。冷静にプランを立て直そう。

わたしは両手の指の腹で、駒の位置を確かめた。

その感触が、自軍の状況をつぶさに伝えた。ルークを重ねるか、ナイトを追い払うか、それともポーンを突くべきか、ありとあらゆる可能性を探る中で、わたしは事態の深刻さに気づいた。三十六手目で、思わず、指が固まった。

無言のまま、彼が言っている気がした。

駒得だと喜んだ時点で、おまえは負けてたんだよと。

彼が見据えていたのは、数十手先のポジショニングだ。

ルークを捨ててわたしのビショップを狩ったのは、こちらの陣形に隙をつくるため。

窮屈な組み立てを選んだのは、戦力を集中して一気に攻め入るため。

わたしは、自分のうかつさに歯噛みした。彼の狙いは決して奇抜なものではない。王道と言えるほどにオーソドックスだ。けれど、その手つきはきわめて巧妙だった。沼に入り込まないようにと警戒心を強めたとき、すでにわたしは肩までどっぷり浸かっていたのだ。

どこで間違えた？　反省なんて意味がない。

どうすればよかった？　後悔は何も生み出さない。

いくら指先を這わせてみても、勝利への音色は聞こえてこない。

黒い兵士が端の列を邁進する。

女王の率いる二つの騎馬が、わたしの王に照準を定める。

苦しまぎれにルークでチェックを図ってみたものの、あとが続かない。

わたしのキングはいまや、どこにも逃げ場がない。

どうすればいい？　投了？　あり得ない。

まだ道はある。どうせ勝てないなら、答えは簡単だ。

勝とうと思わなければいい。

逃げ場がないのなら、逃げなければいい。

負けてないよ。勝てるもんなら勝ってみなよ。

わたしは心の中でツリザキに言った。

見出した唯一の答え。女王の献身《クイーンサクリファイス》。ツリザキの呼吸が一瞬、止まる。


僕たち夫婦のカフェを訪ねてくれるお客さんの中には、チェスを知らない人も大勢いる。一方、将棋を知っている割合は高く、ついでにチェスも覚えてみようかと店を訪れる人が多い。

ボードゲームの国技と言ってもいい将棋には、誰もそれなりに誇りを持っているらしく、中には将棋と引き比べ、チェスには欠点があるとしたり顔で言うお客さんもいた。

チェスは、引き分けが多すぎると。

そういうお客さんに僕はいつも話す。だからこそ勝利の価値は大きいのです、と。

負けのリスクを背負ってでも勝ちに行くか、あえて引き分けを狙うのか。

白の駒が最初に動いた瞬間から、駆け引きは始まる。

冴理ちゃんはエンドゲームで、釣崎相手に妙手を指した。

何千局も分析してきた僕でさえ、めったに見ることのない指し方で、釣崎との初戦をドローに持ち込んだ。一手間違えればチェックメイトに持ち込まれる局面で、彼女はビショップとクイーンを惜しげもなく差し出した。ボードの上に生き残る冴理ちゃんの駒はキングのほかに、前進を塞がれたポーンが二個と、ルークが一個だけだった。

勝ち目がないと悟った冴理ちゃんの、たったひとつの冴えたやり方。

愛すべき自軍の戦力を、躊躇なく捨て去ること。

動ける駒がない状況を、あえてつくり出すこと。

何の意味があるのか、と将棋好きの人は言うだろうが、これこそが彼女に残された活路だ。

駒の移動が不可能なときに、チェスで生じるある現象。

ステイルメイト。

奇しくもそれは、冴理ちゃんが僕たちの店を初めて訪れたときに覚えたルールだった。

彼女は、釣崎のキングのすぐ前にルークを置いた。唯一動かし得る駒だった。

獲ってみろ、という彼女の声が盤面からはっきりと聞こえた。

釣崎が白いルークを獲ることは造作もない。だが、彼には決してできない。

獲ってしまえばステイルメイトが決まり、ドローになるのだ。すなわち、彼は自ら勝利を捨てることになるのだ。釣崎のキングは憐れにも、目の前の敵を殺せずに回避を強いられた。冴理ちゃんのルークはチェックを続けた。釣崎のキングは逃げた。冴理ちゃんのルークはもう一度追いかけた。

絶え間ないチェックを受け、釣崎に選択の余地はなかった。

パーペチュアル・チェック。同じ指し手を繰り返し、ドローが成立するルール。

将棋では連続王手の千日手は反則となる一方、チェスでは敗北を避ける有効な戦法だ。

あまりにも美しい引き分けだった。

離れた場所で対局していた僕にさえ届くほどの、釣崎のため息が響いた。

冴理ちゃんは二局目もドローで持ち越し、三日目のタイブレークに突入した。

僕と透の対局も、二日では決着がつかなかった。

三日目はこれまでと違い、一方の勝利が決するまで何度も対局を行う。持ち時間が二十五分の戦いを二局、それで決まらなければ十分戦をまた二局、なおも決まらない場合は五分の二局。最終的には、アルマゲドンという特別ルールが課せられる。

僕たちの二十五分戦の一局目は、ドローに終わった。

次のゲームに勝った方が、決勝進出者となる。

「聞いたよ、真妃さん、おめでたなんだって？」

ボードの前で対局を数分後に控えながら、透がそんな話題を振ったのが意外だった。

「ああ、四ヶ月だよ。つわりがしんどいって一日中こぼしてる」

二日目も、三日目の今日も、透は時間に余裕をもって席に着いた。依然として面色はよくないものの、表情はいくぶん和らいで見えた。「透はどうなんだよ、結婚とか」

「モテないからな、残念ながら」

「気になる人とかいないのかよ」

「賞金は子育て費用か。一億もあれば、おむつ買い放題だな」

「おむつで家が潰れるよ」

透とこんなやりとりをするのは新鮮に思えた。

一緒に海外の大会に行ったときも、話題はもっぱらチェスのことで、お互いのプライベートについてはあまり知らない。チェスばっかりで人生がスカスカだからね。いつだったか、自虐的に透は言った。それじゃつまらないだろうと僕が言うと、チェス以上に面白いものなんかあるかと問われ、返す言葉を見つけあぐねたものだ。

彼が雑談を切り出したのは、緊張のせいかもしれない。

今日で必ず、勝者が決まる。僕たちのどちらかが勝ち、どちらかは負ける。

開始時刻となりました、対局を始めてください。

アナウンスが流れ、僕と透は握手を交わした。

今日までの二局における透の指し手は、驚異的な正確さを誇っていた。最善手との適合度は、一局目が九十九・四パーセント、二局目が九十九・六パーセント。

ドローに持ち込めただけでも、奇跡的というほかない。

常道のオープニングでは攻略が難しい。リスクを高めてでも隙を見つけねばならない。白番の僕はｂ４にポーンを進めた。ポリッシュオープニング。公式戦では指したことのない戦術で、海外のプロもまず指さない。この道を選んだ時点で、ＡＩの評価値は黒に傾く。

裏を返せば、受け手の黒番が研究し尽くせていない攻め方だということでもある。

透は表情を変えず、ｅ５を指した。僕はすかさずビショップを展開し、透はナイトを前に出した。持ち時間は多くない。奇襲によって相手を惑わせ、時間を削ることができれば、綻びの影がどこかに生まれる。

そう信じて指し続けたが、透の守備には寸分の狂いもなかった。

迎えた三十七手目。綻びを見せたのは僕だった。若干の優勢さを見出し、勝ちを焦ってビショップのチェックを掛けた。駒を置いてすぐに、その手が取り返しのつかないブランダーだと気づいた。透のキングが逃げ、逃げたキングはポーンの守り手になる。駒の位置関係を考えれば、どうやってもプロモーションを防ぐ手立てがない。

負けた。ここまでだ。次に透が一手指したら投了しよう。

諦めをつけてクロックを押した後で、信じがたいことが起きた。

透のキングが動いた先は、およそ最善とは呼びがたいマスだった。プロが百人いれば百人が悪手と言い切る、わざと勝ちを逃すような一手に、僕はたまらず透を睨んだ。

「何のつもりだ？」

透は表情を変えず、前傾姿勢でボードに目を落としていた。

「ブランダーで、勝ちをもらいたくはない」

彼は言った。「これで盤面は互角だよ」

「ふざけるな」

僕は右手を差し出した。投了を認める握手だ。

ふざけるなと言いながら握手を求めるのは妙だと思いつつ、引っ込みはつかない。

透は僕の手を見つめ、深く息を吐いた。

「じゃあ、ドローにしよう。次の十分戦で決着だ」

彼はおもむろに手を伸ばし、僕は慌てて引っ込める。

違う。僕は負けたのだ。この握手は決して、ドローオファーなんかじゃない。

「透の気持ちはわかるよ」

僕は言った。「でも、ブランダーも俺の実力だ。俺の選んだ手だ。言い訳なんかない。この三日間でわかったよ。今の俺はおまえには勝てない」

「最後かもしれないんだ」

透の唇が、かすかに引きつって見えた。まっすぐな目が僕を見つめていた。

「俺はもう、チェスを指せない。この大会が終われば」

「何言ってるんだ」

「指し続けたいんだよ。まだ終わりにしたくない」

十分戦でも五分戦でもアルマゲドンでも、延長戦をいくらでも続けたい。その思いは僕だって同じだ。勝つことより、指し続ける楽しさのほうを選びたかった。

だが、それはできない。握手をしないなら、投了を宣言するまで。

僕は、自分のキングを倒した。加保山さんの言う清々しさを確かに感じていた。

棋譜帳にサインをして、アービターに渡した。大型モニターに透の勝利が表示され、観客の拍手がフロアに響いた。透は呆然とした表情で、ボードを眺めていた。

「透が指したいと思ったら」

僕は椅子から立ち上がった。「どこにだって駆けつけてやる。集中治療室でも押しかけてやるよ。おまえは俺の恩人だ。おまえがいなきゃ、俺はここまで来られなかった」

握手なしで終わるのは、収まりが悪い。僕はあらためて右手を伸ばした。

透はゆっくりと腰を上げ、僕の手を握ってくれた。

「勝てよ、決勝」

僕が言うと、透は笑った。

直後、白黒のボードに、赤い点ができた。駒が、ばらばらと床に散らばった。

「褒めてやる。最初の二局をドローにしただけでも、おまえは日本で最強クラスだ」

「どこまでも上から目線ですね」

「当たり前だろ。俺のほうが上なんだから」

ツリザキの声色は、対局前と比べて穏やかだった。傲慢さの匂い立つ発言は変わらないけれど、声が丸みを帯びている。勝つことができてほっとした。素直にそう言えばいいのにと、少しじれったい気持ちだった。

「ドローを狙う作戦は正しいね」

一日目が終わったあと、会場のビルを出る間際にハルキさんは言った。「ツリザキを攻略するにはそれしかないと思う。よくしのぎきったよ」

ありがとうございます、と頭を下げる。

ハルキさんの指導がなければ、準決勝まで来られたはずもない。感謝を述べようとしたわたしに、彼は続けた。

「だけど、タイブレークも厳しいことに変わりはない。早指しは彼の十八番《おはこ》だから」

もちろんわかっていた。準々決勝の将棋プロ、マツシロさんをいとも簡単に下したツリザキだ。

二十五分戦で勝てる見込みはない。

「精一杯やりますよ、アルマゲドンまで行ければ、なんとかなるかも」

昨年に出場した大会で、経験がある。タイブレークのラピッド戦やブリッツ戦を繰り返しても勝敗が決しないとき、アルマゲドンという特殊ルールが適用される。

黒番のプレイヤーは、引き分けでも勝ちの権利を与えられるのだ。有利な条件の代わりに、黒の持ち時間は白番より短くされるものの、ドローさえ取れればいいという状況はわたしにとってとてもありがたい。

アルマゲドンは一局勝負。白と黒はプレイヤーの相談と選択で決まる。

自信家のツリザキなら、白でいいと言うだろう。もし言わなければ挑発してプライドをくすぐり、白を選ばせればいい。黒を選べれば、ドローに持ち込んで攻略できる。

「いい考えだ。ベストかもしれない」

別れ際にわたしを励ましてくれたハルキさんの戦いは、まだ続いている。

悔しいな、アルマゲドン作戦、実行できなくて。

二十五分戦は、二局ともわたしが負けた。

昨日までの二局で、ツリザキはわたしの狙いを完全に見切った。序盤からあえて隙のある布陣をつくり、わたしを誘い出した。勝てるかもしれない、というわたしの慢心を捉え、一気呵成《いっきかせい》に攻め込んできた。

どう転んでも、勝てるわけはなかった。

「アメリカに来いよ」

対局が終わるや、そそくさと立ち去っていたはずの彼が、テーブルの前を動かない。

そのうえ、意外なことまでを言い出すものだから、わたしはどぎまぎしてしまう。

「日本じゃ満足できなくなるぜ。環境が違いすぎる」

「ロシアはどうですか？　アメリカよりもエリート揃いだって」

「つてがあるのか？」

「お誘いを受けちゃって」

アサイゼンくんだ。ツリザキの子供版みたいな彼は自信満々でわたしと戦い、わたしに敗れた。

鼻柱を折られた天才少年はさぞや悔しさをあらわにするだろうと思いきや。

「――すごく勉強になったよ、強いなあ、お姉さん」

変わらぬ明るい声で、いそいそと感想戦を始めた。どうしてこの局面でポーンを進めたのかとか、なぜあの局面でキングを動かせたのかとか、興味津々の調子で質問を重ねた。

チェスの申し子とは彼のような子をいうのだろうと、感動させられたほどだ。

「目が見えてたら、もっと強かったよね」

「目が見えてたら、きっとチェスはやってないよ。強くもなれなかった」

「目が見えなくなれば、ぼくも今より強くなれるかなあ」

突飛な物言いにわたしは慌ててしまい、変なことは考えないようにと真面目に注意した。彼はいたずらっぽく笑うのだった。

「ロシアに来なよ。お姉さんより強い女の人も、いっぱいいるし」

世界で最も多くの強豪がひしめく国、ロシア。他国への侵攻によって疲弊したけれど、独裁的とまでいわれたかつての指導者は、その地位を去った。

平和と自由を遵守する国として懸命にやり直していると、希望ある報道を耳にした。

「寒いんじゃないの？」

「寒いよ、ウォッカなしじゃやってられないんだ」

本気なのか冗談なのかわからず、うまくつっこめなかったのが残念だ。

チェスを指してきて、わかったことがある。

淡々と駒を動かすだけなのに、いつしか相手との距離が縮まっていくように思えるのだ。アサイくんがそうだったし、ツリザキにしても同じ。

ツリザキは嫌いなはずなのに、嫌いになりきれない。

不愉快な男なのに、彼との四局は人生で最も充実した時間だったとさえ感じる。

認めたくない。認めざるを得ない。認めてしまおう。

わたしは彼のことが好きになっている。

無言の駒のやりとりで、規範や道徳や善悪を超えて、彼に惹かれた。

チェスは人を狂わせるという。だとしたら、わたしも狂わされた一人なのだろう。

「ツリザキさんは、チェス以外にお仕事はしてるんですか？」

「してねえよ。俺からチェスを抜いたら、ただの社会不適合者だ」

自嘲する彼を、愛おしく感じた。彼は幼くして両親を亡くし、非行少年だった頃にチェスに出会い、人生が変わったとネットのインタビューで読んだ。

わたしと同じ、チェスに救われた人間。

あるいは、わたしよりもずっと真摯に、救いを求めたのかもしれない。

本当の彼はきっと悪い人じゃない。少なくとも今はそう信じたい。

結局、わたしのチャレンジは準決勝ではかなく終わりを迎えた。

そんなことはかまわない、と思えるくらいに清々しい。今だけは。

「チェスは続けるのか？」

椅子が床にこすれ、ツリザキが席を立つのがわかった。

「当たり前じゃないですか」

「やめておいたほうがいいかなあと思ってよ」

「どうして？　アメリカに来いとか言っておいて」

こちらの困惑を弄ぶように、気取った口調で彼は言う。言いやがる。

「もし続けたら、俺がかすんじまうだろ。俺は日本人唯一のＧＭでいたいんだよ」

発言の意味をかみ砕き、頬が緩んだ。バカ、とわたしは言った。聞こえるか聞こえないかの声量で言ってやった。

「あぁ？　ちょっと待てよ、今おまえ俺に」

ひょうきんな調子の声に笑わされた瞬間、背後で物音がした。駒が床に散らばるような音だった。観客の息をのむ音がすっと広がった。

トオル、トオル、トオル！　おい、トオル！

ハルキさんの声だ。彼の悲愴な叫び声が耳をつんざいた。

「何だ？　やばくないかあいつ」

ツリザキは、二人のほうへと駆け出していった。

「A week?」

決勝が延期になると聞かされたヤンはスマホを手に、間の抜けた声を出した。

トオルという名前のＩＭは、準決勝の対局を終えた途端、血を吐いてぶっ倒れた。テーブルに突っ伏したあいつを俺と樽山で担ぎ上げて会場の外へ運んだ。救急隊員に運ばれていくまで、トオルは朦朧としたままだった。

「相手のプレイヤー、一週間、入院だって、予定延びちゃったね」

ヤンは電話を切ると中国語で何か呟き、大きな窓ガラスに両手を当てた。会場近くのホテルの部屋からは薄曇りの東京が一望できた。飛び抜けて背の高いスカイツリーを誇る街の姿はキングひとつきりが残る盤面のようで、なぜか俺は不快に感じた。

「退屈でしょ？　どこか遊び行く、ノビー、私のこと案内しなよ」

「ミッキーと会って、ソフトクリームでも食うか？」

ヤンは俺のマネージャー兼見張り役として来日した。大会中は俺の様子を逐一ファミリーに伝えている。ほかにも二人の部下が、逃亡を図らぬようにと二十四時間監視中。部屋の天井にはご丁寧にカメラを配備する始末だ。

「あの男、cancer ね、長くない思うよ」

「癌か」俺は言った。「わかるのか」

「もともと私、医者志望。学生の頃、あんな顔いくつも見たよ。今も臓器の取り出し、私の担当」

「俺のを取り出すときは優しくしてくれよ」

冗談でも言わないと気詰まりでやっていられない。笑えない冗談だ。

「相手のＩＭ、死んでくれるといいでしょ？」

ヤンの場合、冗談なのかわからない。俺を笑わせるにはあいにく不適切だ。

「あいつ死ねばノビーの相手、準決勝の二人のどちらかね。弱い二人。私、見舞いのふりして病院行く、毒を盛ったら面白いよ」

「行ってこいよ。俺はあんたを殺すぜ。刺し違えてもな」

「知り合いだたか？　あの男」

「知らねえさ。だけど」

血を吐いてまでチェスを指そうって奴を俺は見捨てられない。

大会前には予想もしなかった高揚感がある。

多川冴理。あれほどやり合えるプレイヤーになったなんてびっくりだ。

トオルもただのＩＭとは思えない。過去に戦った記憶はない。持病による入院やら海外遠征やらで、俺とはタイミングが合わなかったらしいが、もしも戦っていたら、日本の選手への印象も違ったただろうか。樽山を相手にした準決勝の四局は、指し手の正確さが九十九パーセントを超えている。ＧＭの俺でも不可能なアベレージだ。

「ともかく余計なことは考えるんじゃやねえ」

「負けたらボス、ノビー殺すよ。チェス強いから見逃してもらただけだよ」

未だに納得していないが、反論する気も失せた。俺はアサーヴにはめられ、間男の汚名を着せられた。殺されかけた俺に、あのインド系クソ野郎は妙な温情を掛けた。

金で片を付けようと。百万ドルでチャラにしてやると。

ボスとアサーヴのあいだでどんなやりとりがあったのかは知らない。ともかくも俺は命を拾い、一億円のために日本に戻った。貯金と合わせれば百万ドルには足りる。ボスに嫌われたので地下クラブには出入りできず、手早く稼ぐには他に方法がない。

「一度訊いてみたかったんだ。俺が逃げたら、どうするつもりだ？」

「びびてるか？　簡単のことだよ」

ヤンは背広の懐から黒いものを取り出した。ファミリーの証、コルト・ガバメント。

「私がノビー、殺すだけね」

♜

決勝の日になるまで、結局二週間ほど待たされた。

ホテルの外はマスコミが何社か張り付いているとヤンに聞かされ、いざ出てみればレコーダーやカメラを持った男女が寄ってきては俺の過去をほじくり返そうとした。散歩もできやしないと籠城を決め込み、トオルの棋譜を分析して過ごそうとも考えたが、どうにも集中できない。延期の理由は聞かされている。末期状態の癌と報道され、入院中はチェスも満足にできないでいるそうだ。相手の苦況を知りながら分析に勤しむのは申し訳ない気がした。

自分に驚く。申し訳ない。そんな感情を抱いたのはいつ以来だろう？

「金さえ手に入ればいいと思ってたんだが、どうも変な気分だ」

ろくな暇つぶしも思いつかずにヤンとテレビゲームをして過ごした。格闘もレースもヤンのほうが上手で、俺は一向に勝てなかった。

「純粋にチェスをやりたいっていうか、勝ちたいっていうか」

「勝てばいい。お金ゲットすればいいね」

「ヤンにはわかんねえさ。トッププレイヤーの戦いがどういうものか」

「わからなくていいね。ただ、最近のノビーは好きじゃないよ」

「ゲームばっかりしてるからか」

「生きるために必死じゃないよ」

ヤンの放ったマシンガンが俺を血だるまにした。画面の中の銃撃戦に負け、俺の操るキャラクターの頭にでかでかと「LOSE」の文字が躍った。コントローラーを置き、ヤンはぐるぐると肩を回す。「GMになてからノビーは必死じゃなくなたね。だからこの大会、来てよかた。殺されるの嫌、金絶対ゲット、相手のプレイヤー、Smash up ね。アメリカ来たときみたいギラギラしてる、そういうノビー、ボスも私も好きだよ。Simply, we love you as the hungry brute, you know? Dump the fuck'n word FAIR PLAY, huh?」

ヤンは叫ぶように言って俺の腕を殴った。真剣な目つきで俺をにらんでいた。

「体調が悪いのようなら、つけこむね。手加減なんかするの駄目だよ」

ホテルでうだうだと過ごしていると、つい人生なんてものを見つめてセンチメンタルになる。その意味で、ヤンのような男は貴重だった。

親しみ深い日本の連中もまた、俺の正気を保つ手助けをしてくれた。

「……渡米前の疑惑について証言が寄せられてるんですが……」「……暴力団との金銭の授受に関して……」「……永住権は偽装結婚によるものではないかとの情報も……」

会場フロアの中央に、テーブルがただひとつだけ置かれていた。俺とトオルが対峙する横で、マスコミがしつこく質問を浴びせてくる。大会スタッフが制止し、写真撮影に止《とど》めるよう繰り返すも、記者どもはおかまいなしだった。

観客席を眺めれば、「望木がんばれ」「透ファイト」「GMをぶっ倒せ」などというプラカードを持った連中がいた。血を吐いて倒れた場面は動画サイトで拡散された。マスコミも取り上げた。おかげでにわかなファンが詰めかけたらしい。そうか、透という字なのかとそれだけの感想を抱いて俺は客席を見ていた。

ボビー・フィッシャーみたいに、いっそ卓球室での対局をリクエストしようか。

いや、俺は平気だ。ただ、透のプレイに影響が出るのは望ましくない。

「鬱陶しくねえか、この環境は?」

「かまいません。親友が用意してくれた舞台なので」

透は笑ってみせたが、フラッシュのたび眩しげに目を閉じた。

「釣崎さん、一個だけお訊きしたいんですがね」

はげ散らかした中年記者が群れから乗り出してくる。「反社組織との関係は」

「おめえらよう」

俺はたまらずそいつをにらんだ。「神聖なチェスの場だ。もう一度つまらねえこと訊いたら金輪際、口きかねえからな」

「競馬の配当金への課税が未納付だとも聞いているんですが」

しつこさに反吐《へど》が出る。透に申し訳ないと思う俺が、やはりいる。

「わかった。俺が負けたら命をもって償ってやる。それでいいだろ？」

俺が言うと、記者どもはまたも騒ぎ出した。おいしいコメントを得て立ち去るだろうと思いきや、奴らはなおも貪欲に追及を試みた。

「すみません、対局に集中したいので」

透が控えめに手を挙げた。連中の挙動がぴたりと止まった。隙を縫うようにスタッフが撮影終了の号令を掛けた。ぞろぞろと去って行く一同の姿は満足げだった。

皆に愛される悲劇のプレイヤーと、嫌われきったはぐれ者。世間から蔑みの目を受けるのは、十代のうちに慣れきった。

「いいんですか、あんなこと言って」

「かまわねえさ、俺は負けねえ」

透はきょとんとした表情を浮かべてから、白い歯を見せた。

負ければどのみち俺は終わりだ。

俺が負けた時点で殺していいと、ボスからヤンにお達しが届いたそうだ。

そんなことさえどうでもよく思えた。賞金もどうでもいい。

この世のすべてが些末に感じられるくらいに、目の前のチェスボードが輝いて見える。

会場の明かりが落ち、スポットライトが俺たちと俺たちの周りだけを照らす。

「決勝第一ラウンド、開始時刻となりましたので」

俺と透はそれぞれに駒の向きを整えた。「対局を始めてください」

握手を交わした。透は俺の手を強く握りしめた。

俺の初手d４に対し、透はナイトをf６に出す。俺がc４にポーンを進めると、透はe６で応じる。盤上に透明な線が何本も浮かぶ。ニムゾインディアンを受けるか、いや、アンチニムゾで出方をうかがおう。透の三手目はd５。俺のナイトc３に、透はBb４で攻撃を掛ける。クイーンズギャンビットのラゴズィンシステム。ブックムーヴをなぞる。葛藤に駆られる。大事なのは正確さじゃなく突き破ることだ。いくつもの筋書きを盤上に描く。攻守のバランスと応手の可能性、動揺を誘うムーヴを同時に考える。

生半なプレイヤーが相手ならブラフやトラップでペースを崩せる。この前戦った将棋指しがそうだ。チェスと将棋は違う。応手を知らなければ簡単に打ち崩せる序盤局面がチェスにはある。

悪手に見え、ＡＩも辛辣な評価を下す不細工なムーヴが、時として相手のプランをずたずたに打ち破る。

しかし、おそらく透には有効ではない。眉ひとつ動かさず正確な応手を決めてくる。両腕をテーブルに置き、じっと盤面を見据える男に俺は警戒心を崩せずにいた。対局が始まるとこいつの目は忽ちのうちに鋭さを増した。勢い勇んで飛び込めば返り討ちにされる。格上のＧＭに挑むときと同じ緊張だ。

顔色の悪さは変わらないが、痩せた両肩から発せられる気迫が重い。ヤクザの組長やドンのような威圧感とも、地下クラブのマチルダのような逼迫感とも異質な気迫だ。チェスなど煎じ詰めればただの駒遊び。駒は制約の中でしか動かせない。だが、一手一手には生き方がこもる。ブックムーヴの一手が重い。こんなはずじゃなかった。ちゃっちゃと優勝して金をもらい、おさらばするつもりだった。

ｃｘｄ５、ｅｘｄ５。

棋譜帳に記す指し手が、これでよかったかと問いかける。駒のエクスチェンジがボードの熱量を高める。肩の筋肉に自然と力が入る。駒の死によって覚悟のギアが一段上がる。

立て続けに削り合うか、様子を見るか。駒の取り方やその順番にプレイヤーの刻印は宿る。それを見出す瞬間が好きだ。潰し方を考える時間が好きだ。過去の棋譜を見る限り、透はポジショナルプレイを好むが、この大会に関して言えば、どんな手もあり得る。

底知れなさがたまらない。内側に起こる変化を抑えられない。

しょせんはチェス後進国・日本の大会。強敵などいるはずもない。

そう捉えていた己の浅ましさを痛感する。身震いするほど愉しい。

ただのガキだった頃の、夢中で駒を動かしたあの感覚が戻りつつある。

地下クラブで大金を賭けた夜のスリル、ハスラーとやりあった昼下がりの興奮。

もっともっと前。少年院でチェスを指した始まりの時間。

当時に戻れたような新鮮さを感じながら、俺はボードを見つめた。

ビショップがナイトを牽制すれば、ポーンの威嚇を受ける。透はキングサイドにキャスリングし、俺がポーンを進めればビショップの展開で領域を広げる。

ピースの交換には早い。透の手筋に、先生譲りの堅いポジショニングが透けて見える。堅実な指し手だった先生は、形勢上の有利を組み立てる術を俺に教えた。考えなしに攻撃に出れば叱られたが、予想を超えた手ならば感心して褒めてくれた。

透も同じ教室にいたとは妙な縁だ。

俺がもっと早く通い始めていれば、友達になれただろうか。

必要ない。チェスボードよりも饒舌に語り合える場所など俺は知らない。

Ｂｅ２、Ｎｂｄ７、Ｑｂ３、Ｂｘｃ３＋、ｃ６、Ｎｄ２。

アウトポストにナイトが迫る。過去の対局がいくつも浮かぶ。この手筋で負けた経験を記憶に探る。苦手なラインではない。透の十三手目、Ｎｅ４のあとで俺たちはクイーンを相殺した。透は派手な攻防よりも、じわじわと侵食し合うゲームを望んでいる。クイーンがない分、相手を追い詰めるには手間がかかる。その手間を透は尊び、欲している。

Ｂｄ８、Ｎｃ３、ｂｘｃ３、Ｒｆｘｄ８。

互いの戦力はイーブン。ルークが二つ、ナイトとビショップが一つずつ。

クイーンが消えた盤上で、生き残りの駒たちが、我こそ主役と勇んでいる。

俺は俺の感性に笑う。不思議だ。そんな見方はしたことがない。

多川が言っていた。チェスは物語だと。

いかにも少女趣味に思えたが今はその意味がわかる。

チェスがなければ日々の活力を得られなかった。チェスは食事だ。

チェスがなければ食い扶持を稼げなかった。チェスは狩猟だ。

チェスがなければ生き延びられなかった。チェスは格闘だ。

チェスがなければアメリカでやっていけなかった。チェスは言語だ。

ａ４、Ｎｆ６、Ｎｆ１、Ｎｅ８、Ｎｇ３、Ｂｈ３、Ｋｄ２、Ｎｄ６、Ｒａ２。

ポジションを組み直してプランを練り直す。相手が駒の位置を変えるたび、プランは変更を余儀なくされる。いくつものアイディアが浮かんで消える。静かなせめぎ合いは性に合わないが、気分は悪くない。予想される応手のうち、最も指してほしくない手を透は的確に指した。それは同時に、最も指してほしい手でもあった。

ａ５、Ｒａ１、Ｒａ７、ｆ３、Ｒａ８。

黒いルークを縦に重ね、クロックを押したところで透は激しく咳き込んだ。

おろおろするだけのアービターと、体を丸めて咳を繰り返す透を見かね、俺は席を立った。背中をさすってやるが、口をハンカチで押さえたまま体を震わせるばかりだった。

「中断するか。気を遣うな」俺は言った。

透はぶるぶると否定の首振りを返し、足下のペットボトルに手を伸ばす。水を飲み、胸を押さえて深い呼吸を続ける。咳は次第に治まり、俺はひとまず席に戻った。

「すみません、持ち時間を減らしちゃってる」

「気にすんな、まだたっぷりある」

俺の持ち時間は四十七分、透は三十八分。問題ない。命に関わる大病を押してまで、ここに来たのは何のためだ？　賞金か。名誉か。意地か。

違う。こいつはチェスが好きで好きでたまらないのだ。

チェスを指しているあいだしか、生の喜びを得られない。

そういう人間の顔はわかる。

強さじゃない。正確さじゃない。

チェスに取り憑かれた奴と出会うのが、何よりも嬉しい。

Ｂｄ３、Ｂｘｄ３、Ｋｘｄ３、ｂ５。

俺は俺自身の変化に気づいていた。その変化に戸惑ってもいた。

ａｘｂ５、ｅ４、Ｎｃ４、Ｒｂ２、ｄｘｅ４＋。

チェックを撃退し、ポーンを前に進める。じりじりと互いのポーンが前線へ踏み出していき、一手一手がさらに重くなる。ひどく重い。プレッシャーを感じているのは俺の方だ。向かい合っていると俺の方が倒れてしまいそうだ。

透が長考に沈み、俺は席を離れた。照明の下を抜けて暗がりに潜り、観客席を眺めてみた。最前列にヤンの姿があった。ヤン、おまえは不幸な奴だ。チェスを知っているくせにこの快感を知らない。目線を奥に移せば、先生の姿が見えた。腕組みをして大型モニターを見つめていた。俺よりも透を応援しているだろう。先生には息子がいたらしい。透よりも強かったという。俺はそいつに勝てただろうか。彼の横に、多川と樽山の姿がある。おまえらには感謝している。多川は俺を嫌いだと言ったが、俺は嫌いじゃない。樽山がいなければ、きっとチェスには出会えなかった。

柄にもなく感傷的になっていたら、俺をにらみつける観客もちらほらいた。

俺らしくないなと自らの役回りを思い出す。

透がＲｂ８を指した。俺は席に戻り、すかさずナイトをｆ１に後退させた。

叩き潰そう。情けは無用だ。

ｆ６、Ｎｅ２、Ｎｄ６、Ｒａ１、ａ４、Ｒｂ１、Ｒｅ８、Ｒｂ４、Ｒｅ７、ｃ４。

次のｂｘｃ４に続けて、お互いのナイトが死ぬ。

三十六手目でルーク二つのエンドゲーム。ポーンはどちらも三つで、差がない。ルークエンディングでははったりがきかない。

駒のない盤面に独創性は要らない。正確さだけがものを言う。

序盤は本のように、中盤は奇術師のように、終盤は機械のように指せ。オーストリアのプレイヤーの言葉だ。脳内のデータベースを虚空に描く。ポーンのストラクチャーを検討し、プロモーションの可能性を探り出す。このままでいけばドローだ。勝負を決めるなら、あえて最善を避けるのも手だが、その選択はギャンブルに等しい。

四十八手目。互いのルークが一つずつ、ボードから退場する。俺が進めたセブンスランクのポーンも消された。閑散とした盤面に勝ち抜いてきた自分たちを重ねる。俺らしくない比喩だ。まったくＩＭの手筋じゃねえ。ワンポーンダウン。俺が劣勢。五十三手目でいよいよ俺のポーンは一つきりになった。前には黒の壁が立ち塞がる。プロモーションは絶望的。いや、まだ終わりじゃない。相手がルークの位置をミスれば、ポーンプッシュのタイミングさえ間違えれば、戦況は反転できる。

そう信じて指した六十二手目で、ミスったのは俺の方だった。

キングをｇ２に動かしたのが悪手だと、駒を置いた一秒後に気づく。透のルークがａ５に飛ぶ。

俺の最後のポーンに狙いを定める。Ｒｈ５で守るも、三つの駒がｇとｈのファイルに押し込められて動けない。投了か。俺が負けるのか。

観念して天を仰いだとき、心の曇りが晴れた気がした。日本中から嫌われても、誰に愛されなくても、マフィアのじじいの子飼いに成り果てても、全部全部どうでもいい。

生きたい、と強烈に思った。命を投げ出すように生きてきたこれまでがひどく愚かしく思えた。

俺はただ、チェスを指すこの一瞬のために、生きている。

それ以外の何をも望みはしない。ありがとよ、透。今、はっきりとわかった。

チェスは、俺の、人生だ。

ふと見ると、透は額に手を当てて目を閉じ、肩を上下に揺らしていた。座っているだけでやっと、というのが嫌でも伝わる。

俺を追い詰める直前で、透はみすみす好機を逃した。悪手だった。

「ドローにしないか？」

俺の問いかけに、透は反応を見せなかった。うつろな目でボードを見つめていた。

アービターは身をかがめて透の顔を覗き込み、オファーを受け入れるかと尋ねた。

「続けますよ」

吐息に近いほどの声で透は答えた。「ポーンが二つあれば、メイトはつくれる」

俺たちは延々と、キングとルークだけを動かし続けた。

ついに百手を数え、五十手ルールが目前だった。盤上の駒の数に変化がなく、ポーンの前進もないまま五十手が経過すれば、その時点でドローを申請できる。

だが、つまらない形でゲームを終わらせるのは嫌だった。俺は虎の子を捨てる覚悟でルークを動かし、透は的確にポーンを奪い、俺もまた黒のポーンを削った。

戦える駒を残して盤上を去りたくはないのだろう。オーケー、付き合ってやる。

昇格を狙う黒いポーンの進撃を俺は防ぎ、殺した。

ルークの相打ちによって、二つのキングだけが残った。

正真正銘のドロー。

キングで俺のルークを取り、透は笑った。背もたれに体を預ける俺の前で、テーブルに突っ伏した。観客席が一斉にざわめいた。慌ててそばに回り込むと、透はささやくような声で呟くのだった。

「愉しいな、チェスは」

♟

「あと三ヶ月なんだ。癌細胞が、体中に転移してる」

私が言うと、皿の上で瑠偉の箸がぴたりと止まった。

口を半開きにしたまましばし私を見つめ、箸を置いてワインを飲み干した。個室を用意してもらってありがたかった。カウンターにいたら、板前やほかの客の会話まで止めてしまったかもしれない。

「瑠偉には感謝してるよ。俺の寿命を知ってて、開催してくれたみたいだ」

長い沈黙が気まずくなり、礼の言葉を並べてみるが、瑠偉は決まりのいい返事を見つけあぐねているようだった。入院しなくていいのか、と絞り出すように言った。

「さんざん話し合ったさ。治療のやり方も、医者と家族と長いこと話した。最終的には納得してくれた」

納得。声に出してみると、少しばかり後ろめたい。

四月に瑠偉から連絡を受け、チェスワン開催の計画を知らされた。かつての私が書き初めに記した夢を彼は話題にし、二十年も前のことを覚えていてくれたのかと感激したものだ。シード選手として十月の決勝から参加してほしいと言われ、その点は少々複雑な心持ちだった。一般参加と区別なくやりたかったが、瑠偉には瑠偉の考えがあるらしかった。

ともかくも私は、十月を何よりの楽しみに、日々の研究に励んだ。国内大会にも出て、夏にはヨーロッパ遠征を行う予定だった。

ところが、七月に受けた検診で、癌が見つかった。

やや体調が優れない、という程度で受けたにもかかわらず、返ってきた答えは膵臓癌。

肺やリンパ節にまで転移が見られるステージ4で、告知された余命は、半年。

遠隔転移がある癌細胞は切除が難しく、化学療法に頼るしかないと聞かされた。宣告を受けた私は冷静だった。長生きできる体ではないと諦観を抱いてもいたし、二十歳まで生きられるかと怯えていた身でありながら、気づけば三十を越えたのだ。

十月の大会に出られるのか、私の心配はその一点に尽きた。

老年の医師は渋い顔をして、約束はできないと答えた。抗癌剤投与のスケジュールを崩すべきではなく、副作用も無視できない。在宅のケアも可能ではあるが、私の場合はほかの患者よりも、治療に慎重を要すると伝えられた。

全身型特発性神経不全症。

寛解したはずの宿病が、二十代の半ばに再発していた。私の難病と抗癌剤治療の組み合わせは充分な研究が進んでおらず、予期せぬ影響を招くリスクもある。

回復を目指すならば、長期の入院が最善だと伝えられた。

許容しがたい話だった。大人しく入院したところで、延命の保証はない。

残された時間の大半を病院で過ごすなど、あり得ない。

「馬鹿なこと言わないでよ」

入院せずに治療したい、と言う私に、母は目に涙をためてかぶりを振った。

「十月のそれと、長い人生とどっちが大事なの」

「長い人生なんてあるのかよ」

うそぶいた私の頬を、母は掌で張った。母に叩かれたのは、生まれて初めてだった。皺の増えた顔に涙を溢れさせ、母は私を抱きしめた。両親とも私の考えには断固反対で、そんな状況ではチェスに打ち込むこともできそうにない。私は入院を決め、予定をすべてキャンセルした。チェスワン・グランプリ、ただひとつを除いて。

「ってことは、明日からのために、退院したってのか」

瑠偉は私から目をそらし、丁寧にセットした自分の髪をぎゅうっと握った。「なんで言ってくれなかった。知ってたら、いくらでも延期したのに」

「俺一人にそこまでの手間は掛けられないだろ」

「掛けてやるよ、いくらでも」

苦り切った顔のまま、瑠偉は続けた。「一回戦から決勝まで、十五日間だ。二週間以上あるんだぞ。そうだ、こうしよう、オンラインでの参加も認めるって」

自分の思いつきに瑠偉は顔を明るくしたが、私は拒否した。マウスで駒のアイコンを操作するのと、実際の駒を動かすのではまるで違う。オンラインでは指す喜びが半減してしまう。しかし瑠偉はなおも、私に翻意を迫った。

「俺だってチェス部にいたからわかる。ラピッドやブリッツで数局やるくらいならまだしも、長丁場のクラシカルだ。座ってるだけでも、体力を使うぞ」

彼の説得に、ふと笑ってしまった。父も、同じことを言っていた。

「――輝パパから聞いてるよ」

決勝大会を翌週に控えた日、病室で父は話した。チェスに費やす集中力が体力の疲弊を招くこと。緊張状態が体に悪影響を及ぼしかねないこと。輝パパに聞いたという過去のプレイヤーの実例を挙げ、入院の継続を促そうとした。

「考え直せ。瑠偉くんにお願いして、来年も開催してもらう。そのときに出ればいい」

私は首を横に振った。

「来年まで保つ保証はないんだ。瑠偉がせっかく開いてくれた。俺を招待してくれた。参加しないなんて考えられない」

頑として折れない私に、やがて父の抗弁はやんだ。おまえの人生だ、おまえが決めていい。そう言ってくれたのが本当に嬉しかった。

両親は、私が一回戦で早々に敗退し、病院に戻ることを望んでいたかもしれない。けれど、私は勝ち進んだ。大会の一月《ひとつき》前からは、強い影響を及ぼす投薬は避けてほしいと頼んであった。薬剤による副作用は大きく、食欲が湧かないくせに嘔吐感は一日中続き、下痢も止まらず、まともにものを考えることができなくなる。

私の体は、私の選択を憎んでいるだろう。

だとしても、私の脳は、これでいいと言っている。

何しろこうして、決勝まで進むことができたのだ。無事に、というのは気が引けるが、自らの足で二日目の会場にたどり着き、強敵を前にすることができた。

「おふくろさん、俺のところに来たぞ、昨日の夜」

チェス盤の向こうで釣崎は言った。予想もしない発言に、私は二の句が継げなかった。

一日目を終えた私は父の運転で家に戻り、静養していた。夜の間に起きたことなどまるで知らなかったし、母も何も言ってくれなかった。

「おまえ、もう長くないんだってな。聞いたぜ。これが終われば二度とチェスはできないかもしれないって」

私は観客席に母の姿を探した。一列目の右端で、父とともにこちらを見つめていた。

なぜこの男にそんなことを言いに行くんだ。

にらみつける私の目線に気づいたのか、釣崎も同じ方向を見やった。

「あの人、俺に言うんだよ。最後かもしれないから、いい思いさせてやってほしいって。どういう意味だって訊いたら言いづらそうにしてたけど、まあ要するに、おまえに勝たせてやってくれってことだ。賞金は譲るからって。願ってもないうまい話だな」

体の重ささえなければ、もっと機敏に動けたなら、客席まで殴りに行くところだ。本当なのかと尋ねたら、こんな嘘があるかよとあごひげを撫でて笑った。

「内緒にしてって言われたが、俺は根っから正直者でね」

「なんて答えたんですか、釣崎さんは」

「忘れたよ。でもな、おかげで完全に吹っ切れた」

その言葉を体現するように、釣崎は長い腕をぐうっと伸ばし、天井を見上げた。大きな喉仏があらわになった。「絶対に勝つぜ」

私は心の底から安堵して、駒の向きを整えた。

「今日で決めましょう。明日はない」

神様がくれたせめてもの慈悲か、体調は普段よりも悪くない。体温も落ち着いて呼吸は苦しくないし、内臓や背中の痛みも気になるほどではない。

命を燃やし尽くすなら、今日をおいてほかにない。

開始時刻の訪れが告げられ、フロア全体が暗くなる。

私の目が捉えるのは、テーブル上の一式と、目の前の相手だけだ。このまま体が保ってくれれば、どんな結果であれ、私は快く受け入れる。

私のd4に対し、釣崎が選んだのはインディアンゲーム。ナイトがf6に跳ねる。c4に対してはe6。f3にナイトを出せば、c5。ポーンを交換し、モダンベノニディフェンスへと変化する。対局前の威勢に比して、釣崎は用心深い立ち上がりを見せた。定跡手を着実に積み上げ、フィアンケットの形をつくった。彼も私もキングサイドへのキャスリングを選び、局面はミドルゲームへと進んでいった。定跡手なら次はa4かf4だが、私はクイーンをc2に動かした。釣崎は何度か小さく頷き、しばしの長考に入った。

決勝の相手が彼で、私は本当に嬉しい。

日本人唯一のＧＭと戦えるなど、これ以上ない誉れだ。悪い噂の絶えない人物だが、実際に向き合ってみれば悪人には思えない。チェスに対する誠実さは間違いなく本物だと思えたし、かつての私は彼の存在に助けられたのだ。

大学時代、就職に際して私は迷いを抱えていた。

チェスで食べていくのは難しい反面、腕を磨く時間が減るのも避けたかったし、健康に自信はない。私は正社員としての就職を避け、拘束時間の短い学習塾の講師で日々の糧を得ることにした。両親は実家住まいを歓迎し、私は海外遠征の費用を貯蓄した。仕事は滞りなく進められたものの、生涯の生業《なりわい》とは思えず、職場や生徒にもさしてなじめることはなかった。そうして数年を過ごした折、釣崎がＧＭになったとの一報が届いた。

日本でチェスが盛り上がり、私の人生は転機を迎えた。

輝パパに連絡をもらい、チェス教室の話を持ちかけられた。降って湧いたチェスブームを機に、コーチの道で食べていけるのではと提案してくれたのだ。彼の助力を得て、私は家の近くに小さな教室を開いた。オンライン指導のオファーもあり、塾をやめても充分な収入を得られるようになった。

釣崎の諸問題が浮き彫りになったせいか、ブームが去って仕事も少なくなったが、私の人生は彼の影響抜きに語れない。チェスで稼げるようになったうえ、自分もいつかはＧＭにと、あらためて気力を湧かせてもらった。

十一手目で、釣崎はｈファイルにナイトを飛ばした。背筋がぞくっとして、私は思わず頬を緩めた。彼が獰猛な本性をいよいよむき出し始めた。そんな風に感じさせる、危険な一手だった。私は白マスのビショップでナイトをテイクし、彼のｇポーンがそれに応じた。釣崎のキングの正面から、ポーンが消えた。

ひりつくような局面に胸は高鳴る。気持ちを高ぶらせてはいけない、何があっても冷静さを保てと言ってくれた、輝パパを思い出す。

「――棄権したほうがいい」

晴紀との戦いのあとで、私は病院に運ばれた。体の状態には波があり、晴紀と対局した頃はちょうど不調のただ中にあった。意識を取り戻してからも、投薬による倦怠感がひどく、決勝は二週間の延期を余儀なくされた。

ベッドに沈む私のそばで、輝パパは切々と語った。

「君も釣崎くんも教え子だからね。対局を世界で一番楽しみにしているのは僕だよ。その僕が言うんだ。やめておいてくれ。僕の父も余命半年と言われたが、そこから五年も生きた。とにかく摂生して暮らした。お医者さんの指示を完璧に守って、大好きな酒も一滴も飲まなかったんだ。無理は禁物だよ。若いからどうにかなるなんて思うな」

輝パパはあらゆる意味において、私の恩人だ。

だが、大恩人の願いでも受け入れる気はなかった。

「僕が輝だったら、どうしますか」

私が問うと、輝パパはふっと顔を曇らせた。

「もしも輝が、死んでもいいからチェスを指したいって言ったら」

彼の息子は実際に死んでいる。酷な訊き方かもしれないと思ったが、遠慮する余裕などない。

輝パパは少し間を置いてから答えた。

「同じことを言うだろうね。教室に来るようになってから、君のことを息子のように思ってた。タイトルを獲得するたびに、君のお父さんよりも喜んでたんじゃないかな」

私にしても、彼をもう一人の父のように感じている。ある意味では父以上の存在だ。早逝した輝に代わり、長く生きることに専念すべきなのかもしれない。

葛藤はあれど、答えはやはり変わらない。

「万全の状態でも、勝てる見込みは薄いよ。残酷なようだけど、負けにいくだけだ」

「結果じゃないんですよ」

私は言った。「存分にチェスを指せるなら、死んでも本望なんです」

釣崎のクイーンがキングサイドに飛び、プレッシャーを高めてくる。チェックメイトを逸るようにナイトが跳躍し、私のナイトが身を挺して侵入を防ぐ。攻め手が十分でないと判断したのか、彼はクイーンを休ませ、ａサイドからの侵襲を試みた。中盤は静かに進んでいった。来たるべき嵐に備えるようにして、私たちは陣形を組み上げていった。

輝パパに話したことは強がりではない。格好をつけたわけでもない。本心だ。

チェスは私の人生における何よりの喜びだった。

三十年余りの生涯で、残念ながらただの一度も恋人はできなかった。

女性を惹きつけるような魅力はなかったし、病弱な体では満足させることもできまいと、卑屈な思いもあった。チェスを知らない方が幸せだったろうかと考えたこともある。戦術の研究書を読む時間や、棋譜の分析をする時間があれば、もっと多くの出会いを果たし、もっと豊かな経験を積んでいたかもしれない。

だがどうだ？　悔やんでいるか？

いや、これでいい。

輝、ありがとう、おまえのおかげで俺は、幸せだった。

攻撃の糸口を探り合いながら、膠着状態が続いていた二十六手目。私のクイーンを脅かそうと、彼はｃ４にポーンを運んだ。黒い歩兵の前進を目にして、私は脳の血流が止まるのを感じた。血は直ちに猛烈な勢いで流れ始め、盤面が今までとはまるきり別のものに映った。一マス進んだだけのポーン。それはあまりにも強烈な一歩だった。硬いと思い込んでいた足場が、きわめて脆い薄氷に過ぎなかったと気づかされる一歩。

おそらくはこの後、逃れようのない猛攻に晒されるだろう。

脅威の予感に包まれたとき、筋肉の硬直するような感覚に見舞われた。

体に異変が起きた。

つまんだ指先から、ぽろりとクイーンがこぼれた。肩の筋肉がけいれんし、私は無意識に背筋をのけぞらせた。引きつるような痛みが肢体を覆う。癌のせいか。違う。あの発作だ。幼少の頃から私を苛み続けた、あの硬直が始まった。

「大丈夫ですか、望木さん」

椅子に張り付いたような姿勢のまま、私は体の自由をなくした。アービターが不安げに私の顔を覗き込む。返事ができない。呼吸はできても声が出せない。周囲が俄然慌ただしくなり、女性の声が聞こえた。大会中もたびたび変調を来す私のために、両親が看護師をつけてくれていた。

中断を願います、と彼女がアービターに要請した直後、「待てよ」と声がした。

釣崎だった。顔の前で指を組んだまま、身じろぎもせずに盤面を見ていた。

「局面が動いてきたんだ。勝手に止められちゃ困る」

「見たらわかるでしょ」

年かさのベテラン看護師は、かみつくように言った。「指せる状況じゃないんですよ」

「対局のストップには、プレイヤーの同意が必要だ」

釣崎の二つの目が私を捉えた。「どうなんだ？　おまえが決めろ」

続けたい、と私は念じた。中断を受け入れて休んでも、再開できる保証はない。戦い続けたい。まだ負けたわけではない。絶対に負けたくない。

釣崎は頷き、再びチェス盤に目線を落とした。

「やめたくないらしいぜ。俺が駒を動かしてやるよ」

「チェスと命と、どっちが大事かわからないの？」

「おまえこそわからないか？　チェスがこいつの命を支えてるんだよ」

釣崎は相手を見やることもなく言った。

看護師は絶句し、私をフロアから運び出す指示を始めた。明度を増した周囲に、スタッフがぞろぞろ集まってくる。やめてください、と私は喉から声を押し出した。

指先さえも動かせない。関節が痛み、じくじくと痺れる。

それでも、呼吸はできる。声もなんとか発せられる。何も問題ない。

釣崎の言うとおりだ。局面は動いている。大切な駒を、逃がさなくてはいけない。

「クイーン」

私はゆっくりと息を吸い、告げた。「ディー、ツー」

釣崎は黙って白のクイーンをつまみ上げた。指示通りの場所に収まった女王を見て、私は嬉しかった。クロックを押した釣崎は、対局の意志がある以上やめさせることはできないと主張し、私の考えを代弁してくれた。

騒ぎは数分で収まり、フロアはまた静寂と暗闇を取り戻した。

「ルーク、イー、フォー」「ビショップ、シー、スリー」

私は口頭で指し手を伝えた。釣崎に代わり、アービターが駒の移動とクロックのボタン押し、棋譜の記入を行ってくれた。自力でなせないのは悔しいが、対局が止まるよりはよほどいい。

とはいえ、盤上の形勢は芳しくない。ルークが姿を消し、お互いのピースはクイーンとビショップが一つずつで、ポーンの数は五つと六つ。戦力はほぼ互角だが、駒の位置関係に差があった。ビショップに紐付けられたクイーンが、私のキングを狙っていた。過ぎた悪手を悔やんでも仕方ない。劣勢を撥《は》ね返す手を見出すほかはないのだ。

黒い女王が王を攻める。白い女王が王を守る。

うまく消し合ってくれればドローチャンスはある、と願ったものの、釣崎の黒いクイーンは巧みに身をかわし、チェックを続けた。

状況は、極めて危機的だ。

輝、おまえならどう受ける？

頭の中で尋ねるも答えは返ってこない。キングを逃がすあいだに、黒のポーンは着々と前進を続けた。忌々しい癌細胞のごとく、私のキングを追い詰めていった。ようやくクイーンを相殺したが、既に遅い。ビショップに守られた二つのポーンが、進化《プロモーション》を遂げるのを止《とど》めようもない。

これ以上あがいたところで、勝ち目がない。ドローを狙えるポジションでもない。

体調のせいか？　違う。実力だ。

もう駄目だ。私は悟った。

硬直した全身のうちで、首だけが動いた。天井の照明を見上げた。

ごめんな、輝。ＧＭになれないまま、そっちに行く。

怒らないでくれよ、俺は俺で精一杯、やったつもりなんだ。

「すみません」

投了します、と言いかけて、言葉が喉につかえた。

輝の顔が浮かんだ。盤面を見下ろして、私ははっとした。彼が退院したあの日の局面を思い出した。白と黒は反対で、駒の配置も異なってはいるが、私から見る相手のパスポーンの位置が、同じだった。

釣崎は鋭い眼差しで、私の顔を凝視していた。

今わかった。あのときの輝の顔。あれは、詰め切りたいという表情ではなかった。

どうして最後までやらないんだと、私に失望していたのだ。

精一杯やっただって？　まだ終わっていないじゃないか。この期に及んで何を格好つけてるんだよ？　輝がそう言うのが、聞こえた。

「どうしましたか」アービターが尋ねる。

「いえ、何でもありません」私は答えた。

死力を尽くそう。あたう限りの最善手を指そう。ステイルメイトはきっと無理だ。デッドポジションにもならない。かまうものか。お行儀良く負けを認めるより、死ぬまであがくほうがいい。無様でいい。格好悪くてもいい。

誰の目にどう映ろうが、憐れみを向けられようが、全部、どうでもいいことだ。

「キング、ディー、ワン」私は続けた。

メイトを受けるのは時間の問題。だから何だ。やるだけのことをやるんだ。向こうのパスポーンがクイーンになってもいい。こちらのキングが逃げ回るだけになったっていい。倒れるまで戦い抜いてやる。逃げるしかないなら、どこまでも逃げ回ってやる。

それが今の私にできるすべてなのだ。

釣崎は的確にプロモーションを果たした。

黒いクイーンが新たに生まれ、私のビショップは消え去った。

「エイチ、スリー」「キング、エフ、フォー」

私のキングはとうとう追い詰められた。もはや逃げ場所はなかった。

「ジー、フォー」

私が指した最後の手だ。ポーンを前に進めてやった。悪くない。

釣崎のクイーンが、私のキングにとどめを刺した。正しくチェックメイトをつくった。

会場がざわめく中で、釣崎の優勝を伝えるアナウンスが、響き渡った。

「来るんじゃねえ！」

立ち上がった釣崎が、いきなり大声を出した。何かと思って目を動かすと、周囲にはマスコミの記者が大勢見えた。威嚇を受けた彼らは一様に立ち止まり、釣崎は私のもとに歩み寄った。

「俺の勝ちだ」

「ああ」

「いいんだな？」

「ああ」

「ひとつだけいいか？」

「ああ」

「何だ？　今日の指し方は」

釣崎は私の胸ぐらを両手で摑み、私の顔に飛沫を飛ばして怒鳴った。

「ぜんぜん駄目だ！　なんで十八手目がジースリーなんだ？　三十三手目はルークイーフォーか？　ふざけんな！　ビショップシーワンしかねえだろ！」

何をそこまで怒っているんだと咄嗟には理解できなかった。あまりの剣幕に声が出ない。彼を押さえようと肩を叩いたアービターは怒号を浴びて張り倒された。釣崎は再び私に向き直り、またも胸ぐらを掴む。「駄目な理由を教えてやる！　てめえは生きることを諦めてやがる！　そんなやつに俺が負けるかよふざけんな！　チェスは綺麗に死んでくための道具かよ、違うだろ、てめえを生かすためにあるんだろうが！　てめえの母親が来たときに俺は決めたんだよ、絶対に勝ってやるってな、悲劇のプレイヤーが人生の終わりに名局指して死にましたなんて許せねえと思ったんだよ！　勝ったらてめえは満足して死にやがる、俺は永久に勝てなくなる！　絶対嫌だったんだそんなのは！」

暴力沙汰と思ったのか、男性スタッフが数人で釣崎を取り押さえた。羽交い締めにされた彼はなおも暴れ狂った。「おまえガキの頃、先生の子供に勝つために病気治したんだろ、だったら俺に勝てよ、勝つまで死ぬんじゃねえよ、未練残して死ぬんじゃねえよ！　本当は生きてえんだろ！　内臓が必要ならくれてやる、臓器を取り出すプロだって知ってんだ！」

よくわからないことも言っているが、これほど真っ向から突き刺さる励ましは初めてだった。

釣崎はスタッフを振り払い、今度は観客席のほうを向いて叫び続けた。

「見てるやつら！　力貸せよ！　こいつ治してやれよ！　俺と互角にやれるこいつは日本の財産だぞ！　おい透！　死ぬなよ、絶対死ぬなよ、俺に負けたショックで死んだなんてこいつらが書いたらおまえだって死に切れねえだろ！　つうかむかつくんだよてめえら！　人のことさんざん悪く書きやがって馬鹿野郎！」

うかつに彼に近づいたカメラマンが頭を叩かれ、それをきっかけにまた釣崎は拘束にあった。どたばたしたその様子の滑稽さに私は笑った。

笑いながら、泣いていた。

未練、という言葉が耳の中でこだましていた。

死んでもいい？　悔いはない？　本当はそうじゃねえだろうと、鬼気迫る勢いで彼は問いかけた。ひた隠しにしていた心底の本音を、暴いた。

勝つために治せ。

輝ならそう言うと、わかっていたはずじゃないか。

父とチェスを指したいつかの浜辺がありありと脳裏に蘇った。

客席でハンカチを握り、口元を押さえる母に、私は笑みを向けた。

「どうするかな、これ」

すぐそばで声がした。聞き覚えのある声だった。瑠偉が私の目の前に来た。狼狽するスタッフに紛れ込んで、大会の主催者がフロアの真ん中にいた。

「瑠偉、俺は本当に感謝してる」

「もういいって。余韻も何もねえなこりゃ」

治さなくてはいけない。病魔に打ち勝たねばならない。

絶体絶命の窮地から逆転し、勝利を手にしたアンデルセンのように。

あの、エヴァーグリーン・ゲームみたいに。

「ところで、準優勝の賞品は何かないのか」

「ほしいもんがあれば言ってくれ」

呆れ笑いを浮かべて釣崎を眺める瑠偉に、遠慮なく私は言った。

「病院までのタクシーがほしい。治療に専念しなきゃいけないんだ、今すぐ」

第6章

オープニング

寺の境内に、蝉の声が響く。クマゼミの声がひときわ盛り、日差しが照りつける白昼の墓地を、僕たちは歩いていた。日よけカバーをしたベビーカーの中で、初めての夏を迎えた娘が安穏に眠りこけている。八月の気温は例年に比べてさしたる厳しさもなく、ちぎれ雲が浮かぶばかりの青空が心地いい。

「あれ？　ひしゃく忘れてない？」

ベビーカーを押す真妃が、僕の持つ水桶を指さした。しまった、と僕はきびすを返し、墓石のあいだを通りながら来た道を戻る。

「冴理ちゃんと先に行っちゃうからねー」

「待っててくれよー、どこなのかわかんなくなるからー」

駆け足で進むと額に汗がにじむ。二十代の頃よりも体力の衰えた我が身がやるせなくなる。数日前まで参加していた開化の合宿でもそうだった。後輩たちとのジョギングで、彼らの若さをつくづく羨ましく感じたものだ。加保山さんも同じだったのかなあと、妙な感慨に耽ったのを思い出す。手にした桶の水が、たぷん、たぷんと揺れる。

「水桶持って行く必要ないのに。ハルキって時々抜けてるんだよね」

「持って戻ったんですか」

わたしとマキさんはくすくすと笑い合いながら、お墓を目指して石畳を歩いた。

地面を鳴らすベビーカーの音が頼もしい。この中に赤ちゃんが乗っているんだと思うと、ほんわかした気持ちになる。

「そうだ冴理ちゃん、あの件どうなったの？　ロシア行きの件」

「行ってこようと思います、二週間くらい。大学の夏休み、九月まであるし」

去年にチェスワンで出会ったゼンくんは、わたしをモスクワの自宅に招待してくれた。

外国でのホームステイなんて、去年の今頃は考えてもいなかった。

この一年は、十九年の人生の中で最も大きな変化があった。

語り尽くせないほどの哀しみもあった。騒がしい人生の中で、群を抜いて哀しい出来事も経験した。でも、前に進まなくてはいけない。懸命に生きることで感謝を伝え、安心させてあげなくてはならない。

喜ばしい実りをあげるとすれば、ママと和解できたこと。

きっかけを与えてくれたのは妹の莉帆。

ママのピアノ熱を一身に浴び、従順に鍵盤を叩き続けた莉帆が、反旗を翻した。

彼女はずっと悩んでいたらしい。ママが自らに与える愛情と対照的な、姉への冷遇。その不釣り合いについて健気にも責任を感じた妹は、わたしの対局日程が終わった夜、ママと大げんかをした。妹の大声が、和室のふすまを破ってリビングに届いた。

「さえちゃんは四位になったんだよ！　全国四位！」

優勝決定戦の前、ハルキさんとの三位決定戦がひそかに行われ、わたしは見事に敗北。ベストスリー入りは叶わなかった。あんまり四位四位言わないでよ恥ずかしいから、と思う一方、莉帆がママに猛り声をぶつけている事実にはらはらさせられた。「さえちゃんの才能を認めないならピアノなんかやらない！　ひどいママに認めてもらっても何も嬉しくない！」

ピアノは売りに出せ、ピアノルームは解体しろ、音大なんか行かないと泣き叫ぶ莉帆に、さすがのママも慌てたらしく、わたしを和室に呼びつけた。

座卓を挟んで、わたしとママは向かい合った。

「冴理にはピアノを弾いてほしかった」

ママは言った。「今でも、そのほうがよかったって思ってる」

こわばりのある声だった。けれど、決して冷たくはなかった。

「だけど、この子は本当にチェスが好きなんだって、大会を見ながら感じたのは、事実。真剣に考えてるあなたは、幸せそうに見えた。あんなに幸せそうな冴理を見たの、いつ以来だろうなって、ずうっと前のことみたいで、懐かしくなったりして」

　わたしの反応を窺って言葉を選ぶように、とつとつとママは話した。

　ママが本当に気にしているのは、莉帆のご機嫌のほうかもしれない。だとしても、「わたしは終わってるんでしょ?」などと、意地悪く尋ねる気にはなれなかった。

「ママはね、冴理がチェスで食べていくのは、無理だと思ってる。ただ、あなたが本気だってことだけは、わかった。才能はあるんだと思うよ、プロの人と引き分けたんだもんね。すごいことなんでしょ、よく知らないけど」

　結局何を伝えたいの、とじれったくなるような、ぎこちない話しぶりだった。

　一方で、この人はこの人なりに、真剣に向き合ってくれているのかなとも思えた。

「大学の費用の件、考えてもいいよ」

　ママの口から出た一言は、待ちわびたものであるはずだった。

　それを聞いたわたしの答えは、

「自分で出す。貯めてきたから。お金あるなら、莉帆に使ってあげて」

　心に決めていたことだ。揺るぎはしない。

　ママはしばらく何も返事をしなかった。呼吸の音だけが聞こえた。

「考えておく」とだけママは言った。そしてまた黙り込んだ。

ママと二人で過ごす沈黙の時間は、あの夜を思い出させる。

警察署から帰る途中でぶつけられた言葉を、わたしはずっと忘れないと思う。

あの日に思い浮かべた言葉を口にすれば、救われるだろうか?

ママはわたしの中で終わってるから、と。

そんな捨て台詞を吐いてこの場を去っても、つまらない復讐心がわずかに満たされるだけだ。

くだらない目的のためにチェスをやってきたと、思いたくはなかった。チェスワンで体験した至福の時間は、わたしを縛り付けていた怨念を浄化してくれたのだ。

もっと前を向いていたい、とわたしは思った。

ママの中でわたしは終わってる。わたしの中でママは終わってる。

もしそうだとしても。もしそうだとしたら。

もう一度、始めればいい。始めようと、してみればいい。

幼い頃みたいに無邪気に笑い合える日は、もう少し先かもしれないけれど。

「チェスって、そんなに面白いの?」

その問いに肩がぴくりとした。ママは続けて言った。

「ルールとか、ぜんぜん知らなかったから」

少し恥ずかしげな声音だった。肩が軽くなるのがわかった。教えてあげれば? と背後から声が飛んだ。ふすまを開けた莉帆が、わたしの肩をぽんと叩いて腰を下ろした。戸惑いを覚えつつも、嬉しさが膨らむのはごまかせない。たとえ何がどうであっても、チェスを知りたいと思っている相手に、敵意なんて必要ない。

「コーチしてもいいけど、甘くないよ。なんてったって、全国四位だから」

わたしが言うと、莉帆が笑った。ママも笑った。

莉帆がボードを持ってきて、わたしはママに駒の動かし方を教えた。ママに何かを教えるのは、これが初めての経験だった。

わだかまりが消えたとは言えない。ママはまだ本当には、わたしを認めていないかもしれない。でも、わたしは知っている。チェスは、指す者同士を近づけてくれるということを。

ママとの対局を重ねる中で、気づいたことがある。

チェスの棋力を高められたのは、ママのおかげでもあるのだ。

楽譜の見えない中で、幼いわたしは必死に音の流れを記憶した。その原体験はチェスにつながっていた。棋譜を記憶し、プレイに活かす力をピアノから学んでいたのだ。

わたしは大学受験に備えて勉強に取り組み、時々気晴らしにピアノを弾いた。

そのような初冬の折、義眼がこぼれ落ちそうな、とんでもない話が飛び込んできた。

「なんで？　ツリザキさんが？」

「チェスワンの事務局から、本人のメッセージが転送されてるみたい」

家の電話で一報を受けたママの声には、知らせを信じられないという気持ちがはっきりと表れていた。優勝賞金の一部を譲るというのだ。スマートフォンの読み上げソフトを使うと、「メッセージをお伝えします」という声のあとに、こう続けられた。

「二回もドローに持ち込んだごほうびだ。好きに使え――」

「……っていうか、今思っても格好良すぎなんだよ、格好良すぎてむかつくわ。ま、おかげでベビーカー、いちばんいいやつ買えたから、許すけどさ」

マキさんの声は弾んでいた。ツリザキはハルキさんにも権利を譲った。彼のところに届いたメッセージは、「偉大なGMにチェスの存在を教えたごほうび」だったそうだ。

追伸の文句は、「携帯電話の件はこれでチャラだからな」。

♚

「……そう、つまりだ、俺がその公衆トイレに行ってなけりゃ、チェスを覚えてなかったかもしれないわけだ。人生、何があるかわからないのさ。ヤン、訳してやれ」

「面倒だよ、やっぱりアメリカ帰るか」

「自分からついて来ておいてそりゃあねえだろ」

坊主頭のウクライナ人留学生は、俺のクイーンサクリファイスに困惑していた。

ルーク落ちの勝負ならば勝てると見込んでいたのだろうが、そう易々と負けはしない。

ためになる思い出話を聞かせてやったが、彼は次の手を考えるのでいっぱいのようだ。

赤の広場へ続く並木道を人々が行き交う。

ベンチでチェスに興じる俺たちを横目に見ては過ぎていく。モスクワの夏はニューヨークや東京より過ごしやすい。どうしてモスクワにいるかといえばひとえに武者修行のためだが、言葉の通じない土地で何をどうしていいかもわからず、ドンの金でバカンスのような日々を送っている。ともにロシアの地を踏んだヤンはファミリーの仕事でごちょごちょやっているようだが、俺は知らない。俺に銃口を向けたときの顔が嘘みたいに、とぼけた表情で女の尻を眺めている。

「――優勝した夜に悪いけど、ノビー、死んでもらうことなたよ」

チェスワンの会場からホテルに帰り、ベッドに大の字になった俺の額にヤンは銃を向けた。薄暗い部屋で見上げたヤンの顔つきは冷たく、何事かと俺は飛び起きた。

「待て、待て待て、一回落ち着け、事情を聞かせろ」

「問答無用ね」

パン、と乾いた音が鳴った。頭部を守った俺の両腕にふさっと何かが触れ、つまみあげてみればピンク色をした紙の糸。ヤンの持つ銃の口から何本もの糸が伸びていた。唖然とする俺を前に、ヤンは腹を抱えて大笑いした。

「てめえ！」

安心と怒りが混ざり合い、持ち帰った小さなトロフィーで殴りつける。ヤンは攻撃をよけながらへらへらと笑っていた。

「ノビー、あなたの罪、無実、証明」

さっぱり意味が摑めない俺に、ヤンはあほみたいに弛緩した表情で話した。ベアトリーチェとの一件が不問に付され、何の心配もなくアメリカに戻れるというのだ。

「アサーヴ、嘘ついてたよ。会計係の立場利用して、ファミリーの金使い込んだ。ばれたくないのだから、ノビーのこと、はめたの」

アサーヴは昨年の冬、ファミリーの資金を流用し、個人的な資産を増やそうと株や不動産に手を出して失敗。損失額は百万ドルを超え、一計を案じてベアトリーチェを俺に近づけた。事前に部下たちと口裏を合わせてドンを丸め込み、当座の穴埋めをしてなんとか乗り切ったが、アサーヴとほかの幹部のあいだで揉め事があったらしく、それをきっかけにすべてがばれた。という顚末をヤンは話した。

「安心するのよい。アサーヴとあいつの妻、もう殺された。ボス、ノビーに謝る」

「短い日本語の中に、なんか色々入ってるな」

ところで、と疑問を覚える。「いつから知ってたんだ？　その件」

「日本来るの日、ＪＦＫで、ボスから電話もらった」

「決勝大会に出る前ってことか」

ふざけんじゃやねえ、と飛びかかろうとしたところで、体の力が抜けた——。

「…………………I resign」

ウクライナ人が熟考の末に呟いた。どうしようもないと言いたげに頭を掻いた。

「諦めんじゃねえよ、ピースはまだ残ってる」

俺は駒を動かして、窮地の乗り切り方を教えてやった。相手の顔がぱっと明るくなった。飾り気のない綺麗な笑顔だった。日本にいたあいつのことをふっと思い出した。

路上で退屈そうに伸びをしているヤンに俺は尋ねた。

「おい、そこの中国人よ、おまえ、友達いるか？」

「はあ？」ヤンは振り返り、目を見開いた。「ノビーは私の友達ね」

「そうなれたらいいな」

「何ですかその言い方。ノビーはいるのか、友達」

俺は何も答えなかった。雲の隙間から、太陽が顔を覗かせた。

♜

僕がひしゃくを手に戻ると、二人は釣崎の話で盛り上がっていた。彼の扱いを巡ってメディアは混乱に満ちた。大言壮語を吐いて優勝を決め、いきなり大騒ぎしたと思ったら、熱い叫びを放った男。数々の疑惑で糾弾されつつ、賞金の全額を他人に譲った男。

僕に一千万、冴理ちゃんに一千万、透に五千万だ。

詐欺被害に遭った人のために使うようにと、運営側に三千万を返却した。

やはりあいつはクロだと議論も再燃したわけだが、過去にあれほどバッシングが起きても逮捕されずにきたということは、警察も充分な証拠を摑めなかったのだろう。

混沌とした世論に背を向け、釣崎は日本を去った。

カフェ・ギャンビットは、彼のおかげでまたも経営難を乗り切った。

「何やってるんだろうね今頃。冴理ちゃん、連絡してないの?」

「連絡先わかんないですもん。アメリカにいるんでしょ、きっと」

冴理ちゃんは再来週から、ロシアで短期間のホームステイをするらしい。チェスワンで対局した少年に招かれ、彼の住むモスクワに行くそうだ。

「よし、到着したね。ここだここ」

石畳の歩道に面した墓石の前で、真妃はベビーカーを止めた。直方体の立派な御影石を正面に見上げ、心を静める。僕は冴理ちゃんを花立てに誘導し、彼女が自らの手で菊の花を生けた。手を合わせようと僕たちは三人で横並びになり、墓石に向き合った。

多川家之墓。

冴理ちゃんのおばあちゃんのお墓参り。

おばあちゃんは今年の春に亡くなった。

加齢の影響もあって体力は低下しており、内臓には複数の疾患を抱えていたという。心配を掛けたくないからと、持病については冴理ちゃんに伝えずにいたそうだ。冴理ちゃんが大学を受験した翌日、おばあちゃんは高熱を出して病院に運ばれた。肺炎だった。一週間ほど病院で眠り続け、孫の合格通知が届いた日に、一度だけ目を覚ました。

吉報を知った彼女は冴理ちゃんの手を握り、「おめでとう」と言った。

最後に言葉を交わしたその夜に、息を引き取った。八十歳だった。

彼女がいなければ、冴理ちゃんと出会うこともなかったし、晴れ晴れしい舞台で対局することもなかっただろう。葬儀のあと、冴理ちゃんは初めて店に来たときと同じ席に座り、思い切り泣いた。抑えていた感情が一気に噴き出したという風だった。何の孝行もできなかったとテーブルに突っ伏す彼女を、僕と真妃と、居合わせた常連の人たちで慰めた。

絶対にグランドマスターになります、たとえ一生掛けてでも。

哀しみを押し込めるように、自らを奮い立たせる彼女の義眼は、決意に燃えて見えた。

冴理ちゃんを手伝いながら、ひしゃくで墓石に水を掛ける。帰り際にもう一度手を合わせる。

彼女は僕たちよりも長いこと手を合わせていて、陽光を浴びる凜とした姿に僕もまた、自分の夢のありかを確かめた。

「じゃあ行きますか、ふわあ、暑いね車内は」

駐車場に戻り、ベビーカーを折り畳んで車の後ろに載せる。冷房を掛けてエンジンを吹かす。

赤ちゃんを抱きたいと後部座席の冴理ちゃんが言い、真妃から娘を受け取った。眠りの中にある赤子を起こさぬようにと、優しく抱き留めてくれた。

二十分ほどのドライブを経て到着したのは、都内有数の大きな公園。夏休みの最中で人の数も多く、ダンスに興じる若者やジョギングに励むお年寄り、芝生の上で身を寄せ合うカップル、僕たちのようにベビーカーを押す夫婦なんかがたくさんいた。

蟬の音の盛る中を歩いていると、一人の女性が駆け寄ってきた。彼女の着る黄色いTシャツには、ナイトをかたどった日本チェスクラブのロゴが、大きく描かれていた。

「多川さん！　久しぶり！」

「中条さん！」

快活な声の正体に気づいて、冴理ちゃんが笑顔を見せる。チェスワンで対局した中条さんだ。僕たち夫婦とは、国内大会や海外遠征でちょくちょく顔を合わせる仲だった。彼女はそっと左腕を差し出し、冴理ちゃんはその腕に引かれながら石畳の上を歩いた。

「今日は、どれくらい集まってるんですか?」冴理ちゃんが尋ねる。

「何人だろ、予想してたよりずっと多いよ。多川さん、臨時コーチやらない?」

公園では今、初心者向けの青空チェス教室が開かれていた。

チェスクラブ主催のイベントで、中条さんはコーチ役の一人だ。

役目を任されたのは、彼女だけではない。

「あいつは？　ちゃんと来てる？」

僕は彼の姿を探した。

「来てるよ。元気そうでほっとした。ほらあそこ」

彼女の指さす先、広い芝生に沿って延びる遊歩道の一角に、人だかりがあった。

「ねえ見て、ちょっとした事件が起きてるの」

導かれるまま近づくと、スマートフォンを掲げる人がぱらぱらといた。

「彼がコーチしてるところに、将棋の松代さんがふらっとやって来てね」

中条さんの話を聞きながら、公園のありようにしばし目を奪われる。

チェスに興じる人々が遊歩道にテーブルを並べていた。若い人も高齢の人も、女性も男性もいた。子供の姿もあった。ニューヨークの公園みたいだった。いつかの遠征で訪れた折に見かけ、憧れた風景がそこにあった。

瑠偉はすごい男だ。大会を成功に導き、日本にチェスを広めた。

彼だけの功績ではない。

風変わりなスターがいて、若き新星がいて、僕も少しくらいは貢献できたとして。

そして、何より。

「松代さんね、釣崎さんに負けたのが相当悔しかったらしくて、将棋を中断してまでチェスの特訓してるんだって。今もほら、対局中。野次馬が集まっちゃってる」
中条さんが声を弾ませる。将棋のプロの参戦で、注目度が高くなったのも見逃せない。
けれど、やっぱり僕の中で、大会の主人公はと言えば――。
松代さんとあいつは、ボードを挟んで座っていた。
人混みの中で、顔を上げた。僕と目が合うなり、血色のいい顔を見せて手を振った。
よし。松代さんとの勝負が終わったら、次は僕が挑もう。
目覚めた娘がわっと泣き出した。真妃が抱くと、やがて笑顔を見せた。
鮮やかな常緑樹が、晴れ渡る空の下で輝いていた。

参考文献

【書籍】

『完全チェス読本〈1〉はまってしまった人々―ローマ法王からハンフリー・ボガートまで』『完全チェス読本〈2〉偉大なる天才たちの名局―ラスカーからカスパロフまで』『完全チェス読本〈3〉盤上盤外こぼれ話―チェスを指した犬から謎のプロブレムまで』マイク・フォックス　リチャード・ジェイムズ　〈1〉〈3〉若島正訳　〈2〉松田道弘訳　毎日コミュニケーションズ　1998

『将棋とチェスの話　盤上ゲームの魅力』松田道弘　岩波書店　2000

『チェス（ものと人間の文化史　110）』増川宏一　法政大学出版局　2003

『チェスへの招待』ジェローム・モフラ　成相恭二・小倉尚子訳　白水社　2007

『決定力を鍛える　チェス世界王者に学ぶ生き方の秘訣』ガルリ・カスパロフ　近藤隆文訳　NHK出版　2007

『完全なるチェス　天才ボビー・フィッシャーの生涯』フランク・ブレイディー　佐藤耕士訳　文藝春秋　2015

『聖《さとし》の青春』大崎善生　講談社　2000

『小児病棟の四季』細谷亮太　岩波書店　2002

『〈できること〉の見つけ方——全盲女子大生が手に入れた大切なもの』石田由香理・西村幹子
岩波書店　２０１４
『目の見えない人は世界をどう見ているのか』伊藤亜紗　光文社　２０１５
『目に見えない世界を歩く「全盲」のフィールドワーク』広瀬浩二郎　平凡社　２０１７

【ウェブサイト】
「Chess.com」 https://www.chess.com
「チェスのあかつき」 https://www.chessnoakatsuki.com/
「soezcake」 https://www.youtube.com/@soezcake/videos
「【チェス】紀人チャンネル」 https://www.youtube.com/@kihitochess

チェス監修：小島慎也

本書は第十二回ポプラ社小説新人賞受賞作『エヴァーグリーン・ゲーム』を加筆・修正したものです。

この作品はフィクションで、実在する個人、団体等とは一切関係ありません。

石井仁蔵（いしい・じんぞう）

1984年生まれ、新潟県出身。東京大学文学部卒業。本作にて第12回ポプラ社小説新人賞を受賞。

――プロフィール

エヴァーグリーン・ゲーム

2023年10月29日　第1刷発行

著者　石井仁蔵
発行者　千葉均
編集　鈴木実穂　小原さやか
発行所　株式会社ポプラ社
〒102-8519
東京都千代田区麹町4-2-6
ホームページ　www.webasta.jp
組版・校閲　株式会社鷗来堂
印刷・製本　中央精版印刷株式会社

N.D.C.913/364p/19cm ISBN 978-4-591-17943-7
P8008438

つぎはぐ、さんかく

蓮野江名

物菜と珈琲のお店「△」を営むヒロは、晴太、中学三年生の蒼と三人きょうだいだけで暮らしている。ヒロが美味しい惣菜を作り、晴太がコーヒーを淹れ、蒼は元気に学校へ出かける。しかしある日、蒼は中学卒業とともに家を出たいと言い始める。これまでの穏やかな日々を続けていきたいヒロは、激しく反発してしまうのだが、三人はそれぞれに複雑な事情を抱えていた——。第11回ポプラ社小説新人賞受賞作。

〈単行本〉

街に躍ねる

川上佐都

小学生五年生の晶と高校生の達は、仲良しな兄弟。物知りで絵が上手く、面白いことを沢山教えてくれる達は、晶にとって誰よりも尊敬できる最高の兄ちゃんだ。でもそんな兄ちゃんは、他の人から見ると「普通じゃない」らしい――。第11回ポプラ社小説新人賞〈特別賞〉受賞作。

〈単行本〉

毒をもって僕らは

冬野 岬

高校生の木島道歩は、尿路結石で入院していた病院で16歳の誕生日を迎えた。そんな木島に「ねえ、君にお願いがあるんだ」と声をかけてきたのは、不治の病とたたかう綿野という少女だった。「この世界の、薄汚い、不幸せなことを私に教えてくれないか。もっと、もっと、もっと」——。第11回ポプラ社小説新人賞〈特別賞〉受賞作。

〈単行本〉